용기

기백

결단력

해리 포터 시리즈

읽는 순서:
해리 포터와 마법사의 돌
해리 포터와 비밀의 방
해리 포터와 아즈카반의 죄수
해리 포터와 불의 잔
해리 포터와 불사조 기사단
해리 포터와 혼혈 왕자
해리 포터와 죽음의 성물

라틴어로도 읽을 수 있는 책:
해리 포터와 마법사의 돌
해리 포터와 비밀의 방

웨일스어, 고대 그리스어, 아일랜드어로도 읽을 수 있는 책:
해리 포터와 마법사의 돌

함께 읽을 책
신비한 동물 사전
퀴디치의 역사
(코믹 릴리프와 루모스를 돕고자 출간되었음)
음유시인 비들 이야기
(루모스를 돕고자 출간되었음)

이 세 권은 또한 다음의 시리즈로 출간되었습니다:
호그와트 라이브러리
(코믹 릴리프와 루모스를 돕고자 출간되었음)

일러스트 에디션
짐 케이 일러스트
해리 포터와 마법사의 돌
해리 포터와 비밀의 방
해리 포터와 아즈카반의 죄수
해리 포터와 불의 잔

올리비아 L. 길 일러스트
신비한 동물 사전

크리스 리델 일러스트
음유시인 비들 이야기

불의 잔

2

J.K. 롤링 지음 | 강동혁 옮김

문학수첩

HARRY POTTER & THE GOBLET OF FIRE

First published in Great Britain in 2000 by Bloomsbury Publishing Plc
This edition Published in October 2020
Text © J.K. Rowling 2000
Cover and interior illustrations by Levi Pinfold © Bloomsbury Publishing Plc 2020
Wizarding World is a trade mark of Warner Bros. Entertainment Inc.
Wizarding World Publishing and Theatrical Rights © J.K. Rowling
Wizarding World characters, names and related indicia are TM and © Warner Bros.
Entertainment Inc. All rights reserved.
Korean translation copyright © 2022 by Moonhak Soochup Publishing Co., Ltd.

리들리 씨를 추모하며

피터 롤링에게,

또한 해리가 벽장에서 나올 수 있게 해 준

수전 슬래든에게.

CONTENTS

13장
매드아이 무디

다음 날 아침이 되자 폭풍우는 점점 잦아들었다. 그러나 대연회장의 천장은 여전히 어두컴컴했다. 해리, 론, 헤르미온느가 새로운 시간표를 살펴보던 아침 식사 시간에는 칙칙한 납빛을 띤 짙은 구름이 머리 위에서 소용돌이쳤다. 조금 떨어진 곳에서는 프레드, 조지, 리 조던이 나이를 속여서 트라이위저드 대회에 참가할 마법적 방법들을 궁리하고 있었다.

"오늘은 나쁘지 않네……. 오전 내내 야외 수업이야." 시간표를 손가락으로 훑던 론이 말했다. "후플푸프랑 같이 약초학 수업을 듣고, 그다음에는 마법 생명체 돌보기야……. 젠장, 이번에도 슬리데린이랑 같이 듣네……."

"오후에는 점술 연강이고." 해리가 시선을 내리며 신음했다. 점술은 마법약 다음으로 그가 가장 싫어하는 과목이었다. 트릴로니 교수가 계속 해리의 죽음을 예언하면서 그를 굉장히 짜증 나게 만들었기 때문이다.

"나처럼 수강 취소를 했어야지. 안 그래?" 헤르미온느가 토스트에 버터를 바르며 활기차게 말했다. "그랬다면 숫자점 같은 합리적인 과목을 공부하고 있었을 텐데."

"다시 음식 먹는구나?" 헤르미온느가 버터 바른 토스트에 다시 잼을 듬뿍 바르는 것을 보고 론이 말했다.

"집요정의 권리를 지킬 더 좋은 방법들이 있다고 판단했거든." 헤르미온느가 도도하게 말했다.

"그래…… 배도 고팠을 거고." 론이 씩 웃으며 대꾸했다.

갑자기 머리 위에서 푸드덕거리는 소리가 나더니 부엉이 100마리가 아침 우편물을 들고 열린 창문으로 날아들었다. 해리는 반사적으로 고개를 들었지만 갈색과 회색 무리 사이에서 흰색은 흔적도 찾아볼 수 없었다. 부엉이들이 편지와 소포를 전해 줄 사람들을 찾아 식탁을 빙빙 돌았다. 커다란 황갈색올빼미가 네빌 롱보텀에게 날아내려 와 그의 무릎에 소포 하나를 내려놓았다. 네빌은 항상 뭔가를 빼놓고 왔다. 대연회장 저쪽에서는 평소처럼 집에서 보내는 과자와 케이크를 가져온 드레이코 말포이의 수리부엉이가 그의 어깨 위에 앉아 있었다. 해리는 실망감에 가슴이 내려앉는 것을 애써 무시하며 다시 포리지로 고개를 돌렸다. 헤드위그에게 무슨 일이 생겨서 시리우스가 그의 편지를 아예 받지 못한 건 아닐까?

흠뻑 젖은 채소밭을 가로질러 3번 온실에 도착할 때까지 그 생각이 머리를 떠나지 않았다. 하지만 스프라우트 교수가 학생들에게 해리가 여태까지 본 것 가운데 가장 흉측하게 생긴 식물을 보여 주는 바람에 온실에서는 다른 생각을 할 수 있었다. 사실 그것은 식물이라기보다는, 굵직한 검은색 거대 민달팽이 여러 마리가 흙 속에서 튀어나와 꼿꼿이 서 있는 것처럼 보였다. 그것들은 조금씩 꿈틀거리고 있었고 여기저기가 잔뜩 부풀어 올라 번들거렸는데, 부푼 곳은 액체로 가득 차 있는 듯했다.

"멍울초란다." 스프라우트 교수가 활기차게 말했다. "저걸 짜 줘야 해. 너희는 그 고름을 모아서……."

"뭘 모은다고요?" 셰이머스 피니건이 역겹다는 표정을 지으며 말했다.

"고름 말이다, 피니건. 고름." 스프라우트 교수가 말했다. "아주 귀한 거니까 함부로 쓰면 안 돼. 아무튼, 이 병에

다 고름을 모을 거야. 용 가죽 장갑을 끼거라. 희석하지 않은 상태에서 멍울초 고름이 피부에 닿으면 이상한 일이 벌어질 수 있거든."

멍울초를 짜는 일은 역겨웠지만 이상한 만족감을 주었다. 멍울을 짤 때마다 휘발유 냄새가 심하게 나면서 엄청난 양의 찐득찐득한 연두색 액체가 터져 나왔다. 학생들은 스프라우트 교수가 시키는 대로 그 고름을 병에 담았고 수업이 끝날 때쯤에는 몇 리터를 모을 수 있었다.

"덕분에 폼프리 선생님이 기뻐하시겠구나." 스프라우트 교수가 마지막으로 나온 병을 코르크 마개로 막으며 말했다. "멍울초 고름은 잘 없어지지 않는 여드름에 특효약이란다. 학생들이 여드름을 없애려고 절망적인 방법에 기댈 필요가 없지."

"가엾은 엘로이즈 미전처럼 말이죠." 후플푸프 학생 해너 애벗이 목소리를 낮추고 말했다. "그 애는 저주 마법을 걸어서 여드름을 없애려고 했거든요."

"바보 같은 짓이었지." 스프라우트 교수가 고개를 저으며 말했다. "하지만 결국 폼프리 선생님이 그 애 코를 원래대로 고쳐 주셨단다."

성에서 수업이 끝났다고 알리는 종소리가 축축한 교정

에 쩌렁쩌렁 울려 퍼지자 학생들은 뿔뿔이 흩어졌다. 후플푸프 학생들은 돌계단을 올라 변환 마법 수업을 들으러 갔고, 그리핀도르 학생들은 발길을 돌려 금지된 숲 가장자리에 있는 해그리드의 작은 나무 오두막을 향해 비탈진 잔디밭을 걸어갔다.

해그리드는 오두막 앞에 서서 한 손으로 엄청난 덩치의 검은색 사냥개 팽의 목줄을 잡고 있었다. 그의 발밑에는 나무 상자 몇 개가 열린 채 놓여 있었는데 팽은 그 안에 들어 있는 것을 더 자세히 보고 싶어 안달이 난 듯 낑낑거리며 목줄을 팽팽하게 당기고 있었다. 그들이 가까이 다가가자 요상하게 달그락거리는 소리 사이로 작은 폭발음 같은 것이 들렸다.

"좋은 아침!" 해그리드가 해리, 론, 헤르미온느에게 씩 웃으며 말했다. "슬리데린 애들을 기다리는 게 좋겠다. 걔들도 이건 놓치고 싶지 않을 테니. 폭발 꼬리 스크루트야!"

"네?" 론이 어리둥절한 얼굴로 물었다.

해그리드가 아래쪽 상자를 가리켰다.

"으엑!" 라벤더 브라운이 뒤로 재빨리 물러나며 새된 소리를 질렀다.

해리 생각에 '으엑' 정도면 폭발 꼬리 스크루트를 그럭저럭 잘 설명하는 단어였다. 그것들은 껍데기 없는 바닷가재 같은 모습에 소름 끼칠 만큼 희멀겋고 찐득찐득해 보였으며, 다리는 아주 이상한 곳에 삐죽삐죽 튀어나와 있고 머리는 보이지 않았다. 상자 하나에 길이가 15센티미터쯤 되는 스크루트가 100마리 정도 들어 있었는데, 그것들은 서로를 짓밟고 기어 다니면서 앞이 보이지 않는 듯 상자 벽을 마구 들이받았다. 스크루트들은 생선 썩는 냄새를 강하게 풍겼다. 때때로 꼬리에서 조그맣게 '팡' 소리를 내며 불꽃이 튀어나오면 스크루트는 한 뼘 정도 앞으로 밀려 나갔다.

"방금 부화했어." 해그리드가 자랑스럽게 말했다. "그러니까 너희가 직접 키울 수 있을 거야! 그걸 이번 과제로 삼을까 생각했지!"

"그래서, 저걸 키워야 하는 이유는?" 차가운 목소리가 말했다.

슬리데린 학생들이 와 있었다. 그렇게 말한 사람은 드레이코 말포이었다. 그의 말이 웃긴 듯 크래브와 고일이 낄낄거렸다.

해그리드는 그 질문에 쩔쩔매는 표정이었다.

"그렇잖아. 저것들이 뭘 할 줄 아는데요?" 말포이가 물었다. "무슨 쓸모가 있냐니까요?"

해그리드는 명백하게 골똘히 생각에 잠긴 표정으로 입을 벌렸다. 그는 곧바로 대답하지 않고 잠깐 침묵한 뒤 둘러대 듯 말했다. "그건 다음 수업에서 배울 거다, 말포이. 오늘 은 그냥 먹이만 줄 거야. 자, 몇 가지 먹이를 먹여 봐라. 나 도 전에 키워 본 적이 없어서 뭘 좋아할지 잘 모르겠다. 개 미 알이랑 개구리 간이랑 풀뱀 살점을 준비해 놨으니까 각 각 조금씩 줘 보거라."

"아까는 고름이더니 이젠 이거야." 셰이머스가 구시렁거 렸다.

해그리드를 향한 깊은 애정이 아니었다면 해리, 론, 헤르 미온느도 절벅거리는 개구리 간을 한 움큼씩 집어 나무 상 자 속에 넣고 폭발 꼬리 스크루트를 꾀어내는 짓 따위 하지 않았을 것이다. 해리는 이 모든 일에 무슨 의미가 있을까 하는 생각을 떨칠 수가 없었다. 스크루트한테는 입이 없는 것처럼 보였기 때문이다.

"아얏!" 10분쯤 흘렀을 때 딘 토머스가 소리를 질렀다. "이게 날 공격했어!"

해그리드가 걱정스러운 표정을 지으며 허둥지둥 그에게 다가갔다.

"꼬리가 폭발했어요!" 딘이 해그리드에게 손에 입은 화상을 보여 주면서 화를 냈다.

"아, 그래. 꼬리가 폭발하면 그럴 수 있어." 해그리드가 고개를 끄덕이며 말했다.

"으엑!" 라벤더 브라운이 다시 말했다. "으엑, 해그리드, 여기 달린 이 뾰족한 건 뭐예요?"

"아, 침이 달린 녀석들도 있지." 해그리드가 신이 나서 설명했다(라벤더는 얼른 상자에 넣었던 손을 뺐다). "그것들은 수컷일 거다……. 암컷들은 배에 흡착판 같은 게 달려 있거든……. 아마 그걸로 피를 빨아 먹는 것 같아."

"뭐, 이것들을 왜 굳이 살려 두려 하는지 확실히 알겠네." 말포이가 비꼬듯 말했다. "불태우고 침을 쏘고 깨물기까지 하는 반려동물을 누가 안 갖고 싶어 하겠어?"

"귀엽지 않다고 쓸모가 없는 건 아니야." 헤르미온느가 쏘아붙였다. "용의 피가 놀랄 만큼 마법적인 힘을 갖고 있다고 용을 반려동물로 키우진 않잖아. 안 그래?"

해리와 론은 해그리드에게 씩 웃어 보였다. 그는 덥수룩한 턱수염 뒤에서 슬쩍 미소 지었다. 해그리드가 용을 너무나 키우고 싶어 한다는 사실을 해리, 론, 헤르미온느는 잘 알고 있었다. 세 사람이 1학년 때 해그리드는 잠깐 용을 기른 적이 있었다. 노버트라는 이름의 난폭한 노르웨이 리지

백이었다. 해그리드는 그저 괴물 같은 생물들을 사랑하는 것일 뿐이었다. 위험할수록 더 좋아했다.

"뭐, 적어도 스크루트는 작기라도 하지." 한 시간 뒤 점심을 먹으러 성으로 돌아가는 길에 론이 말했다.

"지금이야 그렇지." 헤르미온느가 화난 목소리로 말했다. "하지만 해그리드가 뭘 먹여야 할지 알아내면 곧바로 180센티미터까지 자랄걸."

"뭐, 그것들이 뱃멀미든 뭐든 고치는 것으로 밝혀지면 그쯤이야 문제겠냐?" 론이 장난스럽게 씩 웃었다.

"내가 그 말을 한 건 말포이 입을 닥치게 하기 위해서였어. 너도 잘 알 텐데." 헤르미온느가 말했다. "사실 난 말포이 말이 맞다고 생각해. 그것들이 우리 모두를 공격하기 전에 밟아 죽이는 게 가장 좋아."

그들은 그리핀도르 식탁에 앉아 양갈비와 감자를 먹었다. 헤르미온느가 허겁지겁 입에 음식을 밀어 넣기 시작하자 해리와 론은 물끄러미 그녀를 바라보았다.

"어…… 이게 집요정 권리를 지키는 새로운 방법이야?" 론이 물었다. "단식하는 대신 토하는 게?"

"아니." 헤르미온느는 새싹 채소가 입에서 튀어나온 상황에서 끌어낼 수 있는 최대한의 위엄을 끌어 올리며 말했다. "그냥 도서관에 가고 싶을 뿐이야."

"뭐?" 론이 믿을 수 없다는 듯 말했다. "헤르미온느……개학 첫날이잖아! 아직 숙제도 없다고!"

헤르미온느는 어깨를 으쓱하더니 며칠 굶은 사람처럼 계속 음식을 욱여넣었다. 그러더니 빌떡 일어나 "저녁 먹을 때 보자!"라고 말하고는 빠른 속도로 사라졌다.

오후 수업 시작을 알리는 종이 울리자 해리와 론은 북쪽 탑으로 향했다. 탑 꼭대기에는 가파른 나선형 계단과 천장에 난 동그란 뚜껑문으로 이어진 은색 사다리, 그리고 트릴로니 교수가 머무는 방이 있었다.

사다리를 타고 올라가자 언제나처럼 벽난로에서 뿜어 나오는 들척지근한 향수 냄새가 코를 찔렀다. 늘 그렇듯 커튼은 모두 닫혀 있었다. 둥근 방은 하나같이 스카프와 숄로 덮인 수많은 등불이 드리우는 어둠침침한 붉은빛에 물들어 있었다. 해리와 론은 방 안에 어지럽게 놓인 친츠(화려한 무늬를 넣은 무명천—옮긴이) 의자와 쿠션 들을 차지하고 앉아 있는 학생들 사이를 지나 늘 앉던 작은 원형 탁자 주위에 앉았다.

"안녕." 바로 뒤에서 트릴로니 교수의 신비로운 목소리가 들리자 해리는 화들짝 놀랐다.

트릴로니 교수, 거대한 안경 탓에 얼굴에 비해 눈이 매우 커 보이는 깡마른 여성이, 해리를 볼 때마다 짓곤 하는 비극적인 표정으로 그를 내려다보고 있었다. 평소처럼 수많은 구슬과 목걸이, 팔찌 들이 불빛을 받아 그녀의 몸에서 반짝거렸다.

"다른 데 정신이 팔려 있구나, 애야." 그녀가 애절한 말투로 해리에게 말했다. "내 내면의 눈은 네 용감한 얼굴 너머 고통받는 영혼을 본단다. 유감스럽게도 네 걱정에 근거가 없는 건 아니로구나. 네 앞에 놓여 있는 힘겨운 시간들이 보여. 이런…… 굉장히 힘들겠다……. 네가 끔찍이도 걱정하는 그 일이 정말로 일어날 것 같아 두렵구나……. 아마 네가 생각하는 것보다 빨리 일어날지도……."

그녀의 목소리가 귓속말 수준으로 줄어들었다. 론은 해리에게 눈을 굴렸고, 해리는 한껏 굳은 얼굴로 그를 바라보았다. 트릴로니 교수는 그들을 지나쳐 벽난로 앞에 놓인 커다란 윙백 안락의자에 앉아 학생들을 마주 보았다. 트릴로니 교수를 열렬히 숭배하는 라벤더 브라운과 파르바티 파틸은 그녀와 아주 가까운 쿠션에 앉아 있었다.

"얘들아, 이제는 별들을 살펴볼 시간이란다." 그녀가 말했다. "행성들의 움직임, 그리고 그 천상 무용의 보법을 이

해하는 사람들에게만 드러나는 신비로운 징조들. 서로 얽히고설키는 행성들의 빛을 통해 인간의 운명을 판독할 수 있단다……."

하지만 해리의 생각은 다른 데 가 있었다. 벽난로에서 나오는 냄새는 항상 그를 졸립고 멍하게 만들었다. 그는 결코 점술에 관한 트릴로니 교수의 장황한 이야기에 몰입한 적이 없었다. 하지만 그녀가 방금 그에게 한 말에 대해서는 생각하지 않을 수 없었다. '네가 끔찍이도 걱정하는 그 일이 정말로 일어날 것 같아 두렵구나…….'

하지만 해리는 화가 나서, 헤르미온느 말이 맞다고 생각했다. 트릴로니 교수는 정말로 망할 사기꾼일 뿐이었다. 지금 그에게 끔찍이 두려운 일 따위는 아무것도 없었다……. 그래, 시리우스가 붙잡혔을지도 모른다는 두려움만 빼면……. 하지만 트릴로니 교수가 그걸 어떻게 알겠는가? 해리는 이미 오래전에 트릴로니의 점은 사실상 운 좋게 들어맞은 추측과 으스스한 태도 이상도 이하도 아니라고 결론 내렸다.

물론 지난 학기 말에 볼드모트가 부활할 거라고 예언했을 때를 제외하면……. 게다가 해리의 설명을 듣고, 다른 사람도 아닌 덤블도어 교수가 그 무아지경 상태는 진짜였을 거라고 말했으니…….

"*해리*." 론이 중얼거렸다.

"응?"

해리가 시선을 돌렸다. 학생 모두가 그를 바라보고 있었다. 그는 몸을 똑바로 하고 앉았다. 하마터면 후텁지근한 열기와 생각 속에서 길을 잃고 졸 뻔했다.

"애야, 네가 토성의 불길한 영향 아래 태어난 게 틀림없다는 말을 하고 있었단다." 트릴로니 교수가 말했다. 해리가 자기 말에 귀 기울이지 않았다는 사실이 분명해지자 그녀의 목소리에 살짝 노기가 어렸다.

"뭐 아래에서 태어났다고요? 잘 못 들었어요." 해리가 말했다.

"토성 말이야, 애야. 토성이라는 행성!" 다시 해 준 말에도 해리가 집중하지 않자 트릴로니 교수가 확실히 짜증이 난 목소리로 말했다. "네가 태어나던 순간 토성이 천상에서 강력한 힘을 발휘하는 위치를 차지하고 있었던 게 틀림없다는 말을 하고 있었단다……. 새까만 머리카락이며…… 평균에 해당하는 키…… 그토록 어린 나이에 겪은 비극적 상실……. 너는 한겨울에 태어났을 것 같구나, 애야. 맞니?"

"아뇨." 해리가 말했다. "전 7월생인데요."

론이 터져 나오는 웃음을 재빨리 헛기침으로 바꿨다.

30분 뒤 그들은 각각 복잡한 원형 도표에 본인이 태어난 순간의 행성 위치를 그려 넣으려 애쓰고 있었다. 시간표를 수없이 들여다보고 각도를 여러 번 재야 하는 따분한 직업이었다.

"여기 해왕성이 두 개 있는데." 잠시 후 해리가 자신의 양피지를 보고 눈살을 찌푸리며 말했다. "그럴 수는 없지?"

"아아아." 론이 트릴로니 교수의 수수께끼 같은 속삭임을 흉내 내며 말했다. "하늘에 두 개의 해왕성이 나타나면, 그건 안경 쓴 꼬마가 태어날 거라는 확실한 징조란다, 해리……."

근처에 있던 셰이머스와 딘이 큰 소리로 킬킬거렸지만 라벤더 브라운이 흥분해서 높게 내지른 외침 탓에 다행히 들리지 않았다. "와, 교수님, 보세요! 각이 잡히지 않는 행성이 있는 것 같아요! 와, 이건 무슨 행성이에요, 교수님?"

"이건 천왕성이란다, 얘야." 트릴로니 교수가 도표를 내려다보며 말했다.

"나도 천왕성을 좀 볼 수 있을까, 라벤더?" 론이 여전히 그 목소리로 말했다.

꿍장히 불행하게도 트릴로니 교수가 그의 말을 듣고 말았다. 수업이 끝날 때 그녀가 그토록 숙제를 많이 내준 건 아마 그 때문이었을 것이다.

"개인 도표를 참조해서 다음 달 행성의 움직임이 너희에게 미칠 영향을 자세히 분석해 오거라." 그녀가 평소의 몽롱한 모습이 아닌 맥고나걸 교수와 훨씬 비슷하게 들리는 목소리로 쏘아붙였다. "다음 주 월요일까지 준비해서 제출해. 변명은 소용없을 거야!"

"심통 맞은 늙은 박쥐 같으니." 대연회장에서 저녁 식사를 하려고 사람들과 함께 계단을 내려갈 때 론이 씁쓸하게 말했다. "주말 내내 숙제만 해야겠네……."

"숙제가 많니?" 그들 곁으로 다가온 헤르미온느가 밝은 목소리로 말했다. "벡터 교수님은 우리한테 숙제를 하나도 안 내주셨는데!"

"그래, 벡터 교수님 끝내준다." 론이 침울하게 말했다.

그들은 현관홀에 다다랐다. 현관홀은 저녁을 먹으려고 줄을 서 있는 사람들로 가득했다. 세 사람이 줄 끝에 가서 서자마자 등 뒤에서 시끄러운 목소리가 쩌렁쩌렁 울렸다.

"위즐리! 야, 위즐리!"

해리, 론, 헤르미온느가 고개를 돌렸다. 말포이, 크래브,

고일이 서 있었다. 셋 다 무슨 일인지 무척 즐거워하는 표정이었다.

"뭐냐?" 론이 짧게 답했다.

"위즐리, 너희 아빠 신문에 났더라!" 말포이가 《예언자 일보》를 흔들었다. 그러고는 현관홀을 가득 채운 사람들이 다 들을 수 있도록 매우 큰 소리로 말했다. "들어 봐!"

마법 정부의 계속된 실수

리타 스키터 특파원에 따르면 마법 정부의 문제는 아직 끝나지 않은 것으로 보인다. 퀴디치 월드컵에서의 미숙한 관중 관리로 집중포화를 맞았을 뿐만 아니라 여전히 소속 마법사 한 사람의 실종을 해명하지 못하고 있는 정부는 어제 머글 제품 오용 관리과 소속 아널드 위즐리의 괴상한 행동으로 또다시 곤경에 처했다.

말포이가 고개를 들었다.

"이름도 틀렸네, 위즐리. 너희 아빠가 얼마나 별 볼일 없으면 그렇겠어. 안 그래?" 그가 깔깔대고 웃었다.

이제는 현관홀에 있는 모든 사람이 귀를 기울이고 있었

다. 말포이는 보란 듯이 신문을 쫙 펼치더니 계속 읽어 나 갔다.

2년 전 날아다니는 자동차를 소유한 일로 고발당했던 아널드 위즐리는 어제 굉장히 공격적인 쓰레기통 여러 개를 놓고 머글 법 집행인('경찰') 몇 명과 벌어진 몸싸움에 연루되었다. 위즐리 씨는 더 이상 악수와 살인 시도를 구분할 수 없게 되어 마법 정부에서 은퇴한 노령의 전직 오러 '매드아이' 무디를 도우려고 달려갔던 것으로 추정된다. 당연히 위즐리 씨는 경비가 삼엄한 무디 씨의 집에 도착하자마자 무디 씨가 또다시 허위 신고를 했음을 깨달았다. 위즐리 씨는 몇 건의 기억 수정 작업을 거치고 나서야 경찰에게서 풀려났는데, 그처럼 품위 없고 망신스러울 수 있는 현장에 정부가 개입한 까닭이 무엇이냐는 《예언자일보》의 질문에는 아무런 대답도 하지 않았다.

"사진도 실렸어, 위즐리!" 말포이가 신문을 뒤집어 들면서 말했다. "너희 집 앞에서 찍은 네 부모님 사진이야. 저것도 집이라 부를 수 있다면 말이지만! 너희 어머니는 살 좀 빼야겠다?"

론은 분노로 부들부들 떨었다. 모두가 그를 뚫어지게 쳐다보고 있었다.

"꺼져 버려, 말포이." 해리가 말했다. "가자, 론……."

"아 그래, 너도 이번 여름에 쟤네 집에 있었지, 포터?" 말포이가 피식 웃으며 말했다. "얘기 좀 해 봐. 쟤네 어머니가 진짜로 저렇게 돼지 같아? 아니면 그냥 사진이 저렇게 나온 거야?"

"너희 어머니는 어떤지 알아, 말포이?" 해리가 말했다. 그와 헤르미온느 둘 다 말포이에게 달려들려는 론을 막으려고 그의 로브 뒷자락을 움켜쥐고 있었다. "그 표정 말이야. 코 밑에 똥이라도 묻은 것 같은 그 표정. 원래 표정이 그런 거냐, 아니면 네가 같이 있어서 그랬던 거냐?"

말포이의 허여멀건 얼굴이 약간 붉어졌다. "감히 우리 어머니를 모욕하지 마라, 포터."

"그럼 그놈의 입 좀 닥치고 있어." 해리가 돌아서며 내뱉었다.

쾅!

몇몇 사람이 비명을 질렀다. 해리는 하얗게 달아오른 뭔가가 얼굴을 스치고 지나가는 것을 느꼈다. 그는 마법 지팡이를 꺼내려고 로브 안에 손을 집어넣었지만 손이 닿기도 전에 두 번째로 요란한 쾅 소리가 들렸다. 웬 고함 소리가 현관홀 전체에 쩌렁쩌렁 울려 퍼졌다.

"그만두지 못해, 이놈!"

해리는 휙 돌아보았다. 무디 교수가 다리를 절뚝거리며 대리석 계단을 내려오고 있었다. 그는 마법 지팡이를 꺼내, 돌바닥 위 말포이가 서 있던 바로 그 자리에서 덜덜 떨고 있는 새하얀 족제비를 겨누고 있었다.

겁에 질린 침묵이 현관홀을 가득 채웠다. 무디를 제외한 어느 누구도 손가락 하나 까딱하지 않았다. 무디가 고개를 돌려 해리를 바라보았다. 적어도 그의 멀쩡한 눈은 해리를 보고 있었다. 다른 눈은 무디의 머리 뒤쪽으로 돌아간 상태였다.

"맞았느냐?" 무디가 낮고 걸걸한 목소리로 으르렁대듯 말했다.

"아뇨." 해리가 말했다. "빗나갔어요."

"놔둬!" 무디가 소리쳤다.

"놔두다니…… 뭘요?" 해리가 당황해서 물었다.

"너 말고, 저 녀석!" 무디가 흰족제비를 집어 들려다가 그대로 얼어붙은 크래브를 어깨 너머로 가리키며 으르렁 거렸다. 무디의 굴러다니는 눈은 마법이 걸려 있어 등 뒤에서 벌어지는 일을 볼 수 있는 모양이었다.

무디가 크래브와 고일, 흰족제비를 향해 절뚝거리며 걸어가기 시작했다. 족제비는 겁에 질려 끽끽대면서 지하 감옥 쪽으로 내빼려 했다.

"그렇게는 안 되지!" 무디가 흰족제비에게 다시 마법 지팡이를 겨누며 고함을 질렀다. 흰족제비는 공중으로 3미터쯤 떠올랐다가 바닥에 쾅 떨어지더니 또 한 번 위로 튀어올랐다.

"나는 상대가 등을 돌리고 있을 때 공격하는 놈들을 경멸한다." 무디가 거칠게 소리쳤다. 흰족제비는 아픔에 끽끽거리면서 점점 더 높이 튀어 올랐다. "더럽고 비겁한, 쓰레기 같은 짓이야……."

흰족제비가 다리와 꼬리를 무력하게 버둥거리며 다시 공중으로 날아올랐다.

"다시는, 그런 짓, 하지, 마라." 무디는 흰족제비가 돌바닥에 부딪쳐 재차 튀어 오를 때마다 한 글자씩 내뱉었다.

"무디 교수님!" 충격을 받은 듯한 목소리가 들려왔다.

맥고나걸 교수가 책을 한 아름 안고 대리석 계단을 내려오고 있었다.

"안녕하십니까, 맥고나걸 교수." 무디가 흰족제비를 더 높이 튕겨 올리며 태연하게 말했다.

"무슨…… 뭘 하시는 겁니까?" 맥고나걸 교수가 공중으로 튀어 오르는 족제비의 움직임을 눈으로 좇으며 말했다.

"교육 중입니다." 무디가 말했다.

"교육이라니…… 무디, 그게 학생이란 말씀입니까?" 맥고나걸 교수가 빽 소리 질렀다. 그녀의 팔에서 책이 우르르 떨어졌다.

"그렇소만." 무디가 대답했다.

"안 됩니다!" 맥고나걸 교수가 계단을 달려 내려오면서 마법 지팡이를 꺼내 들고 소리쳤다. 다음 순간, 요란한 딱 소리가 나더니 드레이코 말포이가 다시 나타났다. 그는 새빨개진 얼굴 위로 매끄러운 금발이 흐트러진 채 바닥에 널브러져 있었다. 말포이가 움찔거리며 자리에서 일어났다.

"무디, 우리는 절대 변환 마법을 처벌에 사용하지 않습니다!" 맥고나걸 교수가 힘 빠진 목소리로 말했다. "덤블도어 교수님께서 분명 말씀하셨을 텐데요?"

"그래요, 그런 말을 했던 것도 같군요." 무디가 대수롭지 않다는 듯 턱을 긁적이며 말했다. "하지만 이 녀석 버릇을 고치려면 이 정도 충격은 줘야……."

"우리는 방과 후 징계를 줍니다, 무디! 규칙을 어긴 학생의 기숙사 담임 교수에게 알리거나요!"

"그럼 그렇게 합시다." 무디가 혐오에 가까운 눈빛으로 말포이를 바라보며 말했다.

아픔과 굴욕감으로 눈가에 여전히 눈물이 고여 있던 말포이가 적개심 어린 눈으로 무디를 올려다보며 "우리 아버지" 어찌고 하는 말을 중얼거렸다.

"아, 그래?" 무디가 조용히 말하며 앞으로 몇 발짝 절뚝거리며 걸어 나오자 나무로 만든 다리가 바닥에 부딪치는 둔탁한 소리가 현관홀 전체에 울려 퍼졌다. "뭐, 네 아버지라면 옛날부터 잘 알고 있다, 꼬마야……. 네 아버지한테 무디가 아들을 가까이에서 지켜보고 있다고 전해라……. 내가 그렇게 말했다고 말이야……. 자, 네 기숙사 담임 교수는 스네이프겠지?"

"네." 말포이가 분한 어조로 내뱉었다.

"그 녀석도 오랜 친구지." 무디가 으르렁거리듯 말했다. "스네이프 녀석이랑 수다 떨 일을 목 빠지게 기다려 왔는데……. 가자, 너 이 녀석……." 그는 말포이의 팔을 잡고 지하 감옥 쪽으로 끌고 갔다.

맥고나걸 교수는 잠시 그들의 뒷모습을 불안하게 바라보다가 떨어진 책들을 향해 마법 지팡이를 휘둘렀다. 책들이 공중으로 날아오르더니 다시 그녀의 팔 안으로 들어갔다.

"말 걸지 마." 잠시 후 그리핀도르 식탁에 자리를 잡고 앉았을 때 론이 해리와 헤르미온느에게 조용히 말했다. 주위에 있는 모두가 흥분해서 방금 일어난 일에 대해 이야기를 나누고 있었다.

"왜 그래?" 헤르미온느가 놀라서 물었다.

"방금 그 장면을 내 기억 속에 영원히 새겨 놓고 싶어서." 론이 말했다. 그는 눈을 감은 채 행복한 표정을 짓고 있었다. "놀라운 뜀뛰기를 보여 준 흰족제비, 드레이코 말포이……."

해리와 헤르미온느 모두 웃음을 터뜨렸다. 헤르미온느가 그들의 접시에 각각 소고기 캐서롤을 덜기 시작했다.

"하지만 말포이가 정말 다칠 수도 있었어." 그녀가 말했다. "맥고나걸 교수님이 말리셔서 천만다행이었지……."

"헤르미온느!" 론이 눈을 다시 번쩍 뜨고 크게 화를 내며 말했다. "네가 내 인생 최고의 순간을 망치고 있어!"

헤르미온느는 못 들어주겠다는 듯 짜증스럽게 중얼거리더니 또다시 음식을 허겁지겁 먹기 시작했다.

"오늘 저녁에도 도서관에 가려는 건 아니지?" 해리가 그런 그녀를 바라보며 물었다.

"가야 해." 헤르미온느가 목이 막힌 소리로 말했다. "할 일이 너무 많아."

"하지만 벡터 교수님은……."

"숙제 때문이 아니야." 그녀가 말했다. 그녀는 5분 만에 접시를 비우고 가 버렸다.

그녀가 사라지자마자 프레드 위즐리가 그 자리에 앉았다. "무디 교수 말이야!" 그가 말했다. "정말 멋있지 않냐?"

"그냥 멋있는 정도가 아니야." 조지가 프레드 맞은편에 앉으며 말했다.

"초특급 멋있음이지." 쌍둥이의 가장 친한 친구 리 조던이 조지 옆자리에 미끄러지듯 앉으며 말했다. "오늘 오후에 무디 수업이 있었거든." 그가 해리와 론에게 말했다.

"어땠어?" 해리가 기대감에 차서 물었다.

프레드, 조지, 리는 의미심장한 눈빛을 주고받았다.

"그런 수업은 처음이었어." 프레드가 말했다.

"진짜 *제대로* 아는 사람이야." 리가 말을 받았다.

"뭘?" 론이 몸을 앞으로 숙이며 물었다.

"*현장에 나가서 실제로 하는* 게 어떤 건지 안다고." 조지가 의미심장하게 말했다.

"뭘 하는데?" 해리가 물었다.

"어둠의 마법에 맞서 싸우는 거 말이야." 프레드가 대답했다.

"무디는 모든 걸 봤어." 조지가 말했다.

"끝내줘." 리가 감탄한 듯 맞장구를 쳤다.

론은 어둠의 마법 방어법 수업 일정을 확인하려고 가방에 손을 넣어 시간표를 꺼내 보았다.

"목요일이나 돼야 하잖아!" 그가 실망한 듯 말했다.

14장
용서받지 못하는 저주들

그다음 이틀은 별다른 사건 없이 지나갔다. 물론 네빌이 마법약 시간에 벌써 여섯 번째로 솥을 녹여 버린 사건은 빼야겠지만. 여름방학 동안 앙심의 새로운 경지에 다다른 듯한 스네이프 교수는 네빌에게 방과 후 징계를 주었고, 네빌은 나무통 한가득 들어 있던 뿔두꺼비의 내장을 제거하고 나서 신경쇠약 상태가 되어 돌아왔다.

"스네이프의 기분이 왜 그렇게 더러운지는 알지?" 론이 해리에게 물었다. 그들은 헤르미온느가 네빌에게 손톱에 낀 두꺼비 내장을 없애는 세척 마법을 가르쳐 주는 모습을 지켜보고 있었다.

"응." 해리가 말했다. "무디 교수 때문이지."

스네이프가 어둠의 마법 방어법 교수 자리를 몹시 탐내고 있다는 것은 누구나 아는 사실이었다. 그는 올해로 4년 연속 그 자리를 차지하는 데 실패했다. 스네이프는 이전 어둠의 마법 방어법 교수들을 모두 싫어했고, 굳이 그런 기색을 숨기지도 않았다. 하지만 이상하게도 매드아이 무디한테는 노골적인 적의를 드러내기가 조심스러운 듯했다. 사실 해리는 식사 시간이든 복도에서 마주칠 때든 두 사람이 같이 있는 모습을 볼 때마다 스네이프가 명백히 무디의 눈(마법의 눈이건 정상적인 눈이건)을 피하는 것 같은 느낌을 받았다.

"내 생각엔 스네이프가 무디 교수를 좀 무서워하는 것 같아." 해리가 생각 끝에 말했다.

"무디가 스네이프를 뿔두꺼비로 변신시킨다고 생각해 봐." 론이 말했다. 그의 눈빛이 몽롱해졌다. "그리고 지하 감옥 여기저기에다 튕겨 올리는 거야……."

목요일이 되자 그리핀도르 4학년생들은 무디의 첫 수업이 너무나 기대된 나머지 점심을 먹고 나서 수업 종이 치기도 전에 도착해 교실 앞에 줄을 섰다.

빠진 사람은 헤르미온느뿐이었다. 그녀는 수업 시간에 딱 맞춰 나타났다.

"나는……."

"……도서관에 있었겠지." 해리가 헤르미온느 대신 말을 끝맺었다. "자, 서둘러. 안 그러면 좋은 자리에 앉지 못할 거야."

그들은 교탁 바로 앞 세 자리에 얼른 앉아 《어둠의 힘: 자기방어를 위한 안내서》를 꺼내 놓고 평소와 다르게 조용히 기다렸다. 곧 복도를 턱턱 걸어오는 무디의 독특한 발소리가 들리는가 싶더니 그가 교실에 들어왔다. 언제나 그렇듯 괴상하면서 무시무시한 모습이었다. 로브 아래로 발톱 달린 나무 발이 비어져 나와 있었다.

"그건 치워도 된다." 그가 교탁으로 쿵쿵 걸어가더니 의자에 앉으며 으르렁거리듯 말했다. "책 말이다. 책은 필요 없어."

아이들은 책을 가방에 도로 집어넣었다. 론은 흥분한 표정이었다.

무디는 출석부를 꺼내더니 고개를 흔들어 반백이 된 잿빛의 헝클어진 장발을 흉터투성이 일그러진 얼굴에서 떼어 낸 다음 출석을 부르기 시작했다. 그의 멀쩡한 눈이 차례차례 명단을 따라 내려가는 동안 마법 눈은 주위를 두리번거리며 대답하는 학생에게 머물렀다.

"좋다." 마지막까지 출석을 다 부르자 그가 말했다. "루핀 교수한테서 이 학급에 관한 편지를 받았다. 어둠의 생명체를 다루는 데서는 기초를 꽤 철저히 다진 것 같던데. 보가트와 레드 캡, 힝키펑크, 그린딜로, 갓파, 늑대인간을 배웠더군. 맞나?"

다들 맞다고 웅얼거렸다.

"하지만 저주 대처법에서는 뒤처져 있어. 한참 뒤처졌지." 무디가 말했다. "따라서 나는 마법사들이 서로에게 어떤 일을 저지를 수 있는지 조금이나마 알려 주고자 한다. 내가 여기에 있는 1년 동안 너희에게 어둠의 마법 방어법을……."

"네? 계속 계시는 게 아닌가요?" 론이 불쑥 내뱉었다.

무디의 마법 눈이 빙그르르 돌아 론을 뚫어지게 바라보았다. 론은 굉장히 불안한 표정이었지만 잠시 후 무디는 미소를 머금었다. 해리는 그가 미소 짓는 모습을 처음 보았다. 그 미소는 흉터투성이 얼굴을 더욱 뒤틀리고 일그러지게 만들었지만, 그럼에도 그가 미소 짓는 것 같은 친근한 행동을 하기도 한다는 사실을 알자 안심이 되었다. 론은 크게 안도한 것처럼 보였다.

"넌 아서 위즐리의 아들이구나?" 무디가 말했다. "며칠

전 너희 아버지가 나를 엄청난 곤경에서 구해 줬지…….
그래, 나는 1년만 있을 예정이다. 덤블도어 교수의 특별
부탁으로…… 1년만 있다가 조용한 은퇴 생활로 돌아갈
거다."

그가 거친 웃음소리를 내더니 울퉁불퉁한 손으로 짝 손
뼉을 쳤다.

"그럼, 바로 시작하자. 저주. 저주는 힘도, 형태도 다양하
다. 자, 마법 정부 방침에 따르면 나는 너희에게 저주를 막
는 방법만 가르쳐야 한다. 6학년이 될 때까지는 너희에게
금지된 어둠의 저주가 어떤 모습을 하고 있는지 보여 줘선
안 된다는 말이다. 그 나이가 되기 전에는 그 저주들을 충
분히 잘 다룰 수 없다는 거겠지. 하지만 덤블도어 교수는
너희의 배짱을 높이 평가하면서 너희가 잘 해낼 거라고 생
각하더군. 나 역시 너희가 맞서야 할 것에 관해서는 빨리
알수록 좋다고 생각한다. 한 번도 본 적 없는 것으로부터
어떻게 스스로를 지킬 수 있겠나? 너희에게 불법 저주를
걸려는 마법사는 자기가 무슨 마법을 걸지 너희에게 말해
주지 않는다. 너희 얼굴에 대고 친절하고 정중하게 저주를
걸지는 않는단 말이다. 그러니 대비해야 한다. 그러니 경계
하고 조심해야 한다. 그건 치워라, 브라운 양. 내가 말하는

동안에는."

라벤더가 깜짝 놀라 얼굴을 붉혔다. 그녀는 책상 밑으로 파르바티에게 완성된 12궁도를 보여 주고 있었다. 무디의 마법 눈은 머리 뒤에 있는 것은 물론 단단한 나무도 꿰뚫어 볼 수 있는 게 틀림없었다.

"자, 마법사 법에 따라 가장 엄중한 처벌을 받는 저주가 뭔지 아는 사람 있나?"

론과 헤르미온느를 포함한 몇몇의 손이 주춤주춤 공중으로 올라갔다. 무디가 마법의 눈을 여전히 라벤더에게 고정한 채 론을 가리켰다.

"어……." 론이 머뭇거리며 입을 열었다. "아빠가 하나 얘기해 주셨어요…… 임페리우스 저주였던가."

"아, 그래." 무디가 인정했다. "네 아버지는 그 저주를 잘 아실 게다. 한때 임페리우스 저주 때문에 정부가 엄청난 곤경에 빠진 적이 있지."

무디는 길이가 서로 다른 다리로 힘겹게 일어나 교탁 서랍을 열고 유리병을 꺼냈다. 커다란 검은 거미 세 마리가 그 안을 빠르게 기어 다니고 있었다. 해리는 옆에서 론이 살짝 몸서리치는 것을 느꼈다. 론은 거미를 끔찍하게 싫어했다.

무디는 유리병 안으로 손을 넣어 거미 한 마리를 집더니 모두가 볼 수 있도록 손바닥에 올려놓았다.

그런 다음 지팡이를 겨누고 중얼거렸다. "*임페리오.*"

거미는 가느다란 거미줄에 매달린 채 무디의 손에서 뛰어내려 공중그네라도 타듯 앞뒤로 흔들렸다. 그러고는 다리를 뻣뻣하게 폈다가 뒤로 공중제비를 돌면서 실을 끊고 책상에 내려서더니 옆으로 재주넘기를 하며 빙글빙글 돌기 시작했다. 무디가 지팡이를 홱 젖히자 거미는 뒷다리 두 개로 버티고 서서 영락없는 탭댄스를 추었다.

모두가 웃음을 터뜨렸다. 무디를 제외한 모두가.

"이게 우습나?" 무디가 으르렁거렸다. "내가 너희에게 이 마법을 걸어도 즐거울까?"

웃음소리가 순식간에 잦아들었다.

"이것은 완전한 통제다." 무디가 조용히 말했다. 거미는 몸을 동그랗게 말고 데굴데굴 구르기 시작했다. "나는 이 거미가 창밖으로 뛰어내리게 만들 수도 있고, 물에 빠져 죽게 할 수도 있고, 너희 중 한 사람의 목구멍 속으로 기어들게 만들 수도 있다……."

론이 자기도 모르게 몸을 떨었다.

"예전에는 임페리우스 저주에 걸려 조종당하는 마법사

들이 많았다." 무디가 말했다. 해리는 그가 볼드모트의 힘이 절정에 달했을 때의 이야기를 하고 있다는 것을 알았다. "조종당해서 행동하는 자와 자유의지로 행동하는 자를 가려내는 일은 마법 정부에게 만만찮은 과제였다. 임페리우스 저주와는 맞서 싸울 수 있다. 너희에게 그 방법을 가르쳐 주마. 하지만 그러자면 정말로 강인한 정신력을 갖추어야 한다. 모두가 지니고 있는 자질은 아니지. 그러니 가능하면 이 저주는 피하는 게 좋다. **지속적 경계!**" 그가 버럭 소리치자 모두가 화들짝 놀랐다.

무디는 공중제비를 도는 거미를 집어 들고 유리병 안에 다시 넣었다. "또 다른 불법적인 저주를 아는 사람?"

헤르미온느의 손이 또다시 공중으로 솟아올랐다. 네빌 또한 손을 들었기에 해리는 조금 놀랐다. 보통 네빌이 자발적으로 발표를 하는 과목은 그가 가장 잘하는 게 확실한 약초학 수업뿐이었다. 네빌도 스스로의 대담함에 놀란 듯했다.

"그래." 무디가 말했다. 그의 마법 눈이 곧바로 데구르르 굴러가 네빌에게 머물렀다.

"하나 있어요. 크루시아투스 저주요." 작지만 또렷한 목소리로 네빌이 말했다.

이번에 무디는 두 개의 눈으로 네빌을 빤히 바라보고 있었다.

"네 이름이 롱보텀이냐?" 그가 마법 눈을 쓱 내려 출석부를 확인하더니 물었다.

네빌이 소심하게 고개를 끄덕였지만 무디는 더 이상 묻지 않았다. 그는 다시 학생들에게로 고개를 돌리고 유리병 안에 손을 집어넣더니 또 다른 거미를 꺼내서 책상 위에 올려놓았다. 거미는 너무 무서워서 움직일 수 없는지 그 자리에서 꼼짝도 하지 않았다.

"크루시아투스 저주." 무디가 말했다. "너희를 이해시키려면 이놈을 좀 크게 만들어야겠군." 그가 마법 지팡이로 거미를 가리키며 말했다. "엔고르지오."

거미가 부풀어 올랐다. 거미는 이제 타란툴라 거미보다도 더 컸다. 론은 괜찮은 척하던 건 다 집어치우고 의자를 무디의 책상에서 가능한 한 멀리 떨어뜨렸다.

무디가 다시 마법 지팡이를 들고 거미를 겨누며 중얼거렸다. "크루시오."

그 즉시 거미의 다리들이 몸통 쪽으로 구부러졌다. 거미가 벌렁 뒤집어지더니 끔찍하게 떨면서 이리저리 몸을 뒤틀기 시작했다. 아무런 소리도 들리지 않았지만, 목소리가 주어졌다면 비명을 지르고 있을 게 틀림없었다. 무디는 마법 지팡이를 떼지 않았고 거미는 부들부들 떨면서 더욱 격렬하게 경련하기 시작했다.

"그만하세요!" 헤르미온느가 날카로운 목소리로 외쳤다.

해리는 고개를 돌려 그녀를 바라보았다. 그녀는 거미가 아니라 네빌을 보고 있었다. 그녀의 시선을 따라가던 해리는 손마디가 하얘질 정도로 책상을 꽉 움켜쥐고 있는 네빌을 보았다. 그는 겁에 질린 눈을 휘둥그렇게 뜨고 있었다.

무디가 마법 지팡이를 들어 올렸다. 거미는 다리가 풀렸지만 계속 움찔거리고 있었다.

"리듀시오." 무디가 중얼거리자 거미는 다시 원래 크기로 줄어들었다. 무디는 거미를 유리병에 도로 집어넣었다.

"고통 그 자체다." 무디가 조용히 말했다. "크루시아투스 저주를 걸 수 있다면 엄지손가락을 죄는 구식 고문 도구나 칼 같은 것 없이도 사람을 고문할 수 있다……. 이 저주도 한때 아주 인기가 많았지. 좋아…… 다른 저주 아는 사람?"

해리는 주위를 둘러보았다. 표정을 보니 다들 마지막 거미에게 무슨 일이 일어날지 궁금해하는 듯했다. 세 번째로 들어 올려진 헤르미온느의 손이 살짝 떨렸다.

"그래." 무디가 그녀를 바라보며 답을 재촉했다.

"'아바다 케다브라'입니다." 헤르미온느가 작은 소리로 말했다.

론을 포함해 몇몇 사람이 불편한 표정을 지으며 그녀를 돌아보았다.

"아." 무디가 말했다. 또 한 번 희미한 미소가 그의 비뚤어진 입을 비틀었다. "그래. 최후이자 최악의 저주지. 아바다 케다브라……. 살해 저주다."

그가 유리병 안으로 손을 넣자 세 번째 거미는 무디의 손가락을 피하려고 허둥지둥 유리병 바닥을 빠르게 기어 다녔다. 하지만 무디는 거미를 잡아 교탁에 올려놓았다. 거미는 나무 표면을 가로질러 미친 듯이 달아나기 시작했다.

무디가 마법 지팡이를 들어 올렸다. 해리는 불길한 예감에 문득 몸을 떨었다.

"*아바다 케다브라!*" 무디가 소리쳤다.

눈이 멀 듯한 초록색 불빛이 번뜩이더니 보이지 않는 거대한 무언가가 허공을 가르는 것 같은 휙 소리가 났다. 거미는 단번에 뒤집어졌다. 눈에 띄는 상처는 없었지만 거미는 틀림없이 죽어 있었다. 여학생 몇 명이 울음을 억눌렀다. 거미가 그를 향해 미끄러지자 론은 몸을 뒤로 젖히다가

하마터면 의자에서 떨어질 뻔했다.

무디는 죽은 거미를 책상에서 휙 쓸어 바닥으로 떨어뜨렸다.

"멋있지 않다." 그가 담담하게 말을 이었다. "유쾌하지도 않다. 해제 주문도 없다. 이걸 막을 방법은 없어. 여기에서 살아남았다고 알려진 사람은 단 한 명뿐이다. 그 사람이 바로 내 앞에 앉아 있구나."

해리는 무디의 눈(두 눈 모두)이 자신의 눈을 똑바로 바라보자 얼굴이 달아오르는 것을 느꼈다. 모두가 고개를 돌려 자신을 보고 있는 것도 느낄 수 있었다. 해리는 텅 빈 칠판에 홀리기라도 한 것처럼 그것을 뚫어지게 바라봤지만, 실은 전혀 보고 있지 않았다…….

그러니까 부모님은 그렇게 돌아가신 것이다……. 저 거미가 죽은 것과 똑같은 방법으로. 그의 부모님에게도 상처 하나, 흔적 하나 남지 않았을까? 생명이 몸에서 빠져나가기 직전, 단지 초록색 빛이 번뜩이는 것만 보이고 죽음이 빠르게 다가오는 소리만 들렸을까?

해리는 두 분이 죽임을 당했다는 사실을 알게 된 뒤로, 그날 무슨 일이 있었는지 알게 된 뒤로, 지금까지 3년 동안 끊임없이 부모님의 죽음을 상상해 왔다. 웜테일이 부모님이 있는 곳을 볼드모트에게 밀고하자 볼드모트가 부모님의 보금자리로 찾아온 일. 볼드모트가 아버지를 먼저 죽인 일. 제임스 포터가 볼드모트를 막으려고 애쓰며 아내에게 해리를 데리고 도망치라고 소리쳤던 일……. 볼드모트가 릴리 포터에게 달려들어 해리를 죽여야 하니 비키라고 말했던 일……. 그녀가 아들을 지키는 것을 포기하지 않겠다고 비키기를 거부하며 대신 자기를 죽이라고 애원한 일……. 볼드모트가 해리에게 마법 지팡이를 돌리기 전 그녀 또한 살해한 일…….

해리가 이런 자세한 내용을 아는 건 작년에 디멘터들과 싸우면서 부모님의 목소리를 들었기 때문이었다. 희생자에게 평생 가장 괴로운 기억을 생생히 떠올리게 해서 무기력한 절망에 빠져 허우적거리게 만드는 것이 바로 디멘터들이 가진 끔찍한 능력이었다…….

무디가 다시 말하고 있었지만 해리에게는 아주 먼 곳에서 들려오는 말처럼 느껴졌다. 그는 가까스로 현실로 돌아와 무디의 말에 귀를 기울였다.

"아바다 케다브라는 강력한 마력을 필요로 하는 저주 마법이다. 너희 모두가 지금 당장 마법 지팡이를 꺼내 내게 겨누고 주문을 읊는다 한들 내가 코피라도 흘릴지 모르겠다. 하지만 그건 중요하지 않아. 이 저주를 거는 방법을 가르쳐 주려는 건 아니니까. 자, 대응할 방법이 없는데 내가 왜 이 저주를 보여 줬을까? 알아야 하기 때문이다. 너희는 최악이 어떤 것인지 제대로 알고 있어야 해. 자기도 모르는 새 이 저주에 맞닥뜨리는 상황에는 처하지 말아야 한다. **지속적 경계!**" 그가 부르짖자 학생 모두가 또다시 깜짝 놀라 움찔했다.

"자…… 아바다 케다브라, 임페리우스, 크루시아투스, 이 세 저주는 용서받지 못하는 저주들로 알려져 있다. 이 중 하나라도 같은 인간에게 사용했다간 아즈카반에서 종신형을 받기 딱 좋지. 이게 바로 너희가 맞서야 하는 것들이다. 내가 너희에게 맞서 싸우도록 가르쳐야 하는 것들이기도 하다. 너희는 준비해야 한다. 무장해야 한다. 그러나 무엇보다도 지속적이고 결코 멈추지 않는 경계를 실천해야 한다. 깃펜을 꺼내라……. 받아 적는다……."

그들은 용서받지 못하는 저주들 하나하나에 대해 필기하면서 나머지 수업 시간을 보냈다. 종이 울릴 때까지 아무도 입을 열지 않았다. 그러나 무디가 수업을 끝내자, 그들은 교실을 나서면서 봇물 터진 듯 왁자지껄 떠들어 댔다. 대부분의 아이들은 경외감에 휩싸인 목소리로 저주에 대해 이야기하고 있었다. "경련하는 거 봤어?" "……죽였을 때도. 그렇게 쉽게 죽이다니!"

다들 멋진 쇼라도 본 것처럼 수업에 대해 떠들어 대고 있었다. 그러나 해리는 그 수업이 별로 즐겁지 않았다. 헤르미온느도 마찬가지인 듯했다.

"빨리 가자." 그녀가 한껏 굳은 목소리로 해리와 론에게 말했다.

"그놈의 도서관에 다시 가려는 건 아니지?" 론이 물었다.

"아냐." 헤르미온느가 옆 통로를 가리키며 짧게 말했다. "네빌 때문에 그래."

네빌은 복도를 걸어가다 말고 홀로 서서, 무디가 크루시아투스 저주를 보여 줬을 때처럼 겁에 질린 눈을 휘둥그레 뜨고 눈앞의 돌벽을 바라보고 있었다.

"네빌?" 헤르미온느가 부드러운 목소리로 그를 불렀다.

네빌이 돌아보았다.

"어, 안녕." 그가 말했다. 목소리가 평소보다 훨씬 높았다. "재미있는 수업이었지? 저녁 메뉴가 뭘까. 배가, 배가 엄청 고픈데. 너흰 안 그래?"

"네빌, 너 괜찮아?" 헤르미온느가 물었다.

"아, 그럼. 괜찮아." 네빌은 여전히 부자연스럽게 높은 목소리로 빠르게 말했다. "아주 재미있는 저녁…… 그러니까, 재미있는 수업이었어. 메뉴는 뭐래?"

론이 해리 쪽을 보며 놀란 표정을 지어 보였다.

"네빌, 왜……?"

하지만 그때 뒤에서 쿵쿵거리는 이상한 소리가 들려왔다. 고개를 돌려 보니 무디 교수가 절뚝거리며 다가오고 있었다. 네 사람은 모두 조용해져서 불안한 얼굴로 그를 가만히 지켜보았다. 하지만 무디가 입을 열었을 때 흘러나온 목소리는 걸걸하면서도 그 어느 때보다 나직하고 부드러웠다.

"괜찮다, 얘야." 그가 네빌에게 말했다. "내 연구실로 같이 올라가지 않겠느냐? 자…… 차 한잔하자꾸나……."

무디와 차를 마신다는 생각에 네빌은 더욱 겁에 질린 얼굴이 되었다. 그는 움직이지도, 입을 열지도 않았다.

무디가 마법 눈을 해리에게로 돌렸다. "너는 괜찮냐, 포터?"

"네." 해리는 공포에 맞서려는 듯 꿋꿋하게 대답했다.

해리를 살펴보는 무디의 파란 눈이 눈구멍 안에서 살짝 흔들렸다.

잠시 후 그가 다시 말했다. "너는 알아야 한다. 어쩌면 가

혹해 보일지도 모르지만, 그래도 알아야 한다. 모르는 척하는 건 아무 의미도 없다……. 자…… 가자, 롱보텀. 네가 관심을 가질 만한 책이 몇 권 있다."

네빌은 애원하듯 해리, 론, 헤르미온느 쪽을 봤지만 그들은 아무 말도 하지 않았다. 무디가 울퉁불퉁한 손을 어깨에 올려놓고 있었기에 네빌은 무디가 이끄는 대로 따라가는 수밖에 없었다.

"저게 무슨 소리야?" 론이 모퉁이를 도는 네빌과 무디의 뒷모습을 지켜보며 물었다.

"모르겠어." 헤르미온느가 생각에 잠긴 얼굴로 말했다.

"그래도 엄청난 수업이었어. 그치?" 대연회장으로 향할 때 론이 해리에게 말했다. "프레드랑 조지 말이 맞았어. 무디는 진짜 제대로 아는 사람이야. 그렇지 않아? 아바다 케다브라를 거니까 거미가 그냥 죽어 버렸잖아. 바로 뒈졌……."

하지만 론은 해리의 표정을 보더니 갑자기 입을 다물고 아무 말도 하지 않았다. 대연회장에 도착한 다음에야 그는 트릴로니 교수의 점술 숙제를 하려면 시간이 좀 걸릴 테니 오늘 밤에는 시작해야겠다고 말했다.

헤르미온느는 저녁 식사를 하는 동안 해리와 론의 대화

에도 끼지 않고 맹렬한 속도로 음식을 먹어치우더니 다시 도서관으로 가 버렸다. 해리와 론은 그리핀도르 탑으로 돌아갔다. 저녁 식사 내내 그 생각밖에 안 했던 해리가 먼저 용서받지 못하는 저주들에 관한 이야기를 꺼냈다.

"우리가 그 저주를 본 걸 알면 무디 교수님, 덤블도어 교수님이랑 정부 사이에 문제가 생기지 않을까?" 해리가 뚱뚱한 귀부인에게 다가가며 물었다.

"뭐, 그렇겠지." 론이 말했다. "하지만 덤블도어는 항상 자기 방식대로 문제를 처리했잖아? 게다가 무디는 몇 년째 문제를 일으켜 온 것 같고. 어쨌든 일은 벌일 테니 질문은 나중에 하라는 식이지. 그 쓰레기통 사건을 봐. 허튼소리."

뚱뚱한 귀부인이 앞으로 홱 젖혀지면서 입구를 드러냈다. 그들은 북적북적 시끄러운 그리핀도르 휴게실로 들어갔다.

"그럼 점술 숙제나 시작해 볼까?" 해리가 말했다.

"그래야지." 론이 신음했다.

그들은 책과 도표를 가지러 침실로 올라갔다가, 홀로 침대에 앉아 무언가를 읽고 있는 네빌을 발견했다. 아직도 충격에서 완전히 벗어난 것 같진 않았지만 무디의 수업이 끝난 직후보다는 훨씬 차분한 표정이었다. 그의 눈이 조금 빨개져 있었다.

"괜찮아, 네빌?" 해리가 그에게 물었다.

"응, 괜찮아." 네빌이 말했다. "난 괜찮아. 고마워. 그냥, 무디 교수님이 빌려주신 책을 읽고 있었어……."

그가 책을 들어 올렸다. 《지중해의 마법 수생식물과 그 특성》이었다.

"스프라우트 교수님이 무디 교수님한테 내가 약초학을 아주 잘한다고 말씀하신 것 같아." 네빌이 말했다. 그의 목소리에 전에는 들어 본 적 없는 희미한 자부심이 깃들어 있었다. "내가 이 책을 좋아할 거라고 생각하셨대."

뭐라도 잘한다는 얘기를 듣는 일이 거의 없는 네빌에게 스프라우트 교수의 말을 전해 주는 건 그의 기운을 북돋는 아주 적절한 방법이라고 해리는 생각했다. 그런 건 루핀 교수나 했을 법한 일이었다.

해리와 론은 《미래의 안개 걷어 내기》를 꺼내 들고 휴게실로 다시 내려가서 탁자 하나를 차지하고 앉아 다음 달에 일어날 일들을 예측하기 시작했다. 한 시간 뒤, 계산식과 기호 들이 적힌 양피지로 탁자가 잔뜩 어질러져 있었는데도 그들은 거의 진도를 나가지 못했다. 해리의 머릿속은 트릴로니 교수의 벽난로에서 나오는 향으로 가득 찬 것처럼 안개에 휩싸여 있었다.

"이것들이 뭘 의미하는지 도저히 모르겠다." 그가 기다란 수식 목록을 내려다보며 말했다.

"있잖아." 론이 말했다. 숙제하는 내내 짜증이 나서 손가락으로 쓸어 대는 바람에 그의 머리카락은 잔뜩 곤두서 있었다. "내 생각엔 미리 준비해 둔 예언을 써먹어야 할 것 같아."

"뭐, 지어내자고?"

"그래." 론이 말했다. 그는 탁자 위에 뒤죽박죽 섞여 있는 휘갈겨 쓴 종이들을 쓸어 버리고 펜을 잉크에 적신 뒤 뭔가를 쓰기 시작했다.

"다음 주 월요일……." 그가 글씨를 끼적이며 말을 이었다. "나는 목감기에 걸릴 거야. 화성과 목성의 불운한 결합 때문이지." 그가 고개를 들어 해리를 바라보았다. "너도 그 여자가 어떤지 알잖아. 그냥 불행한 일을 잔뜩 적어 놓으면 곧이곧대로 받아들일걸."

"그렇네." 해리가 쓰고 있던 숙제를 구긴 뒤 수다를 떨고 있는 1학년들의 머리 위로 휙 던져 난롯불에 넣으면서 말했다. "좋아…… 월요일에 나는 엄청난 위험에 처할 거야. 어…… 화상을 입겠지."

"그래, 틀림없이 그럴 거야." 론이 음험하게 말했다. "월요일에는 스크루트들을 다시 보게 될 테니까. 좋아, 화요일에 나는…… 음……."

"아끼는 물건을 잃어버린다." 해리가 말했다. 그는 아이디어를 얻으려고 《미래의 안개 걷어 내기》를 휙휙 넘기고 있었다.

"좋은데." 론이 받아 적으며 말했다. "왜냐하면, 음…… 수성 때문에. 너는 친구라고 믿었던 사람한테 배신을 당하는 게 어때?"

"좋아…… 멋진데……." 해리가 감탄하며 그 내용을 휘갈겨 썼다. "그건…… 금성이 12궁 가운데 열두 번째 자리에 있기 때문이고."

"그리고 수요일에는 내가 싸움에서 완패를 당할 거야."

"아아, 내가 싸우려고 했는데. 좋아, 그럼 나는 내기에서 질게."

"그래, 넌 내가 싸움에서 이긴다는 데 걸면 되겠네……."

그들은 한 시간 동안 계속해서 예언을 지어냈다(예언의 내용은 점점 비극으로 치달았다). 그러는 사이 아이들이 자러 올라가면서 휴게실은 서서히 비어 갔다. 크룩섕스가 다가와 빈 의자에 가볍게 뛰어오르더니 묘한 표정으로 해리를 바라보았다. 그들이 숙제를 제대로 하지 않은 걸 알았을 때 헤르미온느가 지을 법한 표정이었다.

해리는 휴게실을 둘러보며 아직 쓰지 않은 불운한 일이 있는지 떠올리려 애쓰다가, 프레드와 조지가 맞은편 벽에 붙어 앉아 머리를 맞댄 채 깃펜을 꺼내 들고 양피지를 들여다보고 있는 모습을 보았다. 프레드와 조지가 구석에 숨어서 조용히 공부하는 모습은 굉장히 보기 드문 광경이었다. 그들은 보통 사건의 중심에서 떠들썩하게 관심 끄는 일을 좋아했던 것이다. 양피지를 들여다보는 그 모습에는 뭔가 비밀스러운 구석이 있었다. 해리의 머릿속에 버로에 있을 때 그들이 같이 앉아 뭔가를 끼적이던 기억이 떠올랐다. 그때는 그 양피지가 위즐리 형제의 위대하고 위험한 장난감 주문서라고 생각했는데 이번에는 그게 아닌 것 같았다. 만약 주문서였다면 틀림없이 리 조던도 그 장난에 끼워 주었을 테니까. 해리는 그것이 트라이위저드 대회 참가와 관련된 일일지 궁금했다.

해리가 지켜보고 있는데 조지가 프레드에게 고개를 저으며 깃펜으로 뭔가를 쫙쫙 긋더니, 아주 작지만 사람이 거의 없는 휴게실에서는 잘 들리는 목소리로 말했다. "안 돼, 그럼 비난하는 것 같잖아. 조심해야 돼……."

그때 조지가 고개를 들어, 그를 지켜보고 있던 해리를 보았다. 해리는 씩 웃고 얼른 점술 숙제로 눈을 돌렸다. 엿듣고 있었다고 여겨지는 건 싫었기 때문이다. 잠시 후 쌍둥이는 양피지를 돌돌 말고 잘 자라는 인사를 한 다음 나란히 침실로 향했다.

프레드와 조지가 떠나고 10분쯤 지났을까, 초상화 구멍이 열리더니 헤르미온느가 휴게실에 들어왔다. 한 손에는 양피지 다발이, 다른 손에는 걸을 때마다 달그락거리는 소리가 나는 상자 하나가 들려 있었다. 크룩섕스가 가르랑거리며 몸을 둥글게 말았다.

"안녕." 그녀가 말했다. "방금 다 끝났어!"

"나도!" 론이 깃펜을 던지며 의기양양하게 말했다.

헤르미온느는 자리에 앉아 들고 있던 물건들을 빈 안락의자에 내려놓고 론의 점술 숙제를 끌어당겼다.

"한 달 운세가 별로 좋진 않구나?" 그녀가 빈정대듯 말했다. 크룩섕스가 그녀의 무릎 위로 뛰어올라 몸을 웅크렸다.

"뭐, 하지만 적어도 미리 알게 됐으니까." 론이 쩌억 하품했다.

"두 번이나 익사할 건가 봐?" 헤르미온느가 어이없다는 투로 말했다.

"아, 그래?" 론이 예측한 것을 내려다보며 말했다. "둘 중 하나를 미쳐 날뛰는 히포그리프한테 밟혀 죽는 걸로 바꿔야겠다."

"지어낸 티가 너무 나는 것 같지 않니?" 헤르미온느가 말했다.

"감히 그런 소릴!" 론이 짐짓 화가 난 척 소리쳤다. "우리는 지금까지 집요정들처럼 죽어라 숙제했단 말이야!"

헤르미온느가 눈썹을 치켜올렸다.

"그냥 말이 그렇다는 거야." 론이 다급히 말했다.

해리도 깃펜을 내려놓았다. 그 자신이 참수당해 죽는다는 것을 막 예견한 뒤였다.

"상자에 든 게 뭐야?" 그가 상자를 가리키며 물었다.

"그런 걸 다 물어보고 별일이네." 헤르미온느가 못마땅한 빛을 띤 눈은 론에게 둔 채 그렇게 대꾸했다. 그녀는 상자 뚜껑을 열고 안에 들어 있는 것을 보여 주었다.

상자 속에는 50개쯤 되는 배지가 들어 있었다. 색깔은 모두 달랐지만 하나같이 'S.P.E.W.'라는 글자가 적혀 있었다.

"'스퓨(spew)'? 토한다고?" 해리가 배지를 들고 바라보며 물었다. "이게 뭐야?"

"'스퓨'라고 읽는 게 아냐." 헤르미온느가 못 참겠다는 듯 말했다. "S, P, E, W라고 따로따로 읽어야 돼. 집요정 복지 증진 협회(Society for the Promotion of Elfish Welfare)라는 뜻 이야."

"들어 본 적 없는데." 론이 말했다.

"뭐, 당연히 그렇겠지." 헤르미온느가 쾌활하게 말했다. "내가 방금 만들었거든."

"그래?" 론이 조금 놀라며 물었다. "회원은 몇 명인데?"

"뭐, 너희 둘이 가입하면…… 세 명." 헤르미온느가 대답 했다.

"넌 우리가 '토사물'이라고 써 있는 배지를 달고 돌아다 닐 것 같냐?" 론이 말했다.

"S, P, E, W라니까!" 헤르미온느가 열을 내며 말했다. "원 래는 '동료 마법 생명체에 대한 말도 안 되는 학대를 그만 두고 그들의 법적 지위 변화를 위한 캠페인을 벌이자'로 하 려고 했는데, 앞 글자만 따도 글자가 다 안 들어갔어. 그래 서 그건 우리 선언의 첫 머리로 삼을 거야."

그녀가 그들을 향해 양피지 다발을 흔들었다. "그동안 도 서관에서 철저히 조사했어. 집요정 노예제도는 수백 년 전 까지 거슬러 올라가. 지금까지 누구도 이 문제와 관련해서 아무 일도 하지 않았다니 믿을 수가 없더라."

"헤르미온느, 제발 다른 사람 말 좀 들어." 론이 큰 소리로 말했다. "걔들은, 그걸, 좋아해. 걔들은 노예로 사는 걸 *좋아한다고!*"

"우리의 단기 목표는" 하고, 헤르미온느가 들은 척도 하지 않고 론보다 더 큰 목소리로 말했다. "집요정들에게 공평한 임금과 노동 조건을 보장해 주는 거야. 장기 목표에는 마법 지팡이 사용 금지와 관련된 법을 바꾸고 집요정 한 명을 마법 생명체 통제 관리부에 들여보내는 것도 포함돼 있어. 집요정들의 의견을 대표하는 존재가 충격적일 만큼 적거든."

"그래서 우리가 이 모든 일을 어떻게 한다는 거야?" 해리가 물었다.

"회원 모집부터 시작해야지." 헤르미온느가 밝은 목소리로 말했다. "가입비로 2시클을 내고 배지를 사게 하는 방법을 생각했어. 그러면 그 수익금으로 전단지 캠페인 기금을 모을 수 있을 거야. 네가 회계 담당이야, 론. 네가 쓸 모금함을 위층에 마련해 놨어. 그리고 해리, 너는 서기야. 그러니까 지금 내가 말하는 걸 다 적어 두는 게 좋을 거야. 우리의 첫 회의록으로 말이지."

헤르미온느가 두 사람에게 활짝 웃는 가운데 짧은 침묵

이 흘렀다. 해리는 헤르미온느 때문에 짜증이 나면서도 론의 얼굴에 떠오른 표정이 너무 웃겨서 어쩔 줄을 몰랐다. 침묵을 깬 건 어이가 없어서 일시적으로 말문이 막힌 것처럼 보였던 론이 아니라 창문을 '톡, 톡' 두드리는 조그만 소리였다. 해리는 텅 빈 휴게실 저편을 바라보았다. 흰올빼미가 환한 달빛을 받으며 창턱에 앉아 있었다.

"헤드위그!" 그가 소리치며 의자에서 벌떡 일어나 창가로 걸어가 창문을 열어 주었다.

안으로 날아들어 온 헤드위그가 방을 가로지르더니 탁자에 놓인 해리의 점술 숙제 위에 앉았다.

"이제야 왔구나!" 해리가 얼른 헤드위그를 뒤쫓아 오며 말했다.

"답장을 가져왔어!" 론이 헤드위그의 다리에 묶인 지저분한 양피지를 가리키며 흥분해서 소리쳤다.

해리는 다급한 손놀림으로 헤드위그의 다리에서 양피지를 풀었다. 그가 자리에 앉아서 편지를 읽는 동안 헤드위그가 그의 무릎으로 푸드덕 날아와 앉더니 부드럽게 부엉부엉 울었다.

"뭐래?" 헤르미온느가 숨죽이고 물었다.

편지는 아주 짧았고, 무척 서둘러서 휘갈겨 쓴 듯했다.

해리는 소리 내어 편지를 읽었다.

해리.

나는 곧바로 북쪽으로 날아갈 거다. 네 흉터에 관한 소식 이전에도 이곳에서 여러 가지 이상한 소문을 들었다. 또 흉터가 아프면 즉시 덤블도어 교수님을 찾아가거라. 은퇴한 매드아이를 불렀다는 얘기가 있던데, 그렇다면 다른 사람들은 몰라도 덤블도어 교수님은 그 징조들을 읽고 있다는 뜻이다.

곧 다시 연락하마. 론이랑 헤르미온느에게도 안부 전해 다오. 정신 바짝 차리고 있어라, 해리.

시리우스

해리는 고개를 들고 론과 헤르미온느를 바라보았다. 그들도 그를 마주 응시하고 있었다.

"북쪽으로 날아간다고?" 헤르미온느가 속삭였다. "다시 여기로 오고 있다는 거야?"

"덤블도어가 무슨 징조를 읽고 있다는 거지?" 론이 어리둥절한 얼굴로 말했다. "해리, 왜 그래?"

론이 주먹으로 자신의 이마를 치는 해리에게 물었다. 그

바람에 헤드위그가 해리의 무릎에서 떨어졌다.

"말하지 말았어야 했어!" 해리가 화가 나서 길길이 뛰며 말했다.

"무슨 소리야?" 론이 놀라서 물었다.

"시리우스는 나 때문에 돌아와야겠다고 마음먹은 거야!" 해리가 말했다. 이번에는 탁자를 주먹으로 쾅쾅 내리쳤다. 헤드위그가 론의 의자 등받이에 내려앉아 화가 나서 부엉부엉 울었다. "내가 곤경에 처했다고 생각해서 돌아오는 거라고! 나는 아무렇지도 않은데! 그리고 너 줄 거 없어." 해리는 기대감에 가득 차 부리를 딱딱거리던 헤드위그에게 쏘아붙였다. "뭘 먹고 싶으면 부엉이장으로 올라가."

헤드위그는 몹시 기분 상한 눈길을 던지더니 쭉 뻗은 날개로 그의 머리를 툭 치고 열린 창문으로 날아가 버렸다.

"해리." 헤르미온느가 달래려는 듯 입을 열었다.

"가서 잘게." 해리가 짧게 말했다. "아침에 보자."

해리는 침실로 올라가 잠옷을 입고 사주식 침대에 누웠지만 조금도 피곤하지 않았다.

시리우스가 돌아왔다가 붙잡힌다면 그건 바로 그, 해리의 잘못이었다. 왜 가만히 입 다물고 있지 못했을까? 잠깐 아팠던 걸 못 참고 떠벌리다니……. 혼자만 알고 있었어야 했는데. 그 정도 분별력도 없어서······.

　그는 잠시 후 론이 침실로 올라오는 소리를 들었지만 말을 걸지는 않았다. 해리는 한참 동안 누워서 어두운 침대 천장을 올려다보았다. 침실은 아주 고요했다. 해리가 다른 데 정신이 팔려 있지만 않았다면 평소와 달리 네빌의 코 고는 소리가 들려오지 않는다는 것을 알아차리고 지금 깨어 있는 사람이 자기 혼자만이 아니라는 사실을 깨달았을 것이다.

15장
보바통과 덤스트랭

다음 날 이른 아침 해리가 눈을 떴을 때 그의 머릿속에는 완성된 계획이 들어 있었다. 마치 그가 자는 동안 뇌는 밤새도록 일을 한 것 같았다. 그는 자리에서 일어나 흐릿한 새벽빛을 받으며 옷을 갈아입은 뒤, 론을 깨우지 않고 침실을 나서서 아무도 없는 휴게실로 내려갔다. 그는 어제 하던 점술 숙제가 그대로 놓여 있는 탁자에서 양피지를 집어 들고 다음과 같이 편지를 썼다.

시리우스에게.

흉터가 아팠던 건 그냥 상상이었던 것 같아요. 지난번에 편지를 썼을 때는 잠이 덜 깬 상태였거든요. 여긴 아무 문제 없으

니 돌아오실 필요 없어요. 제 걱정은 하지 마세요. 머리는 아주
멀쩡해요.

해리

그런 다음 그는 초상화 구멍으로 나와서 조용한 성안을
걸어가(5층 복도를 걸어가던 도중 피브스가 그에게 커다란
꽃병을 뒤엎으려고 해서 잠깐 방해가 되었을 뿐이다) 마침
내 서쪽 탑 꼭대기에 있는 부엉이장에 도착했다.

부엉이장은 돌로 만든 둥그런 방으로, 창문에 유리가 하
나도 없었기 때문에 찬바람이 숭숭 들어와 매우 추웠다. 바
닥은 온통 짚과 부엉이 배설물, 먹고 뱉어 낸 생쥐와 들쥐
뼈로 뒤덮여 있었다. 상상할 수 있는 온갖 종류의 부엉이와
올빼미 수백 마리가 바닥에서부터 탑 꼭대기까지 곧장 올
라가는 횃대들에 자리를 잡고 앉아 있었다. 여기저기서 동
그란 호박색 눈이 해리를 노려보기는 했지만 새들은 대부
분 잠들어 있었다. 그는 외양간올빼미와 황갈색올빼미 사
이에 자리 잡은 헤드위그를 발견하고 서둘러 다가가다가
똥이 잔뜩 떨어진 바닥에 살짝 미끄러졌다.

잠든 헤드위그를 깨우고, 해리에게 꼬리만 보이도록 횃
대 위에서 계속 몸을 돌리는 헤드위그가 다시 그를 보도록

65

설득하는 데 시간이 조금 걸렸다. 헤드위그는 지난밤 해리가 고마워하지 않은 것에 여전히 화가 나 있는 게 틀림없었다. 결국 헤드위그는 네가 많이 피곤한 것 같으니 론에게 피그위전을 빌려 달라고 해야겠다는 해리의 말을 듣고서야 다리를 내밀고 편지를 묶을 수 있게 해 주었다.

"꼭 찾아야 해. 알았지?" 해리가 말했다. 그는 팔에 헤드위그를 얹은 채 벽에 난 구멍 중 하나로 데려가면서 등을 쓰다듬어 주었다. "디멘터들이 찾아내기 전에."

헤드위그는 평소보다 조금 센 강도로 해리의 손가락을 깨물면서도 안심하라는 듯 작은 소리로 부엉부엉 울었다. 헤드위그는 날개를 활짝 펼치고 아침놀을 향해 날아갔다. 해리는 익숙한 불안감에 마음이 다시 무거워지는 것을 느끼며, 헤드위그가 보이지 않는 곳으로 사라질 때까지 지켜보았다. 시리우스의 답장을 받으면 걱정이 줄어들 거라고 그토록 확신했건만 오히려 늘고 말았다.

"그건 *거짓말이잖아, 해리.*" 아침 식사를 하던 중 헤르미온느가 날카롭게 말했다. 해리가 그녀와 론에게 자기가 무슨 일을 했는지 말했을 때였다. "흉터가 아프다고 상상한 게 아니었다는 건 너도 잘 알잖아."

"그래서 뭐?" 해리가 말했다. "나 때문에 시리우스가 다시 아즈카반에 가게 될 수도 있어."

"그만 좀 해라." 헤르미온느가 무슨 말을 더 하려고 입을 열자 론이 대번에 그녀에게 말했다. 이번에는 헤르미온느도 그의 말을 듣고 입을 다물었다.

해리는 그다음 2주 동안 시리우스 걱정을 하지 않으려고 무진 애를 썼다. 물론 매일 아침 우편 부엉이들이 도착할 때마다 걱정스레 주위를 둘러보는 일을 그만두거나, 늦은 밤 잠들기 전 런던 어느 어두운 골목에서 시리우스가 디멘터들에 의해 구석에 몰리는 끔찍한 장면이 눈앞에 그려지는 것을 막을 수는 없었다. 하지만 그 밖의 시간에는 대부 생각을 하지 않으려고 애썼다. 그는 여전히 퀴디치가 그의 정신을 딴 데로 돌려 주기를 바랐다. 힘들지만 잘된 훈련만큼 괴로운 정신에 잘 듣는 약은 없었다. 한편, 수업은 어느 때보다도 어렵고 힘들어지고 있었다. 어둠의 마법 방어법이 특히 그랬다.

놀랍게도 무디 교수는 학생들 각자에게 임페리우스 저주를 걸겠다고 선언했다. 그 힘을 실제로 보여 주고 학생들이 저항할 수 있는지 살펴보겠다는 것이었다.

"하지만…… 하지만 불법이라고 하셨잖아요, 교수님."

무디가 마법 지팡이를 휘둘러 책상들을 치우고 교실 한가운데 커다란 공간을 만들자 헤르미온느가 자신 없는 말투로 말했다. "교수님께서 말씀하셨잖아요. 다른 사람에게 그 저주를 사용하는 건……."

"덤블도어 교수는 너희가 이 저주가 어떤 느낌인지 배우길 바란다." 무디가 말했다. 그의 마법 눈이 헤르미온느에게로 획 돌아가더니, 한 번 깜빡이지도 않고 으스스하게 그녀를 응시했다. "더 힘들게 배우고 싶다면, 그러니까 누군가가 너희에게 그 저주를 걸어서 완전히 조종당하게 되기를 바란다면, 나야 상관없지. 괜찮다. 가도 좋아."

그가 울퉁불퉁한 손가락으로 문을 가리켰다. 헤르미온느는 얼굴을 잔뜩 붉히고 교실을 떠나고 싶다는 뜻은 아니었다느니 어쩌느니 중얼거렸다. 해리와 론은 서로를 보며 씩 웃었다. 그들은 헤르미온느가 중요한 수업을 놓치느니 차라리 멍울초 고름을 먹을 거라는 사실을 잘 알고 있었다.

무디는 학생들을 한 명씩 불러내 임페리우스 저주를 걸기 시작했다. 해리는 친구들이 하나하나 그 저주의 영향을 받아 매우 이상한 행동을 하는 모습을 지켜보았다. 딘 토머스는 국가를 부르며 팔짝팔짝 뛰면서 교실을 세 바퀴 돌았다. 라벤더 브라운은 다람쥐 흉내를 냈다. 네빌은 멀쩡한 상태였다면 결코 하지 못했을 놀라운 곡예를 연속으로 보여 주었다. 그들 중 누구도 저주를 떨쳐 내지 못하는 것처럼 보였고, 모두 무디가 저주를 해제한 다음에야 원래 상태로 되돌아갔다.

"포터." 무디가 걸걸한 목소리로 해리를 불렀다. "다음은 너다."

해리는 교실 한가운데 무디가 책상을 치워 만든 공간으로 향했다. 무디가 마법 지팡이를 들어 올리고 해리를 겨누며 말했다. "*임페리오.*"

끝내주는 기분이었다. 해리는 머릿속에서 온갖 생각과 걱정이 차츰 사라지고 모호하고 영문을 알 수 없는 행복감만 남은 채 둥실둥실 떠다니는 듯한 기분을 느꼈다. 그는 아주 느긋한 기분으로 그 자리에 서 있었다. 모두가 그를 지켜보고 있다는 사실만 어렴풋이 느껴질 뿐이었다.

그때 그의 텅 빈 머릿속 깊은 곳에서 매드아이 무디의 목소리가 울렸다. *책상 위로 뛰어올라라……. 책상 위로 뛰어올라…….*

해리는 책상 위로 뛰어오를 준비를 하면서 고분고분 무릎을 구부렸다.

책상 위로 뛰어올라…….

해리 포터와 불의 잔

근데, 왜?

그의 머릿속에서 또 다른 목소리가 깨어났다. 무슨 멍청한 짓이야? 그 목소리는 그렇게 말했다.

책상 위로 뛰어올라…….

아니, 그러지 않는 게 좋겠어. 사양할게. 다른 목소리가 좀 더 단호하게 말했다. 아니, 정말로 그러고 싶지 않은걸…….

뛰어! 당장!

다음 순간 상당한 고통이 느껴졌다. 그는 책상 위로 뛰어오른 동시에, 뛰어오르는 자신을 막으려 했다. 그 결과 곤두박질치며 책상을 넘어뜨리고 말았다. 다리의 느낌으로 보아 양 무릎이 깨진 것 같았다.

"자, *바로 이거다!*" 무디의 걸걸한 목소리가 들리자, 해리는 머릿속을 공허하게 울리던 느낌이 갑자기 사라지는 것을 느꼈다. 정확히 무슨 일이 벌어졌는지가 떠올랐다. 그러자 무릎의 통증이 두 배로 커졌다.

"잘 봐라, 얘들아……. 포터는 싸웠다! 맞서 싸웠고, 거의 이길 뻔했다! 다시 해 보자, 포터. 나머지는 주목하도록. 포터의 눈을 봐라. 너희가 알아야 할 것이 거기 있다. 아주 잘했다, 포터. 아주 잘했어! 놈들이 너를 조종하려면 꽤 애를 먹겠구나!"

"무디가 말하는 걸 들으면······." 한 시간 뒤 다리를 절뚝거리며 어둠의 마법 방어법 교실을 나서던 해리가 중얼거렸다(무디는 해리가 저주를 완전히 떨쳐 낼 수 있을 때까지 연달아 네 번이나 그의 기량을 시험해 보겠다고 우겼다). "우리 모두 지금 당장에라도 공격당할 것 같아."

"그래, 맞아." 론이 말했다. 임페리우스 저주 때문에 해리보다 훨씬 어려움을 겪었던 그는 발걸음을 한 번 떼어 놓을 때마다 깡충거렸지만, 무디는 점심시간 즈음이면 저주의 효과가 사라질 거라고 장담했다. "편집증 얘기가 나올 만하지······." 론은 초조하게 어깨 너머를 힐끔 돌아보고 무디가 들을 수 없는 곳에 있는 것을 확인하더니 말을 이었다. "무디가 은퇴하자 정부가 기뻐한 것도 놀랄 일은 아니야. 무디가 셰이머스한테 하는 얘기 들었어? 만우절에 등 뒤에서 '까꿍' 하면서 놀래킨 마법사한테 무슨 짓을 했는지 말이야. 게다가 안 그래도 할 게 많은데 임페리우스 저주에 맞서는 방법은 대체 언제 조사하라는 거야?"

4학년 학생들은 모두 이번 학기에 해야 할 공부가 늘어났다는 사실을 확실히 깨달았다. 맥고나걸 교수가 내준 변환 마법 숙제에 학생들이 유난히 시끄럽게 투덜거리자 그녀가 그 이유를 설명했다.

"여러분은 지금 마법 교육의 가장 중요한 단계에 들어서고 있는 겁니다!" 그녀가 사각 안경 너머로 눈을 위협적으로 번뜩이며 말했다. "보통 마법사 등급 시험이 다가오고 있……."

"O.W.L. 시험은 5학년 때부터 보잖아요!" 딘 토머스가 화가 나서 반박했다.

"그렇겠지, 토머스. 하지만 내 말을 믿어라. 준비는 진작부터 많이 할수록 좋아! 여기서 만족스러울 만큼 고슴도치를 바늘꽂이로 변신시킬 수 있는 사람은 여전히 그레인저 양뿐이다. 토머스, 네 바늘꽂이는 누가 바늘을 들고 다가오기만 하면 아직도 무서워서 몸을 움츠린다는 사실을 일깨워 줘야겠구나!"

다시 얼굴이 발그레해진 헤르미온느는 너무 자부심 깃든 표정을 짓지 않으려고 애쓰는 듯했다.

다음 수업인 점술 시간에 트릴로니 교수가 그들이 해 온 숙제에 최고점을 주자 해리와 론은 기분이 매우 좋아졌다. 그녀는 그들이 예측한 것 가운데 상당 부분을 읽어 주면서, 그들이 앞으로 다가올 끔찍한 일들을 꿋꿋이 받아들이고 있다고 칭찬했다. 하지만 그녀가 다다음 달에 대해서도 똑같은 숙제를 내줬을 때는 별로 기쁘지 않았다. 둘 다 대재

앙과 관련된 아이디어가 떨어져 가고 있었기 때문이었다.

한편 마법의 역사를 가르치는 유령, 빈스 교수는 18세기 고블린 반란에 관한 작문 숙제를 매주 내주었다. 스네이프 교수는 해독제 연구를 강요했다. 그가 크리스마스 전에 학생 하나를 중독시킨 뒤 각자의 해독제가 잘 듣는지 확인해 볼 수도 있다고 암시했기에 학생들은 그 말을 꽤 심각하게 받아들였다. 플리트윅 교수는 소환 마법 수업에 대비해 책을 세 권이나 더 읽으라고 말했다.

해그리드마저 공부할 거리를 더해 주고 있었다. 폭발 꼬리 스크루트가 뭘 먹는지 알아낸 사람이 아무도 없었음에도 그것들은 놀라운 속도로 자라고 있었다. 해그리드는 무척 기뻐하면서, '연구'의 일환으로 이틀에 한 번씩 저녁마다 오두막에 와서 스크루트를 관찰하고 특이한 행동을 기록하라고 했다.

"싫은데요." 해그리드가 자루에서 특별히 큰 장난감을 꺼내는 산타클로스 같은 태도로 그런 제안을 내놓자 드레이코 말포이가 딱 잘라 말했다. "이 더러운 것들은 수업 시간에 보는 것만으로도 충분해서요. 사양합니다."

해그리드의 얼굴에서 미소가 사라졌다.

"시키는 대로 해라." 그가 으르렁거리듯 말했다. "아니면

무디 교수님처럼 할 거니까……. 족제비가 되면 착해진다
면서, 말포이."

그리핀도르 학생들이 웃음을 터뜨렸다. 말포이는 화가
나서 얼굴을 붉혔지만 무디에게 받았던 처벌의 기억이 아
직도 고통스러운지 말대꾸를 하지 못했다. 수업이 끝나자
해리, 론, 헤르미온느는 기분이 좋아져서 성으로 돌아왔다.
해그리드가 말포이를 잠잠하게 만드는 광경을 본 일이 무
엇보다 만족스러웠다. 작년에 말포이가 해그리드를 해고
시키려고 기를 썼던 일을 떠올리면 특히 그랬다.

현관홀에 도착한 그들은 잔뜩 몰려 있는 학생들 때문에
더 이상 나아갈 수가 없었다. 학생들은 하나같이 대리석 계
단 아래 세워진 커다란 안내판 주위에 모여 있었다. 셋 중
가장 키가 큰 론이 까치발을 들고 눈앞에 있는 학생들의 머
리 너머로 안내판 내용을 보고 두 사람에게 큰 소리로 읽어
주었다.

트라이위저드 대회

보바통과 덤스트랭 대표단이 10월 30일 금요일 오후 6시에
도착합니다. 수업은 30분 일찍 끝날 예정입니다.

"잘됐네!" 해리가 말했다. "금요일 마지막 수업은 마법약이야! 스네이프가 우리 모두에게 독을 먹일 시간이 없을 거야!"

학생들은 각자의 기숙사에 가방과 책을 갖다 놓고 성 앞에 모여 환영 연회 전에 손님들을 맞이할 것입니다.

"겨우 1주일 남았어!" 후플푸프의 어니 맥밀런이 사람들 무리에서 나오며 말했다. 그의 눈이 반짝반짝 빛나고 있었다. "세드릭도 알려나? 가서 말해 줘야겠다……."

"세드릭?" 어니가 다급히 자리를 뜨자 론이 멍하니 입을 열었다.

"디고리 말이야." 해리가 말했다. "트라이위저드 대회에 참가하려나 봐."

"그 멍청이가 호그와트 대표 선수가 된다고?" 론이 왁자지껄 떠드는 사람들을 헤치고 계단으로 향했다.

"세드릭은 멍청이가 아냐. 넌 그냥 퀴디치 시합에서 그리핀도르를 이겼다는 이유로 세드릭을 싫어하는 거잖아." 헤르미온느가 말했다. "난 세드릭이 정말 훌륭한 학생이라고 들었어. *게다가 반장이잖아.*"

그녀는 그것으로 모든 문제가 해결된다는 듯 말했다.

"넌 그냥 세드릭이 잘생겨서 좋아하는 거잖아." 론이 가차 없이 말했다.

"미안한데, 나는 잘생겼다는 이유만으로 사람을 좋아하진 않거든!" 헤르미온느가 화를 내며 말했다.

론이 큰 소리로 헛기침을 했는데, 그 기침 소리가 이상하게도 "록하트!"라고 하는 것처럼 들렸다.

현관홀에 내걸린 안내판은 성에 있는 모든 사람에게 눈에 띄는 영향을 미쳤다. 다음 한 주 동안에는 어디를 가든 트라이위저드 대회 이야기만 들렸다. 누가 호그와트 대표 선수에 도전할 것인지, 어떤 시합을 하게 될지, 보바통과 덤스트랭 학생들은 호그와트 학생들과 어떻게 다른지에 관한 소문들이 이 학생에서 저 학생에게로 전염성 높은 병균처럼 빠르게 퍼져 나갔다.

한편, 해리는 성에서 평소보다 더 철저한 청소가 이루어지는 것 같은 낌새를 챘다. 때 묻은 초상화 몇 점이 박박 닦였는데, 초상화 속 주인공들에게는 굉장히 불쾌한 일이었다. 그들은 액자 속에 웅크리고 앉아 험악하게 중얼거리면서, 벌겋게 드러난 자기 얼굴을 만지작거릴 때마다 움찔거렸다. 갑옷들은 갑자기 광이 나면서 움직일 때 삐걱거리는 소리를 내지 않게 되었다. 건물 관리인인 아거스 필치는 깜짝하고 신발을 털지 않고 들어오는 학생을 보면 사납게 화를 냈다. 그 바람에 1학년 여학생 두 명이 겁을 먹고 신경증에 걸릴 지경이 되었다.

다른 교직원들도 이상하게 긴장한 것처럼 보였다.

"롱보텀, 부디 덤스트랭 학생들 앞에서는 네가 간단한 바꾸기 마법도 할 줄 모른다는 사실을 드러내지 *말거라!*" 유난히 어려웠던 수업을 마치면서 맥고나걸 교수가 호통을 쳤다. 네빌이 실수로 선인장에 자신의 귀를 이식해 버린 것이다.

10월 30일 아침에 식사를 하려고 내려가 보니 대연회장은 밤사이 멋지게 장식되어 있었다. 벽에는 제각기 호그와트 기숙사를 상징하는 거대한 비단 현수막들이 걸려 있었다. 빨간색 바탕에 황금 사자는 그리핀도르, 파란색 바탕에 청동 독수리는 래번클로, 노란 바탕에 검은 오소리는 후플푸프, 초록색 바탕에 은색 뱀은 슬리데린이었다. 교직원 식탁 뒤에 걸린 가장 큰 현수막에는 사자, 독수리, 오소리, 뱀이 커다란 H를 둘러싸고 있는 호그와트 문장이 그려져 있었다.

해리, 론, 헤르미온느는 그리핀도르 식탁에 앉아 있는 프레드와 조지를 바라보았다. 이번에도 그들은 평소와 무척 다르게 다른 사람들과 떨어져 앉아 나직한 목소리로 이야기를 나누고 있었다. 론이 앞장서서 그들에게 다가갔다.

"정말 실망스럽네." 조지가 우울한 목소리로 프레드에게 말했다. "하지만 우리와 직접 이야기하지 않으려 한다면 결국 편지를 보낼 수밖에 없어. 편지도 안 받겠다면 손에 쑤셔 넣기라도 해야지. 우릴 영원히 피할 수는 없을걸."

"누가 형들을 피하는데?" 론이 그들 옆에 앉으며 물었다.

"너였으면 좋겠다." 프레드가 방해를 받아 짜증이 난 얼굴로 말했다.

"뭐가 실망스럽다는 거야?" 론이 조지에게 물었다.

"너처럼 오지랖 넓은 멍청이를 동생으로 둔 거." 조지가 말했다.

"트라이위저드 대회와 관련된 아이디어는 아직 없어?" 해리가 물었다. "참가할 방법은 더 찾아본 거야?"

"맥고나걸한테 대표 선수를 어떻게 선발하는지 물어봤는데 말 안 해 주더라." 조지가 씁쓸하게 말했다. "그냥 닥치고 너구리를 변신시키는 일에나 집중하라던데."

"어떤 과제가 나올지 궁금한데?" 론이 생각 끝에 입을 열었다. "있잖아, 우리는 분명 해낼 수 있을 거야, 해리. 전에도 위험한 일들을……."

"심사위원단 앞에서 해 본 건 아니잖아." 프레드가 말했다. "맥고나걸은 대표 선수들이 과제를 얼마나 잘 해결했느냐에 따라 점수를 받게 될 거라고 했어."

"심사위원들은 누구야?" 해리가 물었다.

"뭐, 참가하는 학교의 교장들은 언제나 심사위원단에 들어가 있어." 헤르미온느가 말하자 모두 조금 놀란 눈으로 그녀를 돌아보았다. "1792년에 열린 대회에서 세 사람 모두 부상을 당했다고 나오거든. 대표 선수들이 잡기로 돼 있던 코카트리스(머리, 다리, 날개는 닭이고 몸과 꼬리는 뱀의 모습을 한 괴물—옮긴이)가 미쳐 날뛰는 바람에."

그녀는 다들 자기를 바라보고 있다는 것을 깨닫고, 본인이 읽은 책을 다 읽은 사람이 한 명도 없다는 사실에 언제나처럼 못 참겠다는 투로 말했다. "《호그와트의 역사》에 다 나오는 얘기야. 하긴, 물론 그 책이 완전히 믿을 만한 건 아니지만. '수정된 호그와트의 역사'가 더 정확한 제목일걸. 아니면 '학교의 추잡한 면은 얼버무리고 넘어가는 굉장히 편향되고 선별된 호그와트의 역사'라거나."

"뭔 소리야?" 론이 물었지만 해리는 그녀의 입에서 무슨 말이 나올지 알 것 같았다.

"*집요정* 말이야!" 헤르미온느가 큰 소리로 말하며 해리의 짐작이 들어맞았음을 증명했다. "1,000페이지가 넘는 《호그와트의 역사》 어디에서도 우리 모두가 백 명의 노예를 억압하는 일에 공모하고 있다는 사실은 한 번도 언급되지 않았어!"

해리는 고개를 설레설레 젓고 스크램블드에그에 집중했다. 그와 론이 아무런 열의를 보이지 않아도 집요정들을 위한 정의를 추구하겠다는 헤르미온느의 결심은 조금도 꺾이지 않았다. 사실 둘 다 S.P.E.W. 배지 값으로 2시클을 내긴 했지만 그건 단지 헤르미온느를 조용하게 만들기 위해서였다. 헤르미온느의 목소리를 더 키우는 것을 제외하고는 아무런 효과도 발휘하지 못했으니 결국 2시클만 낭비한 셈이었지만. 그녀는 그 이후로 해리와 론을 괴롭히고 있었다. 처음에는 배지를 달고 다니라고 하더니 그다음에는 다른 학생들이 배지를 사도록 설득하라고 했다. 게다가 매일 저녁 그리핀도르 휴게실을 열심히 돌아다니면서 사람들을 구석으로 몰아넣고 코앞에다 모금통을 흔들어 댔다.

"돈도 못 받고 노예노동을 하는 마법 생명체들이 너희의 이불 시트를 갈고 불을 피우고 교실을 청소하고 음식을 만든다는 사실을 알고 있니?" 그녀는 사납게 몰아쳤다.

네빌 같은 아이들은 그저 헤르미온느의 쏘아보는 눈길을 피하려고 돈을 냈다. 몇몇 아이들은 그녀가 하는 말에 약간 흥미를 보이는 듯했으나, 캠페인에서 더 적극적인 역할을 맡는 건 꺼렸다. 사람들 대부분은 이 모든 일을 장난으로 받아들였다.

론은 이제 가을 햇살이 넘쳐 들어오는 천장 쪽으로 눈알을 굴리고 있었고, 프레드는 베이컨에 엄청난 관심을 보였다(쌍둥이들은 모두 S.P.E.W. 배지를 사지 않겠다고 했다). 하지만 조지는 헤르미온느 쪽으로 몸을 기울이며 물었다.

"저기 말이야, 너 주방에 내려가 본 적은 있냐, 헤르미온느?"

"아니, 당연히 안 가 봤지." 헤르미온느가 딱 잘라 말했다. "학생들은 주방에 가선……."

"그게, 우리는 가 봤거든." 조지가 프레드를 가리키며 말했다. "엄청 여러 번, 음식을 훔치려고 말이야. 그리고 우리는 집요정들을 만나 봤어. 걔들은 아주 *행복해해*. 세상에서 가장 좋은 일자리를 얻었다고 생각하지."

"그건 교육을 못 받고 세뇌됐기 때문이야!" 헤르미온느가 열을 내며 입을 열었지만 그다음 말은 머리 위에서 갑작스럽게 들려온, 우편 부엉이들이 휙휙 날아들어 오는 소리에 묻히고 말았다. 해리는 곧바로 고개를 들었다. 헤드위그가 날아오고 있었다. 헤르미온느는 문득 말을 멈췄다. 그녀와 론이 걱정스럽게 지켜보는 사이 헤드위그는 푸드덕거리며 해리의 어깨에 내려앉아 날개를 접고 지친 듯 다리를 내밀었다.

해리가 시리우스의 답장을 떼어 내고 베이컨 껍질을 주자 헤드위그는 맛있게 날름 받아먹었다. 해리는 프레드와 조지가 트라이위저드 대회 얘기에 몰두해 있는 것을 확인하고 작은 소리로 론과 헤르미온느에게 시리우스의 편지를 읽어 주었다.

제법인데, 해리.

나는 이 나라로 돌아와서 잘 숨어 있단다. 호그와트에서 벌어지는 모든 일을 계속 알려 줬으면 좋겠구나. 헤드위그는 보내지 말고 계속 부엉이를 바꾸거라. 그리고 내 걱정은 하지 말고 너만 몸조심하면 된다. 내가 네 흉터에 대해 했던 말을 잊지 말거라.

시리우스

"왜 계속 부엉이를 바꿔야 하는데?" 론이 나직한 목소리로 물었다.

"헤드위그는 너무 시선을 끌 거야." 헤르미온느가 바로 말했다. "너무 눈에 띄잖아. 어딘지는 모르겠지만 시리우스가 숨어 있는 곳에 계속 흰올빼미가 들락거리면…… 그러니까 내 말은, 흰올빼미는 이 나라에 서식하지 않으니까. 안 그래?"

해리는 편지를 말아서 로브 안에 슬쩍 집어넣었다. 전보다 걱정이 더 깊어졌는지 아닌지 알 수가 없었다. 그는 시리우스가 붙잡히지 않고 돌아온 것만으로도 대단하다고 생각했다. 시리우스가 훨씬 가까운 곳에 있다는 사실에 마음이 놓인다는 것도 부정할 수 없었다. 적어도 편지를 쓸 적마다 오랜 시간 마음 졸이면서 답장을 기다릴 필요는 없었다.

"고마워, 헤드위그." 그가 헤드위그를 쓰다듬으며 말했다. 헤드위그는 졸린 듯 부엉부엉 울더니 해리의 오렌지 주스 잔에 부리를 살짝 담갔다가 다시 날아갔다. 부엉이장에서 한잠 늘어지게 자고 싶은 마음이 굴뚝같은 듯했다.

그날 성안 분위기에는 유쾌한 기대감이 감돌았다. 수업에 집중하는 사람은 아무도 없었다. 저녁에 도착할 예정인 보바통과 덤스트랭 손님들에게 더 관심이 쏠려 있었던 것이다. 심지어 마법약 수업조차 평소보다 30분 짧아져서 견 딜 만했다. 일찍 종이 울리자 해리, 론, 헤르미온느는 허겁 지겁 그리핀도르 탑으로 올라가 지시받은 대로 가방과 책 을 놓고 망토를 걸친 다음 다시 현관홀로 달려 내려갔다.

기숙사 담임 교수들이 각자 맡은 학생들을 줄 세우고 있 었다.

"위즐리, 모자 똑바로 써라." 맥고나걸 교수가 론에게 쏘 아붙였다. "파틸 양, 그 우스꽝스러운 물건은 머리에서 빼 거라."

파르바티가 눈을 흘기며 땋은 머리카락 끝에서 커다란 나비 모양 장식을 뺐다.

"따라오도록." 맥고나걸 교수가 말했다. "1학년이 앞에 섭니다……. 밀지 말고……."

그들은 줄지어 정문 계단을 내려가 성 앞에 늘어섰다. 조금 쌀쌀하긴 했지만 맑은 저녁이었다. 황혼이 드리워졌 고, 금지된 숲 위로 창백하면서도 투명한 달이 떠올라 밝 게 빛났다. 앞에서 네 번째 줄, 론과 헤르미온느 사이에 서 있던 해리는 데니스 크리비가 1학년들 사이에 서서 기대감 에 부르르 떠는 모습을 보았다.

"6시 다 됐네." 론이 손목시계를 확인한 다음 성 입구로 이어지는 진입로를 내려다보며 물었다. "어떤 방법으로 올까? 기차?"

"아닐걸." 헤르미온느가 말했다.

"그럼 어떻게? 빗자루 타고?" 해리가 별이 총총한 하늘을 올려다보면서 말했다.

"아닐 거야……. 그렇게 멀리서 오는데……."

"포트키로 올까?" 론이 의견을 냈다. "아니면 순간이동을 할지도 몰라. 걔네 나라에서는 열일곱 살 미만도 순간이동을 할 수 있을지 모르잖아?"

"호그와트 교내에서는 순간이동을 할 수 없다니까. 대체 몇 번이나 말해 줘야 하니?" 헤르미온느가 못 참겠다는 듯 말했다.

그들은 흥분한 채 점점 어두워지는 교정을 훑어봤지만 움직이는 건 아무것도 없었다. 모든 것이 여느 때처럼 고요하고 조용했다. 해리는 슬슬 추위를 느끼기 시작했다. 빨리 왔으면 좋겠는데……. 외국 학생들은 어쩌면 극적인 등장을 준비하고 있는지도 몰랐다……. 그는 퀴디치 월드컵이 시작하기 전에 위즐리 씨가 야영장에서 했던 말을 떠올렸다. '늘 이렇다니까. 한데 모이면 자랑하고 싶은 마음을 이기질 못하지…….'

그때 다른 교수들과 함께 뒷줄에 서 있던 덤블도어가 외쳤다. "아하! 내가 단단히 오해한 게 아니라면 보바통 대표단이 오고 있군요!"

"어디요?" 수많은 학생이 제각기 다른 방향을 쳐다보며 기대에 차서 물었다.

"*저깄다!*" 6학년 학생 한 명이 금지된 숲 위쪽을 가리키며 소리쳤다.

빗자루보다 훨씬 큰, 또는 빗자루 100개를 합친 것보다 더 커다란 뭔가가 군청색 하늘을 가로질러 왔다. 그것은 성을 향해 돌진하면서 계속 커지고 있었다.

"용이다!" 1학년 한 명이 완전히 이성을 잃고 날카롭게 소리 질렀다.

"멍청한 소리 하지 마. ……저건 날아다니는 집이야!" 데니스 크리비가 말했다.

크리비의 추측이 더 사실에 가까웠다……. 거대한 검은색 형체가 금지된 숲의 우듬지 위를 훑을 때쯤 호그와트 성 창문에서 나오는 불빛이 그 형체를 비췄다. 엄청난 크기의 집채만 한 담청색 마차가 그들을 향해 날아오는 모습이 보였다. 코끼리만큼 큰 날개 달린 말 열두 마리가 공중에서 그 마차를 끌고 있었다.

점점 고도를 낮추며 돌진하던 마차가 엄청난 속도로 착륙하자 앞쪽 세 줄의 학생들이 뒤로 얼른 물러났다. 이윽고 만찬용 접시보다도 큰 말발굽들이 땅을 디디면서 엄청난 충돌을 일으키자 네빌은 뒤로 펄쩍 물러서다가 한 슬리데린 5학년생의 발을 밟고 말았다. 잠시 뒤 거대한 바퀴가 지면에서 튀어 오르면서 마차가 내려섰다. 황금빛 말들이 거대한 머리를 흔들며 불타오르듯 빨갛고 큼직한 눈을 뒤룩뒤룩 굴려 댔다.

해리는 마차 문이 열리기 전 가까스로 문에 붙어 있는 문장을 보았다. 서로 엇갈린 두 개의 황금빛 마법 지팡이에서 각각 별 세 개가 튀어나오는 모양이었다.

엷은 파란색 로브를 입은 소년이 마차에서 뛰어내리더니 앞으로 몸을 구부려 잠시 마차 바닥을 더듬자 곧 황금색 계단이 펼쳐졌다. 그는 정중한 태도로 성큼 물러섰다. 잠시 후 해리는 마차 안에서 반짝거리는 검은색 하이힐이 나오는 것을 보았다. 어린아이 썰매만큼 큰 신발이었다. 그와 동시에 마차에서 해리가 여태껏 본 누구보다도 키가 큰 여자가 나왔다. 마차와 말이 왜 그렇게 큰지 단번에 이해되었다. 몇몇 사람이 크게 숨을 들이켰다.

해리는 살면서 이 여자만큼 큰 사람은 딱 한 명밖에 보지 못했다. 바로 해그리드였다. 둘은 키가 거의 비슷할 것 같았다. 하지만 해그리드에게는 이미 익숙해진 반면, 이제는 계단을 내려와 눈이 휘둥그레진 채 서 있는 사람들을 둘러보는 저 여자는 부자연스러울 만큼 더 커 보였다. 그녀가 현관홀에서 흘러나오는 빛 속으로 들어서자 잘생긴 올리브빛 얼굴과 크고 까맣고 촉촉해 보이는 눈, 새 부리처럼 살짝 구부러진 코가 드러났다. 머리카락은 뒤로 당겨서 목 아랫부분에 닿도록 매끄럽게 말아 올린 상태였다. 그녀는 머리부터 발끝까지 검은색 새틴 천을 걸치고 있었고, 목과 두꺼운 손가락에는 멋들어진 오팔 여러 개가 끼워져 빛나고 있었다.

덤블도어가 손뼉을 치기 시작했다. 학생들도 그를 따라 환영의 박수를 보냈다. 수많은 학생이 그 여자를 더 잘 보기 위해 까치발로 서 있었다.

그녀는 굳은 얼굴을 풀고 우아한 미소를 지어 보였다. 그녀가 덤블도어를 향해 걸어와 보석들로 반짝이는 손을 내밀었다. 덤블도어도 키가 컸지만 거의 허리를 구부리지 않고 그 손에 입을 맞출 수 있었다.

"친애하는 막심 교장 선생님." 그가 말했다. "호그와트에 오신 것을 환영합니다."

"덤블리도르." 막심 교장이 굵직하고 낮은 목소리로 말했다. "잘 지내셨나요?"

"저야 굉장히 잘 지냈습니다. 고맙습니다." 덤블도어가 대답했다.

"우리 악교 악생들입니다." 막심 교장이 커다란 한 손으로 무심히 뒤를 휙 가리키며 말했다.

막심 교장만 쳐다보고 있던 해리는 그제야 열두 명의 소년 소녀가 마차에서 내려 막심 교장 뒤에 서 있는 것을 보았다(외모로 보아 모두 10대 후반인 것 같았다). 그들은 부들부들 떨고 있었는데, 얇은 비단으로 만든 듯한 로브만 입었을 뿐 망토를 걸친 사람이 아무도 없는 것을 보면 그다지 놀라운 일도 아니었다. 그중 몇 명은 머리에 스카프와 숄을 두르고 있었다. 막심 교장의 거대한 그림자 속에서 살짝 드러난 얼굴들이 불안한 표정으로 호그와트를 올려다보고 있었다.

"카르카로프능 아직 도착하지 아난나요?" 막심 교장이 물었다.

"곧 도착할 겁니다." 덤블도어가 말했다. "여기서 기다리다가 인사를 하시겠어요, 아니면 안에 들어가서 몸을 좀 녹이시겠어요?"

"몸을 녹이능 게 좋겠어요." 막심 교장이 말했다. "그런데 말들은……."

"우리의 마법 생명체 돌보기 교수님이 기꺼이 돌봐 줄 겁니다." 덤블도어가 말했다. "그분의, 음…… 다른 일거리에서 발생한 사소한 문제만 해결하고 돌아오면 말이죠."

"스크루트구나." 론이 씩 웃으며 해리에게 중얼거렸다.

"내 말들을 다루려면, 어…… 강한 힘이 필요애요." 그렇게 말하는 막심 교장은 호그와트의 마법 생명체 돌보기 교수가 그 일을 할 수 있을지 의심스럽다는 표정이었다. "힘이 굉장히 세서……."

"해그리드라면 해낼 수 있을 겁니다. 제가 보장하지요." 덤블도어가 미소 지으며 말했다.

"조아요." 막심 교장이 살짝 고개를 숙이며 말했다. "그 애그리드라는 분께 이 말들은 싱글몰트 위스키만 마신다고 전애 주실 수 있을까요?"

"그렇게 하겠습니다." 덤블도어가 마주 고개를 숙이며 말했다.

"가자." 막심 교장이 거만한 태도로 자신의 학생들에게 말했다. 호그와트 학생들은 그녀와 학생들이 돌계단을 올라갈 수 있도록 길을 벌려 주었다.

"대체 덤스트랭 말들은 얼마나 클까?" 셰이머스 피니건이 해리와 론에게 말을 걸려고 라벤더와 파르바티 너머로 몸을 기울였다.

"글쎄, 저 말들보다 크면 아무리 해그리드라도 다루기 힘들겠는걸." 해리가 말했다. "물론 그것도 해그리드가 스크루트들한테 공격당하지 않았을 때의 얘기지만. 스크루트들은 또 어떻게 된 거야?"

"탈출했을지도 모르지." 론이 기대하듯 말했다.

"아, 그런 소리 하지 마." 헤르미온느가 진저리를 치면서 말했다. "그것들이 교정을 제멋대로 돌아다닌다고 생각만 해도⋯⋯."

그들은 이제 조금씩 떨면서 덤스트랭 사람들이 도착하기를 기다렸다. 대부분의 학생들이 기대 가득한 얼굴로 하늘을 올려다보고 있었다. 한동안 막심 교장의 말들이 힝힝거리며 발을 굴러 대는 소리만 정적을 깨뜨릴 뿐이었다. 그런데 그때⋯⋯

"무슨 소리 안 들려?" 론이 불쑥 말했다.

해리는 귀를 기울였다. 어둠 저편에서 요란하고 괴상망측한 소리가 들려왔다. 마치 거대한 진공청소기가 강바닥을 따라 움직이는 것처럼 우르릉거리고 뭔가를 빨아들이는 듯한 소리가 먹먹하게 울렸다…….

"호수다!" 리 조던이 호수를 가리키며 소리쳤다. "호수를 봐!"

그들이 지금 서 있는 곳, 교정이 내려다보이는 잔디밭 가장 높은 지점에서는 매끄러운 검은색 호수 표면이 한눈에 들어왔다. 그러나 호수 표면은 별안간 더 이상 매끄러워 보이지 않았다. 호수 한가운데, 아주 깊은 곳에서 생겨난 듯한 물결이 일고 있었다. 호수 표면에 거대한 거품들이 생기고 출렁이는 물결이 진흙투성이 호숫가를 씻어 내렸다. 그러더니 마치 바닥에서 거대한 마개가 뽑힌 듯 호수 한가운데서 소용돌이가 일었다…….

소용돌이 한복판에서 검은색을 띤 긴 막대 같은 것이 천천히 떠오르기 시작했다……. 곧 거기에 묶인 밧줄 같은 것이 보이고……

"돛대야!" 해리가 론과 헤르미온느에게 말했다.

배가 달빛 속에서 환하게 빛나며 물 밖으로 천천히 위용을 드러냈다. 배는 물에서 건져 올린 난파선처럼 묘하게 뼈대만 남은 듯한 모습이었다. 어슴푸레하고 부연 빛이 어른거리는 유리창은 마치 유령의 눈 같았다. 마침내 크게 철썩하는 소리를 내면서 완전히 모습을 드러낸 그 배는 요동치

는 수면에서 출렁거리며 슬슬 호숫가로 미끄러져 오기 시
작했다. 잠시 뒤 물이 얕은 곳에 닻이 철퍽 떨어지는 소리
와 호숫가에 널빤지를 내리는 소리가 들렸다.

사람들이 배에서 내렸다. 배의 유리창에서 나오는 불빛
을 가리고 지나가는 그들의 검은 형체가 보였다. 다들 크래
브와 고일처럼 덩치가 커 보였지만…… 막상 그들이 비탈
진 잔디밭을 올라와 현관홀에서 흘러나오는 빛 속으로 가
까이 다가오니, 덩치가 그렇게 커 보인 건 그들이 입고 있
는 복슬복슬한 털 달린 망토 때문이었음을 알 수 있었다.
다만 학생들을 성으로 이끌고 온 사람은 그의 머리카락과
같은 은색을 띤 매끄러운 털옷을 입고 있었다.

"덤블도어!" 그가 비탈길을 올라오며 힘차게 외쳤다. "안
녕하십니까, 친애하는 친구여. 어떻게 지내셨습니까?"

"아주 잘 지냈습니다. 고맙군요, 카르카로프 교장." 덤블
도어가 대답했다.

카르카로프의 목소리는 낭랑하고 번지르르했다. 성 정문
에서 흘러나오는 빛 속으로 들어온 그는 덤블도어처럼 키
가 크고 호리호리했지만 하얗게 센 머리카락은 짧게 잘랐
으며, 끝머리가 살짝 말려 올라간 염소수염은 다소 빈약
한 턱을 완전히 가려 주지 못했다. 그가 덤블도어에게 다가

가더니 두 손으로 덤블도어의 손을 잡고 흔들었다.

"그리운 호그와트." 그가 성을 올려다보고 씩 미소 지으며 말했다. 치아는 조금 누랬으며, 입은 웃고 있지만 눈은 빈틈없이 차갑게 빛나는 모습이 해리의 눈에 띄었다. "여기에 오니 얼마나 기쁜지 모르겠군요. 얼마나 좋은지……. 빅토르, 이리 와라. 따뜻한 곳으로 가자……. 그래도 괜찮겠습니까, 덤블도어? 빅토르가 감기 때문에 머리가 아파서……."

카르카로프가 학생 한 명을 손짓해 불렀다. 그 소년이 옆을 지나갈 때 해리는 그 유난히 구부러진 코와 짙은 검은색 눈썹을 언뜻 보았다. 론이 해리의 팔을 툭 치며 귀에 대고 속삭였지만 그게 아니더라도 그 옆모습을 알아보는 데는 아무런 문제가 없었다.

"해리, 크룸이야!"

16장
불의 잔

"믿을 수가 없어!" 론이 충격을 받은 목소리로 말했다. 호그와트 학생들은 덤스트랭 일행을 뒤따라 줄지어 계단을 오르고 있었다. "크룸이라니까, 해리! 빅토르 크룸!"

"나 참, 론. 그냥 퀴디치 선수일 뿐이잖아." 헤르미온느가 말했다.

"그냥 퀴디치 선수일 뿐이라고?" 론이 자신의 귀를 믿을 수 없다는 듯 그녀를 보며 말했다. "헤르미온느, 크룸은 세계에서 가장 뛰어난 수색꾼 중 한 명이야! 아직 학생일 줄은 전혀 몰랐어!"

그들은 다른 호그와트 학생들과 함께 다시 현관홀을 지나 대연회장으로 향했다. 리 조던이 크룸의 뒤통수를 더 잘

보려고 발꿈치를 들었다 내렸다 하며 폴짝폴짝 뛰는 모습
이 보였다. 6학년 여학생 몇 명은 걸어가면서 미친 듯이 주
머니를 뒤지고 있었다("아, 이럴 수가. 깃펜 하나 없다니."
"립스틱으로 모자에 사인해 달라고 하면 해 줄까?").

"참 나." 헤르미온느가 립스틱을 놓고 티격태격하는 여
학생들을 지나치며 도도하게 말했다.

"나도 할 수만 있다면 사인 받을 거야." 론이 말했다. "깃
펜 있어, 해리?"

"아니, 위층 가방에 있는데." 해리가 말했다.

그들은 그리핀도르 식탁으로 걸어가 자리에 앉았다. 론
은 일부러 출입문을 마주 보고 앉았다. 크룸을 비롯한 덤
스트랭 학생들이 어디에 앉아야 할지 모르겠다는 듯 여전
히 그쪽에 모여 있었기 때문이다. 보바통 학생들은 래번클
로 식탁을 골라 앉아 뚱한 표정으로 대연회장을 둘러보고
있었다. 그중 셋은 아직도 머리에 두른 스카프와 숄을 가슴
앞에서 꽉 쥐고 있었다.

"그렇게 춥지도 않은데." 그들을 지켜보던 헤르미온느가
짜증 난다는 듯 말했다. "망토는 왜 안 가지고 온 거야?"

"이쪽! 이쪽에 와서 앉아!" 론이 소리 죽여 외쳤다. "이쪽
에! 헤르미온느, 비켜. 자리를 만들어야……."

"뭐?"

"늦었네." 론이 씁쓸하게 중얼거렸다.

빅토르 크룸을 비롯한 덤스트랭 학생들이 슬리데린 식탁에 자리를 잡은 것이다. 말포이, 크래브, 고일이 한껏 우쭐거리는 모양이 보였다. 해리가 지켜보고 있으려니 말포이가 허리를 구부려 크룸에게 말을 걸었다.

"그래, 그러시겠지. 아첨이나 해라, 말포이." 론이 매몰차게 말했다. "하지만 장담하는데 크룸은 저 녀석을 꿰뚫어볼 거야……. 주위에 알랑거리는 사람들이 수두룩할 테니까……. 근데 쟤들은 어디에서 잘까? 우리 침실을 내줄 수도 있겠지, 해리? 난 크룸한테 침대를 내줘도 괜찮아. 간이침대에서 자면 되니까."

헤르미온느가 코웃음 쳤다.

"보바통 애들보다는 기분이 훨씬 나아 보이네." 해리가 말했다.

덤스트랭 학생들은 두꺼운 털옷을 벗고 흥미롭다는 듯 별이 총총한 검은 천장을 올려다보고 있었다. 그중 두엇은 황금 접시와 잔을 집어 살펴보고 있었는데, 확실히 깊은 인상을 받은 눈치였다.

건물 관리인 필치가 교직원 식탁에 의자를 더 가져다 놓았다. 그는 행사에 참석하기 위해 낡디낡은 연미복을 입고 있었다. 해리는 그가 덤블도어의 의자 양옆으로 두 개씩, 모두 네 개의 의자를 더 가져다 놓은 것을 보고 놀랐다.

"하지만 두 명 더 늘어났을 뿐이잖아." 해리가 말했다. "필치가 왜 의자를 네 개나 가져다 놨을까? 또 누가 오나?"

"응?" 론이 모호하게 대꾸했다. 그는 아직도 열심히 크룸 만 쳐다보고 있었다.

모든 학생이 대연회장에 들어와서 각자의 기숙사 식탁에 자리를 잡자 교직원들이 들어와 줄지어 상석에 올라가 앉 았다. 줄 맨 끝에 있는 사람은 덤블도어 교수와 카르카로프 교장, 막심 교장이었다. 자신들의 교장이 등장하자 보바통 학생들은 벌떡 일어섰다. 호그와트 학생 몇 명이 웃음을 터 뜨렸다. 보바통 학생들은 별로 무안해하지도 않고, 막심 교 장이 덤블도어 왼쪽 자리에 앉을 때까지 의자에 앉지 않았 다. 덤블도어는 자리에 앉지 않고 계속 서 있었다. 대연회 장에 침묵이 내려앉았다.

"안녕하십니까, 신사 숙녀 여러분, 유령 여러분, 특히 손 님 여러분." 덤블도어가 외국에서 온 학생들에게 활짝 웃 어 보이며 말했다. "여러분 모두 호그와트에 오신 것을 진 심으로 환영합니다. 나는 여러분이 이곳에서 편하고 즐겁게 지내기를 바라고, 또 그럴 거라 믿습니다."

여전히 머리에 스카프를 두르고 있는 보바통 여학생 한 명이 누가 들어도 비웃음처럼 들리는 웃음소리를 흘렸다.

"누가 여기 억지로 앉아 있으래?" 헤르미온느가 발끈하며 작은 소리로 말했다.

"연회가 끝난 뒤에 공식적으로 대회가 시작될 겁니다." 덤블도어가 말했다. "자, 모두 마음껏 먹고 마시고 편히 즐기세요!"

덤블도어가 자리에 앉자마자 카르카로프가 몸을 기울이며 그에게 말을 거는 모습이 보였다.

언제나처럼 그들 앞의 접시가 채워졌다. 주방에서 일하는 집요정들이 온 힘을 기울인 모양이었다. 어느 때보다 다양한 요리들이 눈앞에 차려져 있었는데 그중 몇 가지는 외국 음식이 틀림없었다.

"저게 뭐지?" 론이 큼직한 스테이크앤키드니 푸딩 옆에 있는, 조개 스튜 비슷한 것이 담긴 커다란 접시를 가리키며 물었다.

"부야베스." 헤르미온느가 말했다.

"베려브려쓰?" 론이 말했다.

"프랑스 음식이야." 헤르미온느가 말했다. "작년 여름방

학 때 먹어 봤어. 정말 맛있어."

"그래, 어련하려고." 론이 블랙 푸딩을 접시에 덜면서 말했다.

학생이 겨우 스무 명 늘어났을 뿐인데 대연회장은 어쩐지 평소보다 훨씬 붐비는 듯했다. 아마도 호그와트 학생들의 검은색 로브 사이에서 다른 색깔 교복들이 선명하게 도드라졌기 때문일 것이다. 털옷을 벗은 덤스트랭 학생들은 짙은 빨간색 로브를 입고 있었다.

연회가 시작되고 20분이 지나자 해그리드가 교직원 식탁 뒤쪽에 있는 문으로 옆걸음질을 하며 들어왔다. 그는 맨 끝 자기 자리에 슬며시 앉아 해리, 론, 헤르미온느에게 붕대로 친친 감은 손을 흔들었다.

"스크루트들은 괜찮아요, 해그리드?" 해리가 외쳤다.

"잘 크고 있어." 해그리드가 기쁜 듯 마주 소리쳤다.

"그야 그렇겠지." 론이 조용히 말했다. "드디어 좋아하는 음식을 찾은 것 같은데. 안 그래? 해그리드의 손가락 말이야."

그 순간 어떤 목소리가 말했다. "미앙한데, 그 부야베스 먹을 거니?"

덤블도어가 말할 때 웃었던 보바통 여학생이었다. 그녀

는 이제 스카프를 두르고 있지 않았다. 은빛이 도는 긴 금발이 허리 가까이 늘어뜨려져 있었다. 크고 깊은 푸른색 눈에, 치아도 새하얬다.

론의 얼굴이 시뻘게졌다. 그는 그녀를 보며 대답하려고 입을 벌렸지만 희미하게 꾸르륵거리는 소리 말고는 아무 말도 나오지 않았다.

"아니, 가져가." 해리가 여학생 쪽으로 접시를 밀면서 말했다.

"너희능 다 먹응 거야?"

"응." 론이 숨도 제대로 못 쉬며 대답했다. "응, 엄청 맛있더라."

여학생은 접시를 조심스럽게 래번클로 식탁으로 들고 갔다. 론은 마치 여자라고는 한 번도 본 적이 없었던 사람처럼 여전히 눈을 휘둥그렇게 뜨고 그녀를 바라보고 있었다. 해리가 웃음을 터뜨렸다. 론은 그 소리에 정신을 차린 모양이었다.

"빌라인가 봐!" 그가 쉰 목소리로 해리에게 말했다.

"그럴 리가!" 헤르미온느가 톡 쏘아붙였다. "헤벌쭉해 가지고 쟤를 쳐다보는 멍청이는 너밖에 없거든!"

꼭 그렇지는 않았다. 그 여학생이 대연회장을 걸어가자

수많은 소년이 고개를 돌렸고 그중 몇몇은 꼭 론처럼 일시적으로 말을 잃은 것처럼 보였다.

"확실해, 보통 여자애는 아냐!" 론이 그녀를 잘 보려고 옆으로 몸을 기울이며 말했다. "호그와트에는 저런 애가 한 명도 없잖아!"

"호그와트 애들도 괜찮긴 해." 해리가 무심코 내뱉었다. 은빛 머리카락 여학생에게서 조금 떨어진 곳에 마침 초 챙이 앉아 있었던 것이다.

"둘 다 눈 좀 다시 찾아올래?" 헤르미온느가 씩씩하게 말했다. "그래야 방금 누가 도착했는지 보일 테니까."

그녀가 교직원 식탁을 가리켰다. 남아 있던 빈자리 두 개가 막 채워진 뒤였다. 루도 배그먼이 카르카로프 교장 옆자리에 앉으려는 참이었다. 막심 교장 옆에는 퍼시의 상관인 크라우치 장관이 앉았다.

"저 사람들이 여긴 왜 온 거지?" 해리가 놀라서 물었다.

"저 사람들이 트라이위저드 대회를 준비했잖아." 헤르미온느가 말했다. "시작하는 걸 보고 싶어서 왔겠지."

두 번째 코스 요리가 나왔다. 디저트 중에도 낯선 것들이 꽤 눈에 띄었다. 론은 희끄무레한 블라망주(우유나 크림 등으로 만드는 하얀색 푸딩―옮긴이) 비슷한 것을 자세히 들여다보더니 그것을 래번클로 식탁에서 확실히 보이도록 조심스럽게 오른쪽으로 슬쩍 밀어 놓았다. 하지만 빌라처럼 생긴 그 여학생은 먹을 만큼 먹었는지 그것을 가지러 오지 않았다.

황금 접시들이 깨끗하게 비워지자 덤블도어가 다시 일어섰다. 이제는 즐거운 긴장감이 대연회장을 가득 채우는 듯했다. 해리는 앞으로 무슨 일이 벌어질지 궁금해하면서 살짝 소름이 돋는 것을 느꼈다. 몇 자리 떨어진 곳에서는 프레드와 조지가 앞으로 몸을 기울인 채 엄청난 집중력으로 덤블도어를 바라보고 있었다.

"고대하던 순간이 다가왔습니다." 덤블도어가 위를 올려다보는 수많은 얼굴들의 바다를 향해 미소 지으며 말했다. "트라이위저드 대회가 곧 시작됩니다. 상자를 가져오기 전에 몇 마디 설명을 할까 하는데요."

"뭘 가져온다고?" 해리가 중얼거렸다.

론이 어깨를 으쓱했다.

"올해 우리가 따를 절차를 명확히 밝히기 위해서예요. 하지만 먼저, 모르는 사람들을 위해 이 두 분을 소개하고자 합니다. 국제 마법 협력부 장관 바티미어스 크라우치 씨와……." 정중한 박수가 조금 나왔다. "마법 스포츠부 장관

루도 배그먼 씨입니다."

크라우치보다는 배그먼에게 훨씬 요란한 박수가 쏟아졌다. 아마도 몰이꾼으로 유명했기 때문이거나, 그저 그가 훨씬 호감 가는 외모를 가지고 있었기 때문일 것이다. 배그먼은 쾌활하게 손을 흔들어 답례했다. 바티미어스 크라우치는 자기 이름이 불렸을 때에도 미소 짓거나 손을 흔들지 않았다. 퀴디치 월드컵에서 깔끔한 정장을 입고 있던 크라우치를 기억하는 해리에게는 마법사 로브를 입은 그의 모습이 어쩐지 어색하게 느껴졌다. 긴 은빛 머리카락과 턱수염을 한 덤블도어 옆에 있으니 그의 칫솔 같은 콧수염과 반듯한 가르마가 무척 이상해 보였다.

"배그먼 씨와 크라우치 씨는 트라이위저드 대회를 준비하느라 지난 몇 달 동안 쉴 틈 없이 일했습니다." 덤블도어가 말을 이었다. "그리고 이 두 분은 저와 카르카로프 교장, 막심 교장과 함께 대표 선수들의 노력을 평가할 심사위원단에 합류할 겁니다."

'대표 선수'라는 말이 나오자 귀를 기울이던 학생들이 신경을 바짝 곤두세우는 것 같았다.

갑작스러운 정적을 눈치챈 듯 덤블도어가 미소를 머금고 말을 이었다. "그럼, 필치 씨, 상자를 가져오세요."

대연회장 한쪽 구석에 있는 듯 없는 듯 움츠리고 있던 필치가 보석이 잔뜩 박힌 커다란 나무 상자를 들고 덤블도어에게 다가갔다. 엄청 오래돼 보이는 상자였다. 지켜보던 학생들이 흥분해서 관심을 보이며 웅성거리기 시작했다. 데니스 크리비는 나무 상자를 더 자세히 보려고 아예 의자 위에 올라섰지만 키가 너무 작아 누구의 머리도 넘겨다보지 못했다.

"올해 대표 선수들이 맞닥뜨릴 과제의 내용은 크라우치 씨와 배그먼 씨가 이미 다 검토했습니다." 덤블도어가 말했다. 필치가 덤블도어 앞 식탁 위에 나무 상자를 조심스럽게 내려놓았다. "그리고 두 분께서 각각의 도전 과제에 필요한 준비를 해 두셨지요. 1년에 걸쳐 일정한 간격을 두고 주어지는 세 가지 과제를 통해 다양한 방법으로 대표 선수들을 시험할 겁니다. 마법 실력, 용기, 추리력, 그리고 물론, 위험에 대처하는 능력까지 말이죠."

그의 마지막 말에 대연회장은 완벽한 침묵으로 가득 찼다. 아무도 숨조차 쉬지 않는 듯했다.

"여러분 모두 알고 있듯이 이 대회에서는 세 명의 대표 선수가 대결을 벌입니다." 덤블도어가 담담하게 말을 이었다. "참가하는 학교에서 각각 한 명씩이죠. 대표 선수들은 각각의 대회 과제를 얼마나 잘 해결하느냐에 따라 점수를 받고, 세 번째 과제를 마친 뒤 총점이 가장 높은 선수가 트라이위저드 우승컵을 차지하게 됩니다. 대표 선수들을 선정하는 건 공정한 심판인…… 불의 잔입니다."

덤블도어는 마법 지팡이를 꺼내 상자 위를 세 번 톡톡톡 두드렸다. 뚜껑이 삐걱거리며 천천히 열렸다. 덤블도어가 상자 안에 손을 넣어 거칠게 깎아 만든 커다란 나무 잔을 꺼냈다. 테두리 가득 일렁이는 청백색 불꽃이 없었다면 전혀 눈길을 끌지 않았을 물건이었다.

덤블도어는 상자를 닫고 대연회장에 있는 모든 사람이 확실히 볼 수 있도록 불의 잔을 그 위에 조심스럽게 올려놓았다.

"대표 선수가 되고자 하는 학생은 누구든 이름과 소속 학교를 양피지에 명확히 적어서 불의 잔에 넣어야 합니다." 덤블도어가 말했다. "장차 대표 선수가 되고 싶은 학생은 24시간 안에 이름을 넣으세요. 불의 잔은 각 학교를 대표할 만한 자격을 가장 충실히 갖춘 세 사람을 결정해 내일 밤 핼러윈 연회에서 그들의 이름을 돌려줄 겁니다. 불의 잔은 오늘 밤 현관홀에 놓아둘 거예요. 대회에 참가하고 싶은 사람은 누구나 자유롭게 불의 잔에 접근할 수 있습니다. 나이가 안 된 학생들이 유혹에 넘어가지 않도록……." 덤블도어가 말을 이었다. "현관홀에 가져다 놓자마자 내가 직접 불의 잔 주위에 나이 제한선을 그릴 거예요. 열일곱 살이 되지 않은 사람은 누구도 그 선을 넘을 수 없을 겁니다. 마지막으로, 참가를 희망하는 모든 학생에게 이 대회는 가벼운 마음으로 참가할 수 있는 게 아니라는 점을 확실히 일깨워 주고 싶군요. 일단 불의 잔에 의해 대표 선수로 선정되면 마지막까지 대회를 치러야 하는 의무를 지게 되는 겁니다. 불의 잔에 이름을 넣으면 구속력이 생겨요. 마법 계약의 요건이 성립된다는 얘기죠. 일단 대표 선수가 되고 나면 마음을 바꿀 수 없어요. 그러므로 불의 잔에 이름을 넣기 전에, 진정 경기에 임할 준비가 되었는지 진지한 마음으로 확인하기 바랍니다. 자, 이제 자러 갈 시간이군요. 모두 잘 자요."

"나이 제한선이라니!" 모두가 현관홀로 나가는 문을 향해 대연회장을 가로질러 갈 때 프레드 위즐리가 눈을 번뜩이며 말했다. "뭐, 노화 마법약으로 속일 수 있지 않을까? 그러고 나서 그 잔에 이름을 넣기만 하면 땡이잖아……. 그 잔은 내가 열일곱 살인지 아닌지 모를 거 아냐!"

"하지만 열일곱 살이 안 된 사람은 참가해 봐야 어림도 없을 거야." 헤르미온느가 말했다. "우린 아직 충분히 배우지 못했으니까……."

"그건 네 얘기고." 조지가 딱 잘라 말했다. "넌 해 볼 거지, 해리?"

해리는 덤블도어가 열일곱 살 미만은 누구도 이름을 넣어서는 안 된다고 강조한 것이 마음에 걸렸지만 곧 그 자신이 트라이위저드 우승컵을 들어 올리는 멋진 장면이 머릿속에 가득 차올랐다……. 열일곱 살이 안 된 누군가가 나이 제한선을 넘을 방법을 정말 찾아낸다면 덤블도어가 얼마나 화를 낼지 궁금하기도 했다…….

"어디 갔지?" 론은 이 대화에는 전혀 귀 기울이지 않은 채 크룸의 모습을 찾기 위해 주위에 가득한 인파를 둘러보고 있었다. "덤블도어가 덤스트랭 애들이 어디서 자는지 말 안 했지?"

하지만 이 의문은 곧바로 풀렸다. 그들이 슬리데린 식탁 근처에 이르렀을 때 카르카로프가 부산을 떨며 자신의 학교 학생들에게 다가왔던 것이다.

"자, 배로 돌아가자." 그가 말했다. "빅토르, 좀 어떠냐? 충분히 먹었니? 주방에 얘기해서 따뜻하게 데운 와인 좀 보내라고 할까?"

크룸이 고개를 저으며 다시 털옷을 입는 모습이 보였다.

"교슈님, 처는 와인을 좀 마시고 싶은데요." 다른 덤스트랭 남학생 하나가 기대에 차서 말했다.

"너한테 권한 게 아니다, 폴리아코프." 카르카로프가 아버지처럼 자상하던 태도를 싹 거두고 쏘아붙였다. "로브 앞자락에 또 음식을 잔뜩 흘렸구나. 지저분한 녀석……."

카르카로프는 몸을 돌려 학생들을 데리고 문으로 향했다. 바로 그때 해리, 론, 헤르미온느도 문 앞에 다다랐다. 해리는 그가 먼저 지나가도록 멈춰 섰다.

"고맙다." 카르카로프가 그를 힐끗 보며 무신경하게 말했다.

다음 순간 카르카로프가 우뚝 멈춰 섰다. 카르카로프는 해리에게 고개를 돌리더니 자기 눈을 믿을 수 없다는 듯 그를 뚫어지게 바라보았다. 덤스트랭 학생들도 교장 뒤에 멈춰 섰다. 해리의 얼굴을 천천히 따라가던 카르카로프의 눈이 곧 그의 흉터에 붙박였다. 덤스트랭 학생들도 호기심 어린 눈으로 해리를 빤히 바라보았다. 해리는 곁눈으로 그중 몇 명이 무슨 상황인지 이해했다는 표정을 짓는 것을 보았다. 로브 앞자락에 음식을 잔뜩 흘린 남학생이 옆에 있는 여학생을 쿡 찌르더니 대놓고 해리의 이마를 가리켰다.

"그래, 그 녀석이 해리 포터다." 등 뒤에서 걸걸한 목소리가 들렸다.

카르카로프가 홱 돌아섰다. 매드아이 무디가 지팡이를 짚고 서 있었다. 그의 마법 눈이 한 번 깜빡이지도 않고 덤스트랭 교장을 똑바로 쏘아보고 있었다.

해리가 지켜보는 가운데 카르카로프의 얼굴이 하얗게 질렸다. 그의 얼굴에 분노와 공포가 뒤섞인 끔찍한 표정이 떠올랐다.

"당신!" 카르카로프가 자신의 눈을 믿을 수 없다는 듯 무디를 뚫어지게 응시하며 소리쳤다.

"그래, 나다." 무디가 험악한 말투로 말했다. "그리고 포터에게 할 말이 있는 게 아니라면 비키는 게 좋을 거다, 카르카로프. 네놈이 문을 막고 있으니까."

그건 사실이었다. 대연회장에 있던 학생 절반이 지금 무엇 때문에 길이 막혔는지 보려고 앞사람의 어깨 너머를 바라보며 그들 뒤에서 기다리고 있었던 것이다.

카르카로프 교장은 더 이상 아무 말 없이 학생들을 데리고 대연회장을 떠났다. 무디는 마법 눈을 카르카로프의 등에 고정한 채 흉터투성이 얼굴 가득 강렬한 혐오가 깃든 표정을 짓고 그가 보이지 않게 될 때까지 카르카로프의 모습을 지켜보았다.

다음 날은 토요일이었으므로 보통 때라면 대부분의 학생이 아침을 늦게 먹었을 것이다. 그러나 평소 때의 주말보다 훨씬 일찍 일어난 사람은 해리, 론, 헤르미온느만이 아니었다. 현관홀에 내려가니 스무 명쯤 되는 학생들이 그곳을 서성거리고 있었다. 토스트를 먹는 학생 몇 명을 포함해 모두가 불의 잔을 살펴보고 있는 것이 보였다. 불의 잔은 현관홀 한가운데, 주로 기숙사 배정 모자가 놓이는 의자 위에 놓여 있었다. 바닥에는 불의 잔을 가운데 두고 반경 3미터쯤 되는 원이 가느다란 황금빛 선으로 그려져 있었다.

"이름을 넣은 사람은 아직 없어?" 론이 기대감 어린 말투로 어떤 3학년 여학생에게 물었다.

"덤스트랭 애들은 전부 넣었어." 그녀가 대답했다. "근데 호그와트 학생은 아직 한 명도 못 봤어."

"어젯밤에 우리 모두 자러 간 다음에 이름을 넣은 사람들도 분명 있을 거야." 해리가 말했다. "나라도 그렇게 했을걸……. 모두가 보는 건 싫었을 테니까. 불의 잔이 바로 내 이름을 뱉어 버리면 어떡해?"

등 뒤에서 누군가가 웃음을 터뜨렸다. 고개를 돌리자 프레드, 조지, 리 조던이 다급히 계단을 내려오는 모습이 보였다. 세 사람 다 무척 흥분한 표정이었다.

"해 버렸어." 프레드가 해리, 론, 헤르미온느를 보며 의기양양하게 속삭였다. "방금 마셨어."

"뭘?" 론이 물었다.

"노화 마법약 말이야, 멍청아." 프레드가 말했다.

"각자 한 방울씩." 조지가 신이 나서 두 손을 맞비비며 말을 받았다. "몇 달만 나이를 먹으면 되니까."

"우리 중 한 명이 우승하면 셋이서 1,000갈레온을 나눠가질 거야." 리가 활짝 웃으며 말했다.

"글쎄, 그게 과연 통할까?" 헤르미온느가 경고하듯 싸늘한 목소리로 말했다. "덤블도어 교수님이 분명 생각해 뒀을걸."

프레드, 조지, 리는 그녀의 말을 들은 척도 하지 않았다.

"준비됐어?" 프레드가 흥분으로 몸을 떨며 다른 두 사람에게 말했다. "그럼 가자……. 내가 먼저……."

해리는 프레드가 주머니에서 '프레드 위즐리-호그와트'라고 적힌 양피지 조각을 꺼내는 모습을 넋 놓고 지켜보았다. 프레드는 나이 제한선 바로 앞까지 다가가 멈춰 서더니, 15미터 다이빙을 준비하는 선수처럼 까치발로 서서 몸을 앞뒤로 흔들었다. 이윽고 그는 현관홀에 있는 모든 사람의 시선을 받으며 크게 심호흡을 하고 선을 넘었다.

한순간 해리는 그들의 방법이 먹혔다고 생각했다. 승리의 환호성을 지르며 프레드를 따라 선 안으로 뛰어든 걸 보면 조지는 확실히 그렇게 생각한 모양이었다. 하지만 다음 순간 시끄럽게 지글지글하는 소리가 나는가 싶더니, 마치 보이지 않는 투포환 선수가 던지기라도 한 듯 쌍둥이 모두 황금 원 밖으로 내던져졌다. 그들은 불의 잔에서 3미터 떨어진 차가운 돌바닥에 나동그라졌다. 상처에 망신까지 더해 주려는 건지, 펑펑 하는 시끄러운 소리가 나더니 둘의 얼굴에서 똑같이 길고 하얀 턱수염이 자랐다.

웃음소리가 현관홀을 가득 채웠다. 프레드와 조지도 일단 일어나 서로의 턱수염 난 얼굴을 보더니 그 웃음에 동참했다.

"난 경고했다." 즐거움을 잔뜩 머금은 굵직한 목소리가 들려왔다. 모두가 고개를 돌려 대연회장에서 걸어 나오는 덤블도어 교수를 보았다. 그가 눈을 반짝이면서 프레드와 조지를 이리저리 살펴보았다. "둘 다 폼프리 선생님한테 가 보는 게 좋겠다. 이미 래번클로의 포셋 양과 후플푸프의 서머스 군을 돌보고 계신단다. 그 둘도 나이를 좀 먹어 보려고 했지. 그래도 이거 하나는 인정해야겠다. 그 친구들 턱수염은 너희 것만큼 멋지지 않더구나."

프레드와 조지는 배를 잡고 웃어 대는 리와 함께 병동으로 출발했다. 해리, 론, 헤르미온느도 키득키득 웃으며 아침을 먹으러 갔다.

오늘 아침에는 대연회장의 장식이 바뀌어 있었다. 핼러윈인 만큼 살아 있는 박쥐 떼가 마법이 걸린 천장 주위를 푸드덕거리며 날아다녔고, 얼굴 모양으로 조각한 호박 수백 개가 사방 구석에서 음흉하게 학생들을 쳐다보고 있었다. 해리는 이름을 넣을 가능성이 있는 열일곱 살 이상 호그와트 학생들에 대해 이야기하고 있는 딘과 셰이머스 쪽으로 갔다.

"워링턴이 일찍 일어나서 이름을 넣었다는 소문이 돌던데." 딘이 해리에게 말했다. "나무늘보처럼 생긴 그 덩치 큰 슬리데린 녀석 말이야."

퀴디치 경기에서 워링턴을 상대한 적이 있는 해리는 질색하면서 고개를 저었다. "슬리데린에서 대표 선수가 나오면 안 되지!"

"후플푸프 애들은 죄다 디고리 얘기야." 셰이머스가 경멸스럽다는 투로 말했다. "하지만 그 녀석이 과연 그 잘난 얼굴을 위험에 빠뜨리고 싶어 할까?"

"잠깐, 들어 봐!" 헤르미온느가 갑자기 외쳤다.

현관홀에서 사람들이 환호성을 지르고 있었다. 모두 앉은 자리에서 몸을 돌렸다. 앤젤리나 존슨이 조금 쑥스러운 듯 씩 웃으며 대연회장으로 들어오고 있었다. 앤젤리나는 그리핀도르 퀴디치 팀에서 추격꾼을 맡고 있는 키 큰 여학생이었다. 그녀가 그들 쪽으로 다가와 앉으며 말했다. "해 버렸어! 방금 내 이름을 넣었어!"

"설마!" 론이 감명받은 표정으로 소리쳤다.

"그럼 열일곱 살이 된 거야?" 해리가 물었다.

"당연하지. 턱수염 난 거 안 보이냐?" 론이 장난스레 말했다.

"지난주가 생일이었거든." 앤젤리나가 말했다.

"뭐, 그리핀도르 사람이 참가한다니까 기분 좋네." 헤르미온느가 말했다. "꼭 되길 바랄게, 앤젤리나!"

"고마워, 헤르미온느." 앤젤리나가 그녀에게 미소 지으며 말했다.

"그래, 그 얼굴만 반반한 디고리보다야 앤젤리나가 훨씬 낫지." 셰이머스의 말에 그리핀도르 식탁을 지나가던 후플푸프 학생 몇 명이 그를 무섭게 째려보았다.

"그럼 우리는 오늘 뭐 할까?" 아침을 다 먹고 대연회장을 나서며 론이 해리와 헤르미온느에게 물었다.

"그러고 보니 아직 해그리드를 찾아가지 않았네." 해리가 말했다.

"좋아." 론이 말했다. "우리더러 스크루트한테 손가락 몇 개를 기부해 달라고 하지만 않으면."

갑자기 헤르미온느의 얼굴에 엄청나게 흥분한 표정이 떠올랐다.

"맞다, 아직 해그리드한테 S.P.E.W.에 가입하라는 얘길 안 했네!" 그녀가 밝은 목소리로 말했다. "잠깐만 기다려 봐. 올라가서 배지를 좀 가져올 테니까."

"쟤 뭐냐?" 헤르미온느가 대리석 계단을 달려 올라가자 론이 짜증을 내며 말했다.

"야, 론." 해리가 불쑥 입을 열었다. "저기 네 여자 친구 온다……."

보바통 학생들이 교정에서 성 정문으로 들어오고 있었다. 그중에는 그 빌라 여학생도 있었다. 불의 잔 주위에 모여 있던 아이들이 기대감 어린 눈으로 그들을 지켜보며 길을 터 주었다.

막심 교장이 학생들을 뒤따라 현관홀에 들어오더니 그들

을 줄 세웠다. 보바통 학생들은 한 명 한 명 나이 제한선을 넘어가 청백색 불길 속에 양피지를 집어넣었다. 이름이 하나씩 하나씩 들어갈 때마다 불길은 잠시 **빨간색**으로 변하며 불꽃을 튀겼다.

"선택받지 못한 사람들은 어떻게 될까?" 빌라 여학생이 불의 잔에 양피지를 넣을 때 론이 해리에게 중얼거렸다. "학교로 돌아갈까, 아니면 남아서 대회를 지켜볼까?"

"나도 몰라." 해리가 말했다. "아마 남겠지……. 막심 교장이 남아서 심사를 볼 거 아니야."

보바통 학생들 모두가 이름을 제출하자 막심 교장은 그들을 다시 현관홀 밖으로 데리고 나갔다.

"그런데 쟤들은 어디서 자는 거지?" 론이 성 정문까지 가서 그들의 뒷모습을 바라보며 멍하니 물었다.

등 뒤에서 시끄럽게 달칵거리는 소리가 들렸다. 헤르미온느가 S.P.E.W. 배지 상자를 갖고 돌아왔다는 신호였다.

"좋아, 빨리 가자." 론은 그렇게 말하더니 돌계단을 훌쩍 뛰어내려 갔다. 그의 눈은 막심 교장과 함께 잔디밭을 반쯤 지나고 있는 빌라 여학생의 뒷모습에 붙박여 있었다.

금지된 숲 가장자리에 있는 해그리드의 오두막에 가까워지자 보바통 학생들이 어디서 묵는지에 대한 수수께끼가 풀렸다. 그들이 타고 온 거대한 담청색 마차가 해그리드의 오두막 현관에서 200미터쯤 떨어진 곳에 세워져 있고 보바통 학생들은 다시 그 안으로 들어가고 있었다. 마차를 끌고 온 코끼리만 한 날아다니는 말들은 지금 마차 옆에 임시로 마련한 작은 방목지에서 풀을 뜯고 있었다.

해리가 해그리드의 오두막 문을 두드리자 곧바로 팽이 우렁차게 짖으며 답했다.

"이제야 왔구나!" 해그리드가 문을 활짝 열고 누가 문을 두드렸는지 확인하더니 말했다. "내가 어디 사는지 까먹은 줄 알았다!"

"정말 바빴어요, 해그……." 헤르미온느는 입을 열다가 뚝 멈추고 할 말을 잃은 듯 해그리드를 올려다보았다.

해그리드는 가장 좋은(그리고 가장 끔찍한) 털 달린 갈색 정장에 노란색과 오렌지색이 섞인 체크무늬 넥타이를 매고 있었다. 그게 다가 아니었다. 머리에 수레바퀴에 칠하는 기름 같은 것을 듬뿍 발라 머리카락을 다스려 보려고 애를 쓴 게 틀림없었다. 빌처럼 하나로 묶으려 했지만 머리숱이 너무 많다는 것을 뒤늦게 깨달은 듯 머리카락이 두 뭉치로 곱게 나뉘어 있었다. 한마디로 해그리드에게는 전혀 어울리지 않는 모습이었다. 잠깐 눈을 휘둥그렇게 뜨고 그를 쳐다보던 헤르미온느는 그의 외모에 대해서는 아무 말도 하지 않기로 한 모양이었다. 그녀가 물었다. "음…… 스크루트들은 어디 있어요?"

"바깥에, 호박밭 옆에 있다." 해그리드가 기뻐하며 말했다. "엄청 커지고 있어. 이제는 거의 1미터쯤 될 거야. 한 가지 문제는, 서로를 죽이기 시작했다는 거지."

"아, 이런. 정말요?" 론이 해그리드의 괴상한 머리 모양을 뚫어지게 바라보다 뭔가 말하려고 막 입을 열었을 때 헤르미온느가 그에게 가만히 있으라는 눈길을 던지며 그렇게 말했다.

"응." 해그리드가 이번엔 슬퍼하며 말했다. "그래도 괜찮아. 지금은 상자 여러 개에 나눠 놨거든. 아직 스무 마리 정도 있어."

"와, 다행이네요." 론이 말했다. 해그리드는 그의 말에서 빈정대는 기색을 전혀 눈치채지 못했다.

해그리드의 단칸짜리 오두막 한구석에는 조각보 이불이 덮인 거대한 침대가 있었다. 마찬가지로 엄청난 크기의 나무 식탁과 의자들이 벽난로 앞에 놓여 있고 그 위로 상당량의 훈제 햄과 죽은 새들이 천장에 대롱대롱 매달려 있었다. 해그리드가 차를 끓이는 동안 그들은 식탁에 앉아 못다 한 트라이위저드 대회 얘기에 곧 빠져들었다. 해그리드도 그들만큼이나 신이 난 것 같았다.

"두고 봐라." 그가 씩 웃으며 말했다. "그냥 기다리기만 해. 여태껏 한 번도 보지 못했던 것들을 보게 될 테니까. 첫 번째 과제는…… 아, 근데 말해 주면 안 되지."

"말해 주세요, 해그리드!" 해리, 론, 헤르미온느가 재촉했지만 그는 씩 웃으며 고개만 저을 뿐이었다.

"미리부터 흥을 깨고 싶진 않아." 해그리드가 말했다. "하지만 굉장히 멋질 거라는 건 확실해. 대표 선수들도 최선을 다해야 할 거야. 내가 생전에 트라이위저드 대회를 다시 보게 될 줄이야!"

그들은 별로 먹은 것도 없이, 해그리드와 함께한 점심 식사를 마쳤다. 해그리드가 소고기 캐서롤이라며 뭔가를 만들었는데, 헤르미온느가 거기에서 큼직한 갈고리발톱을 발견한 뒤로는 그녀도 해리도 론도 식욕을 잃었던 것이다. 그래도 이름을 넣은 사람들 중 누가 대표 선수로 선정될지 추측하고 프레드와 조지의 턱수염이 이제는 없어졌을지 궁금해하며 해그리드에게서 대회 과제를 알아내려고 애쓰는 일은 재미있었다.

오후 중반쯤 되자 이슬비가 내리기 시작했다. 창문에 빗

방울이 부드럽게 톡톡 떨어지는 소리를 들으며 난롯가에 앉아, 해그리드가 양말을 꿰매면서 헤르미온느와 집요정 문제로 옥신각신하는 모습을 보고 있자니 무척 편안했다. 헤르미온느가 배지를 보여 주면서 S.P.E.W.에 가입하라고 하자 해그리드는 단칼에 거절했다.

"그건 집요정들을 괴롭히는 짓이야, 헤르미온느." 그가 커다란 뼈바늘에 두꺼운 노란색 실을 꿰면서 진지하게 말했다. "사람들을 돌보는 건 집요정들의 본성이야. 걔들이 좋아하는 일이라니까? 일을 빼앗아 가면 오히려 불행해질 거다. 돈을 주면 집요정들을 모욕하는 셈이고."

"하지만 해리는 도비를 해방시켜 줬어요. 도비는 뛸 듯이 기뻐했고요!" 헤르미온느가 말했다. "게다가, 도비가 이제 임금을 요구하고 있다는 말도 들었어요!"

"그래, 뭐, 어느 종이든 이상한 녀석들은 있기 마련이지. 나는 자유를 받아들일 이상한 집요정이 한 명도 없다고 말하는 게 아냐. 하지만 대부분의 집요정이 그러도록 설득할 수는 없을 거다. 난 안 해, 헤르미온느."

헤르미온느는 무척 시무룩한 표정을 짓더니 망토 주머니에 배지 상자를 도로 집어넣었다.

5시 30분이 지나자 날이 점점 어두워졌다. 론, 해리, 헤르미온느는 핼러윈 연회에 참석하기 위해 성으로 돌아가기로 했다. 물론 연회보다 더 중요한 것은 각 학교의 대표 선수를 발표하는 일이었다.

"나도 같이 가자." 해그리드가 바느질감을 치우며 말했다. "잠깐만 기다려."

해그리드는 자리에서 일어나 침대 옆 서랍장으로 걸어가더니 안에서 뭔가를 찾기 시작했다. 그들은 그다지 관심을 기울이지 않았다. 진정 끔찍한 냄새가 코를 찌르기 전까지는.

론이 캑캑 기침을 하더니 물었다. "해그리드, 그게 뭐예요?"

"응?" 해그리드가 커다란 병을 손에 들고 돌아보며 물었다. "별로냐?"

"그거 면도하고 나서 바르는 로션이에요?" 헤르미온느가 살짝 숨 막히는 듯한 목소리로 말했다.

"어…… 향수인데." 해그리드가 웅얼거리더니 얼굴을 붉혔다. "좀 과했나." 그가 툴툴거리듯 말했다. "가서 좀 지우고 오마. 잠깐만 기다려……."

그는 쿵쿵거리며 오두막을 나갔다. 창밖으로 그가 물통에서 격렬하게 몸을 씻는 모습이 보였다.

"향수?" 헤르미온느가 놀라서 말했다. "해그리드가?"

"게다가 저 머리랑 정장은 또 뭐야?" 해리가 목소리를 낮추고 말을 받았다.

"저기 봐!" 론이 불쑥 창밖을 가리키며 말했다.

해그리드가 막 허리를 펴고 돌아섰다. 좀 전에도 얼굴을 붉히긴 했지만 지금에 비하면 아무것도 아니었다. 해리, 론, 헤르미온느는 해그리드가 눈치채지 못하도록 아주 조심스럽게 자리에서 일어나 창밖을 내다보았다. 막심 교장과 보바통 학생들이 연회에 참석하려는 듯 막 마차에서 내리는 광경이 보였다. 말소리는 들리지 않았지만 해그리드는 뭔가에 푹 빠진 몽롱한 눈빛으로 막심 교장에게 말을 건네고 있었다. 해리는 전에 딱 한 번, 해그리드가 새끼 용 노버트를 바라볼 때 그런 눈빛을 했던 것을 본 적이 있었다.

"막심 교장이랑 같이 성에 가려나 봐!" 헤르미온느가 화가 나서 말했다. "우리를 기다린 줄 알았는데?"

해그리드는 오두막 쪽은 거들떠보지도 않고 막심 교장과 함께 교정을 천천히 걸어갔다. 보바통 학생들은 두 사람의 엄청난 보폭을 따라잡기 위해 가볍게 뛰면서 그들을 쫓아가고 있었다.

"막심 교장을 좋아하나 봐!" 론이 믿을 수 없다는 듯 말했다. "뭐, 둘이 자식을 낳게 되면 세계신기록이겠네…….
아기를 낳으면 분명 무조건 1톤은 나갈 거야."

그들은 오두막을 나와 문을 닫았다. 바깥은 이미 놀랄 만
큼 어두워져 있었다. 그들은 망토를 더욱 바짝 끌어당기고
비탈진 잔디밭을 걸어 올라가기 시작했다.

"어, 그 사람들이다! 봐!" 헤르미온느가 속삭였다.

덤스트랭 일행이 호숫가에서 성으로 향하고 있었다. 빅
토르 크룸이 카르카로프와 나란히 걷고, 다른 덤스트랭 학
생들은 그들 뒤에서 여기저기 흩어져서 걸어가고 있었다.
론은 흥분한 얼굴로 크룸을 지켜봤지만, 헤르미온느, 론,
해리보다 약간 앞서 문 앞에 도착한 크룸은 그들을 돌아보
지 않고 성으로 들어갔다.

그들이 들어갔을 때 촛불이 밝혀진 대연회장은 거의 꽉
차 있었다. 불의 잔은 이제 교직원 식탁 위, 덤블도어의 빈
의자 앞으로 옮겨져 있었다. 프레드와 조지는 실망감을 잘
해소한 것처럼 보였다(깨끗하게 면도한 모습이었다).

"앤젤리나가 됐으면 좋겠다." 해리, 론, 헤르미온느가 자
리에 앉자 프레드가 말했다.

"나도!" 헤르미온느가 가쁜 숨을 내쉬며 말했다. "뭐, 곧
알게 되겠지!"

핼러윈 연회는 여느 때보다 훨씬 길게 느껴졌다. 이틀 사이 두 번째 만찬이어서 그렇겠지만 해리는 호화롭게 준비된 음식이 예전만큼은 마음에 들지 않았다. 그저 식사를 빨리 마치고 누가 대표 선수로 선정됐는지 듣고 싶을 뿐이었다. 계속 목을 쭉 빼고 조바심 나는 표정으로 안절부절못하면서 덤블도어가 식사를 마쳤는지 보려고 자리에서 일어나는 모습들을 보니 대연회장에 있는 다른 사람들도 모두 같은 마음인 듯했다.

한참이 지나서야 황금 접시들이 본래의 얼룩 한 점 없는 상태로 돌아갔다. 대연회장 안의 웅성거림이 갑자기 확 커졌다가 덤블도어가 자리에서 일어나자마자 잦아들었다. 그의 양옆에 앉아 있는 카르카로프 교장과 막심 교장도 누구 못지않게 긴장하고 기대에 찬 표정이었다. 루도 배그먼은 활짝 웃으며 여러 학생들에게 눈을 찡긋거리고 있었다. 반면 크라우치 장관은 별로 관심이 없는 듯 거의 지겨워하는 얼굴이었다.

"자, 불의 잔이 결정을 내릴 준비가 된 모양입니다." 덤블도어가 말했다. "내가 보기엔 1분쯤 더 기다리면 될 것 같군요. 이제 대표 선수들은 자신의 이름이 불리면 상석으로 올라와서 교직원 식탁 뒤에 있는 문을 통해 옆방으로 들어가기 바랍니다." 그는 교직원 식탁 뒤에 있는 문을 가리켰다. "그곳에서 첫 번째 지시를 받게 될 겁니다."

그가 마법 지팡이를 꺼내 크게 한 번 휘둘렀다. 곧 조각된 호박들에 들어 있는 촛불을 뺀 모든 불이 꺼지자 모두가 어슴푸레한 빛 속에 잠겼다. 이제 불의 잔은 대연회장에 있는 그 어떤 것보다 밝게 빛나고 있었다. 환하게 빛나는 청백색 불길에 눈이 아플 정도였다. 모두가 그 순간을 기다리며 지켜봤고…… 몇몇은 계속 시계를 확인했다…….

"조금 있으면……." 해리에게서 두 자리 떨어져 있던 리조던이 속삭였다.

불의 잔 안에서 타오르던 불길이 갑자기 붉게 변했다. 불꽃이 튀기 시작했다. 다음 순간, 불길이 공중으로 길게 솟구치더니 그을린 양피지가 펄럭거리며 튀어나왔다. 모든 사람이 숨을 들이켰다.

덤블도어가 양피지를 잡아채더니 불빛에 비춰 읽을 수 있도록 팔을 폈다. 불길은 다시 청백색으로 바뀌어 있었다.

"덤스트랭의 대표 선수는……." 그가 힘 있고 또렷한 목소리로 말했다. "빅토르 크룸입니다."

"당연하지!" 박수갈채와 환호성이 한바탕 대연회장을 휩쓸자 론이 소리쳤다. 해리는 빅토르 크룸이 슬리데린 식탁에서 일어나 구부정한 자세로 덤블도어 쪽으로 걸어가는 모습을 바라보았다. 그는 오른쪽으로 돌아 교직원 식탁을 따라 걸어가더니 문을 통해 옆방으로 사라졌다.

"브라보, 빅토르!" 카르카로프가 우렁차게 소리쳤다. 목소리가 어찌나 큰지 요란한 박수 소리 속에서도 다 들릴 정도였다. "네가 될 줄 알고 있었다!"

박수 소리와 재잘거리는 소리가 점차 사그라들었다. 이제 모두의 관심은 다시 불의 잔에 쏠려 있었다. 잠시 뒤, 불의 잔이 다시 한 번 붉은색으로 변했다. 두 번째 양피지가 불길에 밀려 튀어나왔다.

"보바통의 대표 선수는……." 덤블도어가 말했다. "플뢰르 들라쿠르입니다!"

"그 애다, 론!" 해리가 소리쳤다. 빌라를 닮은 그 여학생이 우아하게 자리에서 일어나 은빛 도는 금발을 뒤로 젖히고 래번클로와 후플푸프 식탁 사이를 지나갔다.

"저런. 다들 실망했나 봐." 헤르미온느가 소란스러움 너머로 나머지 보바통 학생들 쪽을 고갯짓으로 가리키며 말했다. '실망'은 좀 부족한 표현 같다고 해리는 생각했다. 선택받지 못한 아이들 중 여학생 두 명은 눈물을 쏟다가 아예 양팔에 얼굴을 묻은 채 흐느끼고 있었다.

플뢰르 들라쿠르도 옆방으로 사라지자 다시 침묵이 내려앉았다. 그러나 이번에는 거의 만져질 듯한 흥분으로 아주 단단하게 뭉친 침묵이었다. 다음 차례는 호그와트 대표 선수였다…….

불의 잔이 다시 한 번 붉게 타올랐다. 불꽃이 쏟아지고 불길이 공중으로 길쭉하게 솟아오르자 덤블도어가 그 불길 끝에서 세 번째 양피지를 집었다.

"호그와트 대표 선수는" 하고 그가 소리쳤다. "세드릭 디고리입니다!"

"안 돼!" 론이 크게 소리쳤지만 해리 말고는 누구도 그 외침을 듣지 못했다. 옆 식탁에서 엄청난 소동이 일었던 것이다. 후플푸프 학생들 모두가 벌떡 일어나 소리를 지르고 발을 굴렀다. 세드릭은 활짝 웃으면서 그들을 지나 교직원 식탁 뒤에 있는 방으로 향했다. 사실, 세드릭을 향한 박수갈채가 너무 오래 이어지는 바람에 덤블도어는 한참이 지나서야 목소리를 낼 수 있었다.

"좋아요!" 마침내 소란이 가라앉자 덤블도어가 기분 좋게 소리쳤다. "자, 이제 세 명의 대표 선수가 결정됐군요. 보바통과 덤스트랭 학생들을 포함해 여러분 모두 각자의 대표 선수를 전심전력으로 응원할 거라 확신합니다. 여러분의 응원이 대표 선수들에게는 굉장히 큰 힘이……."

하지만 덤블도어는 문득 말을 멈췄다. 모두 그가 어디에 정신이 팔렸는지 알 수 있었다.

불의 잔 속에서 타오르는 불길이 다시 붉게 변한 것이다. 또다시 불꽃이 튀어 올랐다. 돌연 불길이 공중으로 길게 솟구치더니 또 다른 양피지를 토해 냈다.

덤블도어가 길쭉한 손가락을 뻗어 양피지를 잡은 건 거의 반사적인 행동인 듯했다. 그는 양피지를 들고 거기에 적힌 이름을 뚫어지게 들여다보았다. 덤블도어가 손에 들린 양피지를 바라보는 동안 기나긴 침묵이 흘렀다. 대연회장 안의 사람들 모두 그런 덤블도어를 쳐다보았다. 이윽고 덤블도어가 목소리를 가다듬고 거기에 적힌 이름을 읽었다.

"*해리 포터*."

17장
네 명의 대표 선수

해리는 대연회장에 있는 모두가 고개를 돌려 그를 바라보고 있는 것을 의식하며 그 자리에 가만히 앉아 있었다. 손가락 하나 움직일 수 없었다. 정신이 멍했다. 꿈을 꾸고 있는 게 틀림없었다. 분명 잘못 들었을 것이다.

박수갈채 같은 것은 없었다. 대신 성난 벌 떼처럼 웅성대는 소리가 대연회장을 가득 채우기 시작했다. 몇몇 학생들이 꼼짝도 못 하고 자리에 그대로 앉아 있는 해리를 더 자세히 보기 위해 의자에서 일어났다.

상석에서는 맥고나걸 교수가 자리에서 일어나 루도 배그먼과 카르카로프 교장을 지나쳐 덤블도어 교수에게 가서 뭔가를 다급히 속삭였다. 덤블도어 교수는 얼굴을 살짝 찌푸린 채 그녀의 말에 귀를 기울였다.

해리는 론과 헤르미온느를 돌아보았다. 두 사람의 뒤로 긴 그리핀도르 식탁이 보였다. 모두가 입을 벌린 채 그를 바라보고 있었다.

"난 이름을 넣지 않았어." 해리가 어리둥절한 표정을 짓고 말했다. "너희도 알잖아."

론과 헤르미온느는 그저 멍한 표정으로 그를 바라볼 뿐이었다.

상석에서 덤블도어 교수가 맥고나걸 교수에게 고개를 끄덕이며 몸을 폈다.

"해리 포터!" 그가 다시 소리쳐 불렀다. "해리! 올라와 주겠니?"

"가." 헤르미온느가 해리를 살짝 밀며 속삭였다.

해리는 자리에서 일어나다가 로브 끝을 밟고 살짝 휘청거렸다. 그는 그리핀도르와 후플푸프 식탁 사이로 걸어가기 시작했다. 그 길이 한없이 길게만 느껴졌다. 상석이 조금도 가까워지지 않는 것 같았다. 수백 개의 눈이 하나하나 탐조등 불빛처럼 날아와 꽂히는 것이 느껴졌다. 웅성대는 소리는 점점 커졌다. 느낌상 한 시간쯤 흐른 뒤에야 그는 교수들 모두의 시선을 받으며 덤블도어 앞에 섰다.

"그래…… 저 문으로 들어가거라, 해리." 덤블도어가 말했다. 그의 얼굴에서 미소 같은 건 찾아볼 수 없었다.

해리는 교직원 식탁을 따라 걸어갔다. 맨 끝에 해그리드가 앉아 있었다. 그는 해리에게 눈을 찡긋하지도, 손을 흔들지도 않았고, 평소처럼 반가워하는 기색도 전혀 보이지 않았다. 그는 완전히 충격을 받은 표정을 짓고 다른 사람들처럼 해리가 지나가는 모습을 뚫어지게 바라보았다. 문을 통해 대연회장을 나선 해리는 마법사들의 초상화가 줄지어 걸려 있는 작은 방에 들어갔다. 맞은편 난로에서 넉넉한 불길이 일렁거리고 있었다.

초상화 속 얼굴들이 고개를 돌려 방으로 들어오는 그를 바라보았다. 그는 주름이 쪼글쪼글한 여자 마법사가 액자 밖으로 휙 나와, 팔자 콧수염을 기른 남자 마법사가 있는 옆 액자로 들어가는 것을 보았다. 주름 쪼글쪼글한 마법사가 남자 마법사의 귀에 대고 뭔가를 속닥거리기 시작했다.

빅토르 크룸, 세드릭 디고리, 플뢰르 들라쿠르가 벽난로 주위에 모여 있었다. 불빛에 드러난 그들의 몸 윤곽이 묘하게 인상적이었다. 크룸은 구부정하니 음울한 얼굴로 다른 두 사람과 조금 거리를 둔 채 벽난로 선반에 기대 있었다. 세드릭은 뒷짐을 진 채 불을 들여다보고 서 있었다. 플뢰르 들라쿠르는 해리가 들어오는 모습을 보고 은빛이 도는 긴 금발을 휙 넘겼다.

"무슨 일이야?" 그녀가 물었다. "우리앙테 다시 대연외쟁으로 들어오라고 하니?"

그녀는 해리가 심부름을 온 거라 생각한 것 같았다. 해리는 방금 전에 일어난 일을 어떻게 설명해야 할지 알 수 없었다. 그는 그냥 그 자리에 서서 세 명의 대표 선수를 바라보았다. 셋 모두 키가 얼마나 큰지 새삼 와닿았다.

뒤에서 종종거리는 발소리가 들리더니 루도 배그먼이 방에 들어왔다. 그가 해리의 팔을 붙잡고 앞으로 이끌었다.

"희한한 일이구나!" 그가 해리의 팔을 움켜쥐며 중얼거렸다. "참으로 놀라운 일이야! 신사 여러분…… 숙녀분도." 그가 벽난로 근처로 다가가 다른 세 사람에게 말했다. "소개하마. 믿기지 않을 테지만, *네 번째* 트라이위저드 대표 선수다!"

빅토르 크룸이 몸을 폈다. 해리를 유심히 살펴보는 그의 뚱한 얼굴이 어두워졌다. 세드릭은 어찌할 바를 모르는 표정이었다. 그는 배그먼에게서 해리에게로 시선을 돌리더니, 잘못 들은 게 틀림없다는 듯 다시 배그먼을 바라보았다. 반면 플뢰르 들라쿠르는 머리를 넘기고 미소를 지으며 말했다. "오, 정말 재밌능 농담이네요, 배그먼 쫭관님."

"농담이라고?" 배그먼이 당황해서 되풀이했다. "아니, 아니야. 농담이 아닌데! 방금 해리의 이름이 불의 잔에서 나왔어!"

크룸의 짙은 눈썹이 살짝 꿈틀거렸다. 세드릭은 아직 예의를 갖추고 있었지만 얼굴에는 당황한 기색이 역력했다.

플뢰르가 얼굴을 찡그렸다. "하지만 실수가 있었덩 게 틀림없어요." 그녀가 깔보는 투로 배그먼에게 말했다. "애랑은 대결할 수 엄서요. 너무 어리좖아요."

"뭐…… 놀라운 일이긴 하지." 배그먼이 미끈한 턱을 문지르면서 해리에게 미소 지어 보였다. "하지만 너희도 알다시피 나이 제한은 추가적인 안전 조치로 올해에만 실시된 거란다. 불의 잔에서 해리의 이름이 나왔으니…… 그러니까, 지금 단계에서 도망칠 수는 없다는 얘기지……. 규칙이 그래. 너희에겐 의무가 지워졌어……. 해리는 어쩔 수 없이 최선을 다해서……."

등 뒤의 문이 다시 열리고 여러 사람이 들어왔다. 덤블도어 교수가 가장 먼저 들어왔고, 그 뒤를 크라우치 장관과 카르카로프 교장, 막심 교장, 맥고나걸 교수와 스네이프 교수가 바짝 따랐다. 맥고나걸 교수가 문을 닫기 전 벽 저편에서 수백 명의 학생이 웅성거리는 소리가 들렸다.

"막심 교수님!" 플뢰르가 자기 학교 교장에게 성큼성큼 다가가면서 곧바로 말했다. "이 꼬마도 대회에 참가항다는 데요!"

믿을 수 없는 일이 벌어져 얼떨떨한 와중에도 해리는 슬 슬 분노가 치미는 것을 느꼈다. '꼬마?'

몸을 죽 편 막심 교장의 키는 엄청날 정도였다. 깔끔하게 가르마를 탄 그녀의 정수리가 촛불이 가득 꽂힌 샹들리에 에 스쳤고, 검은색 새틴으로 감싸인 거대한 가슴은 잔뜩 부 풀었다.

"이게 무승 말잉가요, 덤블리도르?" 그녀가 도도한 말투 로 물었다.

"나도 알고 싶군요, 덤블도어." 카르카로프 교장이 말했 다. 강철처럼 차가운 미소를 짓고 있는 그의 푸른 눈동자는 마치 얼음 조각 같았다. "호그와트 대표 선수가 둘이라? 대 회를 주최하는 학교가 두 명의 대표 선수를 내보낼 수 있다 는 얘기는 들어 본 적이 없는 것 같은데……. 내가 규칙을 꼼꼼하게 읽지 않은 겁니까?"

그가 짧고 심술궂은 웃음을 내뱉었다.

"세텅포시블르(말도 안 돼―옮긴이)." 막심 교장이 말했다.

최상급 오팔이 잔뜩 끼워진 거대한 손이 플뢰르의 어깨에 얹혀 있었다. "오그와트만 대표 선수를 두 명 내보낸다는 건 말도 안 돼요. 굉장히 불공평한 일입니다."

"우리는 나이 제한선이 어린 참가자들을 접근하지 못하게 할 거라고 믿었습니다만, 덤블도어." 카르카로프가 말했다. 여전히 강철 같은 미소를 띠고 있었지만 두 눈은 조금 전보다 더 차가웠다. "그렇지 않았다면 우리도 학교에서 더 다양한 후보자들을 선발해 데려왔겠지요."

"이건 다른 누구도 아닌 포터의 잘못입니다, 카르카로프." 스네이프가 조용히 입을 열었다. 그의 검은 눈동자가 악의로 번뜩였다. "포터가 규칙을 어기기로 마음먹었다고 해서 덤블도어 교수님을 비난하지는 마십시오. 이 녀석은 여기 온 이래 계속 선을 넘어……."

"고맙네, 세베루스." 덤블도어가 단호한 말투로 그의 말을 끊었다. 스네이프는 입을 다물었지만 두 눈만은 여전히 기름진 검은 머리카락 사이에서 심술궂게 빛났다.

덤블도어 교수는 이제 해리를 내려다보고 있었다. 해리는 그를 마주 보고, 반달 모양 안경 너머로 그의 두 눈에 떠오른 빛을 읽으려고 애썼다.

"네가 불의 잔에 이름을 넣었느냐, 해리?" 덤블도어가 침착하게 물었다.

"아뇨." 해리가 대답했다. 모두가 자신을 주시하고 있다는 사실이 무척 신경 쓰였다. 어둠 속에 서 있던 스네이프가 참지 못하고 조그맣게 불신 가득한 소리를 냈다.

"나이 많은 학생에게 대신 불의 잔에 이름을 넣어 달라고 했니?" 덤블도어 교수가 그런 스네이프를 무시하고 다시 물었다.

"*아니에요.*" 해리가 발끈하며 말했다.

"아, 당연히 거짓말이죠!" 막심 교장이 소리쳤다. 스네이프는 이제 입가를 비틀며 고개를 젓고 있었다.

"나이 제한선을 넘을 수는 없었을 겁니다." 맥고나걸 교수가 날카롭게 말했다. "그 점에는 모두 동의한 것으로 아는데……."

"덤블리도르가 그 선을 그릴 때 실수항 게 분명해요." 막심 교장이 어깨를 들썩이며 말했다.

"물론 그랬을 가능성도 있습니다." 덤블도어가 정중한 태도로 말했다.

"덤블도어, 실수하지 않았다는 건 본인이 더 잘 아시잖아요!" 맥고나걸 교수가 화를 내며 말했다. "정말이지, 무슨 말도 안 되는 소리입니까! 해리 본인이 나이 제한선을 넘는 건 불가능하고 덤블도어 교수님은 해리가 나이 많은 학생을 설득해서 그런 일을 하게 만들지 않았을 거라고 믿으시니, 다른 분들께도 이걸로 충분하리라 믿습니다!"

그렇게 말한 뒤 그녀는 스네이프 교수에게 단단히 화가 난 눈길을 던졌다.

"크라우치 장관님…… 배그먼 장관님……." 카르카로프가 다시 나긋나긋해진 목소리로 말했다. "두 분은 우리의…… 음, 객관적인 심사위원이십니다. 이 일이 규칙에 어긋난다는 데는 물론 동의하시겠지요?"

배그먼은 손수건으로 소년 같은 동그란 얼굴을 닦고 크라우치 장관을 바라보았다. 난로 불빛이 미치는 범위 바깥에 서 있는 크라우치의 얼굴 일부가 어둠에 가려져 있었다. 그는 조금 으스스하게 보였다. 반쯤 드리워진 어둠이 그의 얼굴을 훨씬 늙어 보이게 하고 해골처럼 보이게 만들었던 것이다. 크라우치가 입을 열자 평소처럼 무뚝뚝한 목소리가 흘러나왔다. "우리는 규칙을 따라야 합니다. 그 규칙은 불의 잔에서 이름이 나온 사람은 대회에 참가해야 한다고 명시하고 있소."

"뭐, 규칙에 대해서는 바티가 처음부터 끝까지 꿰뚫고 있으니까요." 배그먼이 활짝 웃으며 카르카로프와 막심 교장을 돌아보고 말했다. 이제 문제가 해결되었다는 투였다.

"나는 내가 데려온 다른 학생들도 다시 이름을 제출할 것을 강력하게 요구하는 바입니다." 카르카로프가 말했다. 나긋나긋한 목소리와 미소는 이제 찾아볼 수 없었다. 얼굴에는 매우 험악한 표정이 떠올라 있었다. "불의 잔을 다시 꺼내서, 각 학교마다 두 명의 대표 선수가 나올 때까지 계속 이름을 넣도록 합시다. 그래야 공평하지요, 덤블도어."

"하지만 카르카로프, 그런 식으로 할 수 있는 게 아니에요." 배그먼이 말했다. "불의 잔은 방금 꺼졌어요. 다음번 대회가 시작될 때까지는 다시 타오르지 않을 겁니다……."

"그렇다면 덤스트랭은 다음번 대회에 절대 참가하지 않겠소!" 카르카로프가 고함을 질렀다. "그렇게 많은 회의와 협상과 타협을 거쳤는데도 이런 일이 벌어질 거라고는 생각도 못 했소! 지금도 반쯤은 떠나고 싶은 마음입니다!"

"허풍 떨기는, 카르카로프." 문 근처에서 어떤 걸걸한 목소리가 말했다. "지금 네놈 학교의 대표 선수를 두고 떠날 수는 없을 텐데. 그 녀석은 참가해야 해. 모두가 참가해야 한다. 덤블도어 교수 말처럼 이건 구속력이 있는 마법 계약이거든. 참 편리하지 않나?"

무디가 막 방으로 들어온 것이다. 그는 벽난로 쪽으로 절뚝절뚝 걸어왔다. 그가 오른발을 내디딜 때마다 '턱턱' 하는 소리가 크게 울렸다.

"편리하다고?" 카르카로프가 말했다. "미안하지만 무슨 말인지 모르겠군요, 무디."

해리가 보기에 카르카로프는 무디의 말에는 신경 쓸 가치도 없다는 듯 그를 무시하는 것처럼 말하려 애쓰고 있었다. 하지만 손은 그의 의지를 배반하고 불끈 주먹을 쥐고 있었다.

"모른다고?" 무디가 조용히 말했다. "아주 간단해, 카르카로프. 이름이 나오면 대회에 참가할 수밖에 없다는 걸 아는 누군가가 포터의 이름을 불의 잔에 넣은 거지."

"분명 오그와트에 기외를 두 번 주고 싶응 사람이었겠죠!" 막심 교장이 말했다.

"저도 같은 생각입니다, 막심 교장 선생님." 카르카로프가 그녀에게 허리를 숙이며 말했다. "마법 정부는 물론 국제 마법사 연맹에도 불만을 제기할……."

"불만을 제기할 사람이 있다면 그건 포터다." 무디가 거친 목소리로 말했다. "그런데…… 이상하군……. 저 녀석 얘기는 한 마디도 못 들었으니……."

"쟤가 왜 불평을 하겠어요?" 플뢰르 들라쿠르가 발을 동동 구르며 소리쳤다. "저 애능 참가할 기회를 얻었잖아요. 아닝가요? 우리능 모두 몇 주 동안이나 선택받기를 기다려 왔어요! 우리 학교의 명예를 위해서요! 상금이 1,000갈레 온이라니…… 많응 사람이 목숨이라도 걸 기회잖아요!"

"어쩌면 포터가 정말로 목숨 걸기를 바라는 사람이 있을 지도 모르지." 무디가 간간이 으르렁거리는 기색을 드러내 며 말했다.

그 말에 팽팽하게 긴장된 침묵이 이어졌다.

루도 배그먼이 정말로 불안한 표정으로 초조하게 발을 들었다 내렸다 하며 말했다. "무디, 이 친구…… 무슨 그런 말을 하나!"

"무디 교수가 점심시간 전까지 자신을 살해하려는 음모 를 여섯 건 발견하지 못하면 그날 아침을 헛되이 보냈다고 생각하는 사람이라는 건 다들 알잖습니까." 카르카로프가 큰 소리로 말했다. "이제는 분명 학생들한테까지 암살을 두려워하라고 가르치는 것이겠지요. 어둠의 마법 방어법 을 가르치는 사람치고 이상한 자질이긴 하군요, 덤블도어. 이런 사람을 고용한 데는 분명 나름의 이유가 있겠지만 말 입니다."

"내 상상에 불과하단 말인가?" 무디가 으르렁거렸다. "헛

것을 보는 거라고? 불의 잔에 이 녀석의 이름을 넣은 건 노련한 마법사가 틀림없어…….”

“아니, 무슨 증거로 그런 말을 하나요?” 막심 교장이 큼직한 두 손을 들어 올리며 말했다.

“아주 강력한 마법의 물건을 속였지 않소!” 무디가 말했다. “그 잔을 속여서 대회에서 대결을 벌이는 건 오직 세 학교뿐이라는 사실을 잊어버리게 만들려면 특별히 강력한 혼돈 마법이 필요했을 거요……. 내 생각엔 포터의 이름을 네 번째 학교에 넣어 거기에 속한 유일한 학생이 되게 만든 것 같은데…….”

“이 문제를 아주 깊이 생각해 본 것 같군요, 무디.” 카르카로프가 싸늘하게 말했다. “게다가 매우 독창적인 이론입니다……. 그런데 내가 얼마 전에 들은 이야기에 따르면, 당신이 생일 선물 중에 교묘하게 위장한 바실리스크 알이 들어 있다고 생각해서 휴대용 시계인 줄도 모르고 그걸 산산이 부숴 버렸다더군요. 그러니 우리가 당신이 하는 말을 전혀 진지하게 받아들이지 않더라도 이해해야…….”

“아무 관련 없는 상황을 이용하려는 자들은 항상 존재하는 법이지.” 무디가 심술궂은 목소리로 반박했다. “어둠의 마법사들처럼 생각하는 건 내 일이다, 카르카로프. 네놈도 기억하겠지만…….”

“앨러스터!” 덤블도어가 경고하듯 외쳤다. 해리는 그가 누구를 부른 건지 잠깐 의문을 느꼈지만 곧 ‘매드아이’가 무디의 진짜 이름일 리 없다는 사실을 깨달았다. 무디는 입을 다물었지만 여전히 흡족한 듯 카르카로프의 시뻘겋게 달아오른 얼굴을 바라보고 있었다.

“우리는 어떻게 해서 이런 상황이 벌어졌는지 모릅니다.” 덤블도어가 방에 모인 모든 사람에게 말했다. “그러나 내가 보기에는 받아들이는 수밖에 없을 것 같군요. 세드릭과 해리 모두 대회 참가자로 선택받았습니다. 그러니 그렇게 해야…….”

“아, 하지만 덤블리도르…….”

“존경하는 막심 교장 선생님, 대안이 있다면 기꺼이 듣겠습니다.”

덤블도어가 기다렸지만 막심 교장은 아무 말도 하지 못한 채 그를 쏘아보기만 했다. 그녀뿐만이 아니었다. 스네이프는 극도로 화가 난 표정이었고, 카르카로프는 분노로 하얗게 질려 있었다. 그러나 배그먼은 오히려 신난 기색이 역력했다.

“뭐, 그럼 계속할까요?” 그가 손을 맞비비며 미소 띤 얼굴로 방을 둘러보았다. "우리 대표 선수들에게 지시 사항을 전달해야겠지요? 바티, 당신이 이 영광스러운 일을 맡는 건 어때요?"

크라우치 장관은 깊은 몽상에서 깨어난 듯했다.

"그래." 그가 퍼뜩 입을 열었다. "지시 사항을 전달해야지. 좋아…… 첫 번째 과제는…….."

크라우치가 불빛이 비치는 곳으로 걸어 나왔다. 가까이에서 본 그는 아픈 사람 같았다. 퀴디치 월드컵에서 봤을 때와 달리 눈 밑에는 어두운 그림자가 드리워져 있었고 얇은 종이 같은 피부는 쭈글쭈글했다.

"첫 번째 과제는 너희의 용기를 시험하기 위한 것이다." 그가 해리, 세드릭, 플뢰르, 크룸에게 말했다. "그러니 어떤 과제인지는 말해 주지 않겠다. 용기는 미지의 존재를 마주했을 때 마법사가 갖춰야 할 중요한 자질이니까…… 암, 중요하고말고……. 첫 번째 과제는 11월 24일, 다른 학생들과 심사위원단 앞에서 발표될 예정이다. 대표 선수들은 대회 과제를 완수하기 위해 교수들에게 어떤 형태의 도움도 요청하거나 받아서는 안 된다. 대표 선수들은 마법 지팡이로만 무장하고 첫 번째 도전 과제를 마주할 것이다. 첫 번째 과제가 끝나면 두 번째 과제에 관한 정보를 받게 된다. 많은 노력과 시간을 요구하는 대회의 속성을 감안해 대표 선수들은 학년말시험을 면제받는다."

크라우치 장관이 시선을 돌려 덤블도어를 바라보았다. "다 전달한 것 같습니다만, 알버스?"

"내 생각에도 그렇습니다." 덤블도어가 말했다. 그는 조금 걱정스러운 표정으로 크라우치 장관을 바라보고 있었다. "정말로 오늘 밤 호그와트에서 묵지 않을 건가요, 바티?"

"예, 덤블도어. 정부로 돌아가야 합니다." 크라우치 장관이 말했다. "지금 아주 바쁘고 힘든 시기여서요……. 젊은 웨더비에게 일을 맡기긴 했는데…… 아주 열정적인 친구입니다……. 사실은 좀 지나치게 열정적이지요……."

"아무리 그래도 가기 전에 한잔 정도는 해야지요." 덤블도어가 말했다.

"그래요, 바티. 나는 남을 거예요!" 배그먼이 밝은 목소리로 말했다. "지금은 호그와트에서 온갖 일이 벌어지고 있잖아요. 사무실보다는 여기가 훨씬 신나죠!"

"난 그럴 생각 없네, 루도." 크라우치가 특유의 초조한 기색을 드러내며 말했다.

"카르카로프 교장 선생님, 막심 교장 선생님, 자기 전에 한잔하시겠습니까?" 덤블도어가 말했다.

그러나 막심 교장은 이미 플뢰르의 어깨에 팔을 두른 채 신속히 그녀를 데리고 방을 나서고 있었다. 두 사람이 대연회장으로 나가면서 프랑스어로 아주 빠르게 대화를 나누는 소리가 들렸다. 카르카로프가 크룸에게 손짓했고, 그들도 떠났다. 다만 조용히 떠났을 뿐이었다.

"해리, 세드릭, 자러 가는 게 좋겠다." 덤블도어가 둘 모두에게 미소 지으며 말했다. "틀림없이 그리핀도르와 후플푸프 학생들이 너희를 축하해 주려고 기다리고 있을 테니. 한바탕 소란을 피우고 시끄럽게 떠들 좋은 핑계를 빼앗는다니 안 될 말이지."

해리는 세드릭을 힐끗 쳐다보았다. 그가 고개를 끄덕이자 둘은 함께 방을 나갔다.

대연회장은 이제 텅 비어 있었다. 거의 꺼져 가는 촛불들이 들쭉날쭉한 미소를 짓고 있는 호박들에 으스스하고 깜빡이는 효과를 더해 주었다.

"그래." 세드릭이 살짝 미소 지으며 말했다. "이번에도 대결하게 됐네!"

"그러게." 해리가 말했다. 할 말이 하나도 생각나지 않았다. 누가 뇌를 탈탈 털어 간 듯 머릿속이 완전히 뒤죽박죽이 된 것 같았다.

"그럼…… 말해 봐……." 현관홀에 도착하자 세드릭이 다시 말했다. 불의 잔이 사라진 그곳에는 이제 횃불만이 주위를 밝히고 있었다. "정말로 어떻게 이름을 넣은 거야?"

"안 넣었다니까." 해리가 그를 올려다보며 말했다. "내가 넣은 게 아냐. 난 사실대로 말한 거야."

"아…… 그래." 세드릭이 말했다. 해리는 세드릭이 그 말을 믿지 않는다는 것을 알았다. "뭐…… 그럼 나중에 보자."

세드릭은 대리석 계단을 오르는 대신 계단 오른쪽에 난 문으로 향했다. 해리는 가만히 서서 그가 돌계단을 내려가는 소리를 듣다가 천천히 대리석 계단을 올라갔다.

론과 헤르미온느 말고도 그를 믿어 줄 사람이 있을까? 다들 해리가 대회에 나가려고 자기 이름을 넣었다고 생각할까? 하지만 대체 어떻게 그런 생각을 할 수 있을까? 해리는 그보다 마법 교육을 3년이나 더 받은 경쟁자들과 겨뤄야 했다. 굉장히 위험할 것 같은 과제를, 그것도 수백 명이 보는 앞에서 수행해야 했다. 물론 해리도 생각은 해 봤다……. 공상을 펼치기는 했다……. 하지만 그것은 솔직히 장난에 가까웠다. 한가로운 꿈이나 마찬가지였다……. 정말로, *진지하게* 대회 참가를 생각해 본 건 아니었다…….

하지만 다른 누군가는 그런 생각을 했던 것이다……. 그

누군가는 해리를 대회에 참가시키고 싶어 했고 그가 참가할 수밖에 없도록 만들었다. 왜? 선물을 주려고? 왠지 그건 아닐 것 같았다…….

그가 바보짓 하는 꼴을 보려고? 뭐, 그렇다면 소원을 이룰 가능성이 높겠지만…….

하지만 그를 죽이려고 그런 거라면? 무디는 늘 그랬듯이 편집증을 드러낸 것뿐일까? 누군가가 장난으로, 농담처럼 해리의 이름을 불의 잔에 넣는 일이 가능할까? 정말로 그의 죽음을 바라는 사람이 있을까?

그 질문에는 곧바로 답이 떠올랐다. 그렇다, 해리가 죽기를 바라는 사람이 있었다. 해리가 한 살이었을 때부터 줄곧 그의 죽음을 바란 사람……. 볼드모트 경. 하지만 볼드모트가 어떻게 해리의 이름이 불의 잔에 들어가게 만들 수 있단 말인가? 볼드모트는 먼 곳, 머나먼 나라에 홀로 숨어 있을 터였다……. 허약하고 무력하게…….

하지만 해리가 꾼 꿈, 흉터가 아파서 깨어나기 직전에 꾸었던 꿈에서 볼드모트는 혼자가 아니었다……. 그는 웜테일과 이야기하고 있었다……. 해리를 죽일 음모를 꾸미면서…….

발길이 어디로 향하는지도 거의 알아차리지 못했던 해리

는 어느새 뚱뚱한 귀부인을 맞닥뜨리게 된 것을 깨닫고 깜짝 놀랐다. 액자 속에 뚱뚱한 귀부인 혼자만 있는 게 아니라는 점도 놀라웠다. 해리가 밑에서 대표 선수들을 만날 때 옆에 있는 그림으로 휙 들어갔던 쪼글쪼글한 마법사가 지금 뚱뚱한 귀부인 옆에 거들먹거리며 앉아 있었던 것이다. 해리보다 먼저 이곳에 도착하려고 일곱 층의 계단에 걸려 있는 그림들을 모두 쏜살같이 지나온 게 틀림없었다. 그녀와 뚱뚱한 귀부인 둘 다 흥미진진한 얼굴로 그를 내려다보고 있었다.

"이런, 이런, 이런." 뚱뚱한 귀부인이 말했다. "바이올렛이 방금 모든 걸 말해 줬다. 그럼 학교 대표 선수로는 누가 선택된 게냐?"

"허튼소리." 해리가 멍하니 내뱉었다.

"헛소리라니!" 주름이 쪼글쪼글한 마법사가 버럭 화를 냈다.

"아니, 아니야, 바이. 저건 암호야." 뚱뚱한 귀부인이 달래듯 말하더니 경첩에 매달린 채 앞으로 휙 젖혀지며 해리를 휴게실에 들여보내 주었다.

초상화가 채 닫히기도 전에 폭발하듯 들려온 소음 때문에 해리는 하마터면 뒤로 넘어질 뻔했다. 다음 순간 그는 열 쌍이 넘는 손에 붙들려 휴게실로 끌려들어 가 어느새 그리핀도르 학생 전체를 마주 보고 있었다. 모두가 소리를 지르고 손뼉을 치며 휘파람을 불어 댔다.

"우리한테는 이름을 넣었다고 얘기했어야지!" 프레드가 우렁차게 소리쳤다. 그는 반쯤은 화가 나고 반쯤은 감명받은 표정이었다.

"턱수염도 안 달고 어떻게 한 거야? 훌륭한데!" 조지가 고함을 질렀다.

"내가 넣은 거 아냐." 해리가 말했다. "나도 어떻게 된 건지 몰……."

그러나 그때 앤젤리나가 그를 와락 덮쳤다. "그래, 나는 못했지만 그래도 그리핀도르니까……."

"디고리한테 지난번 퀴디치 시합의 복수를 해 줄 수 있겠다, 해리!" 그리핀도르의 또 다른 추격꾼인 케이티 벨이 높은 소리로 외쳤다.

"음식이 있어, 해리. 와서 좀 먹어……."

"별로 배 안 고파. 연회에서 많이 먹어서……."

하지만 배가 고프지 않다는 그의 말을 듣고 싶어 하는 사람은 아무도 없었다. 아무도 그가 불의 잔에 이름을 넣지 않았다는 말에 귀 기울이지 않았다. 단 한 사람도 그가 전혀 축하받고 싶은 기분이 아니라는 사실을 눈치채지 못했다……. 리 조던이 어디서 그리핀도르 현수막을 꺼내 와 해리에게 망토처럼 둘러 주겠다고 우겼다. 해리는 빠져나올 수가 없었다. 침실 계단 쪽으로 슬쩍 빠져나가려고 할 때마다 주위에 있던 아이들이 몰려와 버터맥주를 또 한 잔 억지로 먹이고 그의 손에 감자칩과 땅콩을 잔뜩 쥐여 주었다……. 다들 그가 어떻게 그 일을 해냈는지, 어떻게 덤블도어가 그어 놓은 나이 제한선을 속이고 불의 잔에 이름을 넣을 수 있었는지 알고 싶어 했다.

"내가 안 그랬다니까." 그는 계속 되풀이했다. "나도 어떻게 된 일인지 몰라."

하지만 모두 들은 척도 하지 않았다. 차라리 아무런 대꾸도 하지 않는 편이 나을 것 같았다.

"나 피곤해!" 결국 30분 가까이 지나서야 그가 소리쳤다. "아니, 정말이야, 조지. 자러 가야겠어."

그는 다른 무엇보다도 론과 헤르미온느를, 최소한의 이성을 갖춘 사람을 찾고 싶었지만 둘 다 휴게실에 없는 것 같았다. 해리는 자야 한다고 고집을 피우고, 계단 밑에서 기다리다가 그에게 말을 걸려던 조그만 크리비 형제를 때려눕히다시피 한 뒤에야 간신히 모두를 떨쳐 내고 재빨리 침실로 올라갈 수 있었다.

정말 다행스럽게도 자기 침대에 누워 있는 론을 제외하면 침실은 비어 있었다. 론은 아직도 옷을 완전히 갖춰 입은 채였다. 해리가 문을 쾅 닫으며 들어오자 그가 고개를 들었다.

"어디 있었어?" 해리가 물었다.

"어, 안녕." 론이 말했다.

론이 씩 웃었지만 아주 이상하고 긴장한 웃음처럼 보였다. 해리는 리가 매어 준 진홍색 그리핀도르 현수막을 아직도 두르고 있었다는 사실을 문득 깨달았다. 그는 얼른 현수막을 벗으려 했지만 매듭이 너무 단단하게 묶여 있었다. 론은 꼼짝 않고 침대에 누워 해리가 현수막을 벗으려고 낑낑대는 모습을 지켜보았다.

"그래." 해리가 마침내 현수막을 벗어 구석에 던지자 론이 입을 열었다. "축하해."

"무슨 뜻이야? 축하한다니?" 해리가 론을 빤히 바라보며 물었다. 론의 미소는 틀림없이 어딘가 잘못되어 있었다. 미소가 아니라 차라리 찡그림에 가까웠다.

"뭐…… 다른 사람은 아무도 나이 제한선을 넘지 못했잖아." 론이 말했다. "프레드랑 조지조차도. 뭘 사용한 거야?

투명 망토?"

"투명 망토로는 그 선을 넘을 수 없을 거야." 해리가 천천히 말했다.

"아, 맞네." 론이 말했다. "투명 망토를 썼다면 나한테 말해 줬겠지…… 우리 둘 다 덮을 수 있었을 테니까. 안 그래? 그럼 다른 방법을 찾은 거구나?"

"내 말 잘 들어." 해리가 말했다. "나는 불의 잔에 내 이름을 넣지 않았어. 다른 사람이 그런 짓을 한 게 분명해."

론이 눈썹을 치켜올렸다. "뭐 때문에 그런 짓을 해?"

"그건 나도 모르지." 해리가 말했다. '나를 죽이려고'라고 말하면 너무 신파극처럼 느껴질 것 같았다.

론의 눈썹이 머리카락 속으로 사라질 듯 높이 들렸다.

"그래, 좋아. 하지만 나한테는 사실대로 말해도 괜찮잖아." 그가 말했다. "아무한테도 알려 주고 싶지 않다면 뭐, 알겠어. 근데 왜 굳이 거짓말을 하는지 모르겠다. 그래서 무슨 문제가 생긴 것도 아니잖아. 뚱뚱한 귀부인의 친구 말이야, 그 바이올렛이라는 사람, 그 사람이 벌써 다 말해 줬어. 덤블도어가 네가 참가하도록 허락해 줬다던데. 상금 1,000갈레온이라고? 그렇지? 학년말시험도 칠 필요가 없고……."

"나는 그 잔에 이름을 넣지 않았다고!" 해리가 말했다. 슬슬 화가 나려 했다.

"그래, 알았어." 론이 세드릭과 똑같이 의심 어린 목소리로 말했다. "오늘 아침에라도 어젯밤에 이름을 넣었다고, 아무도 못 봤다고 말해 줬으면 될 것을……. 저기, 나도 바보는 아냐."

"그럼 바보 연기를 정말 잘하나 보네." 해리가 팩 쏘아붙였다.

"아, 그래?" 론이 말했다. 억지웃음이든 어떤 웃음이든 이제 그의 얼굴에는 미소의 흔적조차 싹 사라져 있었다. "너 자야겠다, 해리. 사진 촬영이든 뭐든 하려면 내일 아침 일찍 일어나야 할 테니까."

론은 사주식 침대의 커튼을 확 잡아당겼다. 해리가 자신을 믿어 줄 거라 확신했던 몇 안 되는 사람 중 한 명을 가리고 있는 진홍색 벨벳 커튼을 문 앞에 서서 빤히 바라보게 내버려 둔 채.

18장

마법 지팡이 검사

일요일 아침에 일어났을 때, 해리는 왜 이토록 비참하고 무거운 마음이 드는지 떠올리기까지 시간이 조금 걸렸다. 곧 지난밤의 기억이 밀려들었다. 그는 일어나 앉아 침대 커튼을 확 젖혔다. 론에게 말을 걸고 어떻게든 자신을 믿도록 만들 작정이었다. 하지만 론의 빈 침대만 눈에 들어왔다. 아침을 먹으러 내려간 게 틀림없었다.

해리는 옷을 입고 나선형 계단을 따라 휴게실로 내려갔다. 그가 나타나자마자, 이미 아침 식사를 마치고 온 사람들이 다시 박수를 보냈다. 대연회장으로 가서 그를 영웅처럼 대접할 다른 그리핀도르 학생들을 마주할 생각을 하니 별로 내키지 않았다. 하지만 그게 아니면 여기 있다가 미친 듯이 손을 흔들며 그의 이름을 부르는 크리비 형제에게 꼼짝없이 붙잡히는 수밖에 없었다. 해리는 결연하게 휴게실 입구로 걸어가 초상화를 열고 나가다가 헤르미온느와 마주쳤다.

"안녕." 그녀가 냅킨에 싸서 들고 온 토스트 몇 개를 들어 올리며 말했다. "너 먹으라고 가져왔어. ……산책 갈래?"

"좋은 생각이야." 해리는 고마움을 느끼며 말했다.

그들은 계단을 내려가 대연회장 쪽은 거들떠보지도 않고 빠르게 현관홀을 걸어갔다. 밖으로 나간 그들은 곧장 잔디밭을 성큼성큼 가로질러 호수로 향했다. 호숫가에 정박한 덤스트랭 배가 수면에 검은 그림자를 드리우고 있었다. 그들은 싸늘한 아침 공기 속에서 토스트를 우물거리며 계속 걸었다. 해리는 헤르미온느에게 전날 밤 그리핀도르 식탁을 떠난 뒤에 무슨 일이 있었는지를 자세히 설명해 주었다. 굉장히 다행스럽게도 헤르미온느는 아무런 의심 없이 그의 이야기를 믿어 주었다.

"뭐, 나는 당연히 네가 직접 이름을 넣지 않았다는 걸 알고 있었어." 해리가 대연회장에 딸린 방에서 있었던 일들을 다 말해 주자 그녀가 말했다. "덤블도어 교수님이 네 이름을 읽었을 때 네가 어떤 표정을 지었는데! 근데 문제는 대체 누가 네 이름을 넣었냐는 거야. 왜냐면 무디 교수님 말이 맞으니까. 해리…… 나는 학생이 그런 짓을 할 수는 없다고 생각해……. 학생은 불의 잔을 속일 수도 없었을 거고, 덤블도어 교수님이 그런……."

"너 론 봤어?" 해리가 그녀의 말을 끊고 물었다.

헤르미온느는 잠깐 망설였다.

"어…… 응…… 아침 먹으러 왔더라." 그녀가 말했다.

"걘 아직도 내가 직접 이름을 넣었다고 생각하는 거야?"

"음…… 아니, 그런 것 같지는 않아……. 진심으로 그렇게 생각하진 않을 거야." 헤르미온느가 어색하게 말했다.

"그게 무슨 뜻이야? '진심으로'라니?"

"아, 해리. 뻔하지 않니?" 헤르미온느가 어쩔 수 없다는 듯 말했다. "론은 널 질투하는 거야!"

"질투?" 해리가 믿을 수 없다는 듯 되물었다. "뭘 질투해? 전교생 앞에서 멍청이가 되고 싶다는 거야?"

"봐 봐." 헤르미온느가 참을성 있게 설명했다. "넌 항상 모든 관심을 독차지하잖아. 그건 너도 알 거야. 그게 네 잘못이 아니라는 건 나도 알아." 해리가 발끈해서 무슨 말을 하려고 하자 그녀가 빠르게 덧붙였다. "네가 그런 걸 바라지 않는다는 것도 알고……. 하지만 뭐, 그렇잖아, 론은 집에서도 형들이랑 경쟁해 왔고, 가장 친한 친구인 너는 정말 유명하고……. 사람들이 너에게 주목할 때마다 론은 항상 한 발짝 물러나 있어야 했어. 그래도 꾹 참고 거기에 대해서는 한 마디도 하지 않았어. 하지만 이번에는 견딜 수가 없었나 봐……."

"잘됐네." 해리가 씁쓸하게 말했다. "아주 잘됐어. 원한다면 언제든 입장을 바꿔 주겠다고 전해 줘. 기꺼이 바꿔 주겠다고……. 어딜 가든 사람들이 이마를 빤히 쳐다보는 처지로……."

"나는 아무 말 안 할 거야." 헤르미온느가 딱 잘라 말했다. "네가 직접 얘기해. 이 문제를 해결할 방법은 그것뿐이야."

"걔 철들라고 꽁무니 쫓아다닐 생각 없어!" 해리가 소리쳤다. 그 소리가 어찌나 컸는지 근처 나무에 있던 부엉이 몇 마리가 깜짝 놀라 날아갔다. "내 목이 부러지거나 하면 내가 마냥 즐겁지만은 않다는 걸 믿어 줄지도 모르겠네."

"안 웃겨." 헤르미온느가 조용히 말했다. "전혀 웃기지 않아." 그녀는 굉장히 걱정스러운 표정이었다. "해리, 내가 생각해 봤는데…… 너도 우리가 뭘 해야 하는지 알지? 지금 당장, 성으로 돌아가자마자 말이야."

"그래, 론 궁둥이나 한번 제대로 걷어차 주……."

"시리우스한테 편지를 써. 무슨 일이 일어났는지 시리우스한테 얘기해 줘야 해. 호그와트에서 무슨 일이 벌어지든 다 알려 달라고 했잖아……. 꼭 이런 일이 벌어질 거라고 예상이라도 한 것처럼. 내가 양피지랑 깃펜을 가지고 나왔으니까……."

"말도 안 되는 소리 하지 마." 해리가 엿듣는 사람이 없는지 황급히 주위를 두리번거리며 말했다. 하지만 교정은 텅 비어 있었다. "시리우스는 내 흉터가 조금 찌릿했다는 이유로 이 나라에 돌아온 사람이야. 누가 나를 트라이위저드 대회에 참가하게 만들었다는 얘기를 하면 곧바로 성에 쳐들어올걸?"

"시리우스는 네가 말해 주기를 바랄 거야." 헤르미온느가 고집스럽게 말했다. "어쨌든 알게 될 테고……."

"어떻게?"

"해리, 이 일이 알려지지 않을 수는 없어." 헤르미온느가 아주 심각한 어조로 말을 이었다. "이 대회도 유명하고 너도 유명하니까. 《예언자일보》에 네가 참가한다는 얘기가 한 줄도 안 실리면 그게 더 놀랍지……. 이미 '그 사람'에 관한 책 중 절반에는 네 얘기가 실려 있단 말이야……. 시리우스는 너한테 직접 듣고 싶을걸? 분명히 그럴 거야."

"알았어, 알았다고. 편지 쓸게." 해리가 마지막 남은 토스트 조각을 호수에 던지며 말했다. 그들은 둘 다 가만히 서서 물속에서 커다란 촉수가 솟구쳐 나와 물에 둥둥 떠 있던 토스트를 잡아채 수면 아래로 끌고 들어가는 모습을 지켜보았다. 그런 다음 그들은 성으로 돌아갔다.

"누구 부엉이를 쓰지?" 계단을 오르며 해리가 말했다. "헤드위그는 다시 보내지 말랬는데."

"론한테 혹시 빌릴 수 있느냐고 물어……."

"론한테는 아무것도 물어보지 않을 거야." 해리가 딱 잘라 말했다.

"그래, 그럼 학교 부엉이 중 한 마리를 빌려. 그 부엉이는 아무나 쓸 수 있으니까." 헤르미온느가 말했다.

그들은 부엉이장으로 올라갔다. 헤르미온느는 해리에게 양피지와 깃펜, 잉크병을 주고 길게 이어진 횃대를 따라 돌아다니며 다양한 부엉이를 살펴보았다. 그러는 동안 해리는 벽에 기대앉아 편지를 썼다.

시리우스에게.

호그와트에서 일어난 일들을 계속 알려 달려고 하셔서 편지를 써요. 들으셨을지 모르겠지만 올해 트라이위저드 대회가 열리는데, 토요일 밤에 제가 네 번째 대표 선수로 뽑혔어요. 누가 불의 잔에 제 이름을 넣었는지 모르겠어요. 전 안 넣었거든요. 또 다른 호그와트 대표 선수는 후플푸프의 세드릭 디고리예요.

그는 여기서 잠시 멈추고 생각에 잠겼다. 어젯밤 이래로 가슴속에 자리 잡은 묵직한 불안감에 대해 말하고 싶은 충동이 일었다. 하지만 그 마음을 표현할 말이 생각나지 않았다. 해리는 깃펜을 잉크병에 다시 담갔다가 그냥 이렇게만 썼다.

잘 지내시길 바랄게요. 벅빅도요. 해리.

"다 썼어." 그가 자리에서 일어나 로브에 묻은 지푸라기를 털어 내며 헤르미온느에게 말했다. 그 모습을 본 헤드위그가 퍼덕거리며 해리의 어깨에 내려앉아 다리를 내밀었다.

"널 보낼 수 없어." 해리가 헤드위그에게 말하며 학교 부엉이들을 둘러보았다. "쟤들 중 한 마리를 보내야 해……."

헤드위그가 아주 시끄럽게 부엉부엉 울더니 갑자기 푸드

덕 날아가면서 해리의 어깨를 발톱으로 할퀴었다. 헤드위그는 해리가 커다란 외양간올빼미의 다리에 편지를 묶는 내내 그에게 등을 돌리고 있었다. 외양간올빼미가 날아간 뒤 해리가 쓰다듬어 주려고 손을 내밀었지만 헤드위그는 화가 난 듯 부리를 딱딱거리더니 그의 손이 닿지 않는 서까래 위로 날아가 버렸다.

"처음엔 론이더니, 이젠 너야?" 해리가 화를 내며 말했다. "이건 내 잘못이 아니라고."

해리는 그가 대표 선수가 되었다는 사실에 모두가 익숙해지면 상황이 좀 나아질 거라고 생각했다. 하지만 다음 날이 되자 그것이 얼마나 잘못된 생각이었는지가 곧 밝혀졌다. 일단 수업에 들어가면 해리는 더 이상 다른 학생들을 피할 수 없었다. 다른 기숙사 학생들도 그리핀도르 학생들처럼 해리가 자기 의지로 대회에 참가했다고 생각하는 게 분명했다. 다만 그리핀도르 학생들과 달리 그들은 그 일을 좋게 생각하지 않는 것 같았다.

평소 그리핀도르와 꽤 사이가 좋았던 후플푸프 학생들이 그리핀도르 학생들을 대하는 태도가 눈에 띄게 차가워졌다. 이 점은 약초학 수업 시간에 분명해졌다. 후플푸프 학생들은 해리가 후플푸프 대표 선수가 누려야 할 영광을 빼앗았다고 생각하는 게 틀림없었다. 후플푸프는 어떤 영예도 차지한 적이 거의 없었던 데다가, 세드릭은 퀴디치 시합에서 그리핀도르를 꺾어 그 귀한 영예를 안겨 준 몇 안 되는 사람이었던 만큼 더 기분이 나쁜 것 같았다. 어니 맥밀런과 저스틴 핀치플레츨리는 평소 해리와 아주 사이가 좋았지만, 같은 상자에 탱탱 알뿌리를 옮겨 심으면서도 그에게 말 한 마디 걸지 않았다. 다만 탱탱 알뿌리 하나가 몸부림치며 해리의 손아귀에서 빠져나가 그의 얼굴을 후려치자 상당히 기분 나쁘게 웃음을 터뜨렸을 뿐이다. 론도 해리에게 말을 걸지 않았다. 헤르미온느가 두 사람 사이에 앉아 억지로 대화를 이어 갔지만 둘 다 그녀의 말에만 평범하게 대꾸할 뿐 서로 눈을 맞추는 일은 피했다. 스프라우트 교수까지도 해리를 피하는 것 같았다. 하긴 그녀는 후플푸프 기숙사의 담임 교수였다.

보통 때 같으면 해그리드와의 만남을 기대했겠지만 마법 생명체 돌보기 수업을 듣는다는 것은 슬리데린 학생들을 만나야 한다는 뜻이었다. 대표 선수가 되고 나서 그들과 얼굴을 마주하는 건 처음이었다.

예상대로, 말포이는 특유의 비웃음 가득한 얼굴로 해그

리드의 오두막 앞에 와 있었다.

"야, 저기 좀 봐. 대표 선수 납셨다." 해리가 말소리를 들을 만큼 가까이 오자 말포이가 크래브와 고일에게 말했다. "사인북 챙겼어? 사인을 받으려면 지금 받는 게 좋을 거야. 쟤가 오래 버틸 거라는 생각은 안 들어서 말이지…….트라이위저드 대표 선수 가운데 절반이 죽었다잖아……. 넌 얼마나 버틸 것 같냐, 포터? 난 네가 첫 번째 과제가 시작되고 10분쯤 버틴다는 데 걸게."

크래브와 고일이 비위를 맞추려는 듯 낄낄 웃었지만 말포이는 거기에서 멈춰야만 했다. 해그리드가 오두막 뒤에서 금방이라도 무너질 것처럼 상자를 탑처럼 쌓아 들고 나타났던 것이다. 각각의 상자에는 아주 커다란 폭발 꼬리 스크루트가 한 마리씩 들어 있었다. 뒤이어 해그리드는 스크루트들이 서로를 죽이는 이유는 발산하지 못한 에너지가 너무 많아서인데 그 문제는 학생들이 각각 스크루트에게 목줄을 채워 잠깐 산책을 다녀오면 다 해결된다고 설명했다. 학생들한테는 날벼락 같은 일이었다. 딱 한 가지 좋은 점은 말포이의 관심을 완전히 돌려놓았다는 것뿐이었다.

"이걸 데리고 산책을 가라고요?" 말포이는 역겹다는 듯 해그리드의 말을 되풀이하며 상자를 들여다보았다. "정확히 어디에다 목줄을 채우라는 거예요? 침? 폭발하는 꼬리? 흡착판?"

"중간쯤에 채워라." 해그리드가 시범을 보이며 말했다. "어…… 용 가죽 장갑을 끼는 게 좋을 거야. 그냥 추가적인 안전 조치로 말이야. 해리, 이리 와서 나 좀 도와다오. 이 커다란 녀석을……."

하지만 해그리드의 진짜 의도는 다른 학생들과 떨어진 곳에서 해리와 이야기를 나누는 것이었다.

그는 다른 학생들이 모두 스크루트들을 데리고 출발하기를 기다렸다가 해리를 돌아보고 아주 심각한 목소리로 말했다. "그러니까…… 너도 참가하는 거구나, 해리. 트라이위저드 대회에 말이야. 우리 학교 대표 선수로."

"우리 학교 대표 선수 중 한 명이겠죠." 해리가 해그리드의 말을 고쳐 주었다.

해그리드의 딱정벌레 같은 눈이 거친 눈썹 아래에서 매우 불안한 기색을 띠었다. "누가 네 이름을 집어넣었는지 전혀 모르겠냐, 해리?"

"그럼 제가 넣은 게 아니라는 걸 믿으시는 거예요?" 해그리드의 말에 해리는 솟구치는 고마움을 간신히 숨기며 말했다.

"당연하지." 해그리드가 툴툴거리듯 말했다. "네가 아니라고 하면 난 네 말을 믿는다. 덤블도어 교수님도 네 말을 믿으시고."

"실제로 누가 제 이름을 넣었는지 저도 알았으면 좋겠어요." 해리가 씁쓸하게 말했다.

두 사람은 잔디밭을 건너다보았다. 학생들은 이제 널리 흩어져 있었고 하나같이 무척 애를 먹고 있었다. 스크루트들은 이제 1미터 가까이 됐고 힘도 엄청났다. 잿빛으로 번쩍이는 두꺼운 갑옷 같은 모습으로 자란 그것들은 더 이상 껍데기 없는 상태도, 색깔 없는 상태도 아니었다. 거대한 전갈과 길쭉하게 늘여 놓은 게를 섞은 듯한 모습이었다. 하지만 머리나 눈처럼 보이는 것은 아직 없었다. 스크루트들은 엄청나게 힘이 세졌고 다루기도 매우 힘들었다.

"재미있어하는 것 같지 않니?" 해그리드가 좋아하며 말했다. 해리는 해그리드가 스크루트 얘기를 하는 거라고 생각했다. 학생들은 전혀 재미있어 보이지 않았기 때문이다. 스크루트들의 꼬리는 시시때때로 위협적인 '쾅' 소리를 내며 폭발했고, 그럴 때마다 스크루트가 몇 미터씩 앞으로 튀어나갔다. 한 명 이상의 학생들이 다시 일어서려고 처절하게 몸부림치면서 그것들에게 질질 끌려다니고 있었다.

"아, 나는 잘 모르겠다, 해리." 해그리드가 갑자기 한숨을 쉬며 걱정스러운 표정으로 다시 그를 내려다보았다. "학교 대표 선수라니⋯⋯. 모든 일이 꼭 너한테만 일어나는 것 같아. 안 그러냐?"

해리는 대답하지 않았다. 그랬다, 모든 일이 그에게만 일어나는 것 같았다⋯⋯. 호수 주변을 산책할 때 헤르미온느가 했던 말도 바로 그런 뜻이었다. 게다가 헤르미온느에 따르면, 그것이 바로 론이 더 이상 해리와 말하지 않으려 드는 이유였다.

이후 며칠은 해리가 호그와트에서 보낸 최악의 나날로 꼽을 만했다. 2학년 시절, 학생 대부분이 그가 동료 학생을 공격한다고 의심했던 몇 달 동안에도 이와 비슷한 기분을 느낀 적이 있었다. 하지만 그때는 론이 그의 편이었다. 해리는 론과 다시 친구가 될 수 있다면 다른 학생들의 태도에는 얼마든지 대처할 수 있었다. 하지만 론이 그러고 싶어 하지 않는다면 굳이 그가 자신에게 말을 걸도록 설득할 생각은 없었다. 아무튼 사방에서 자신에 대한 적의가 쏟아진다는 건 외로운 일이었다.

후플푸프 학생들의 태도는, 마음에 들지는 않아도 이해

할 수 있었다. 그들에게는 자신들이 응원할 기숙사 대표 선
수가 있었기 때문이다. 슬리데린 학생들에게도 악랄한 모
욕 말고는 기대하는 것이 없었다. 해리는 퀴디치 시합에서
나 기숙사 챔피언십에서 그리핀도르가 슬리데린을 물리치
는 데 종종 한몫했기에 예전부터 그들의 미움을 한 몸에 받
고 있었다. 하지만 래번클로 학생들은 세드릭을 응원하는
만큼은 그를 응원해 줄지도 모른다고 기대했다. 하지만 그
생각은 틀렸다. 대부분의 래번클로 학생들은 해리가 불의
잔을 속이면서까지 자기 이름을 집어넣을 정도로 더욱 유
명해지고 싶어서 안달하는 거라고 생각하는 것 같았다.

세드릭의 외모가 해리보다 훨씬 대표 선수답다는 사실도
한몫했다. 오뚝한 코에 검은 머리카락과 회색 눈동자를 가
진 세드릭은 보기 드문 미남이었다. 요즘에는 세드릭과 빅
토르 크룸 중 누가 더 많은 팬을 거느리고 있는지 가늠하기
어려울 지경이었다. 해리는 그토록 크룸의 사인을 받고 싶
어 하던 6학년 여학생들이 어느 점심시간에 세드릭에게 책
가방에 사인해 달라고 애원하는 모습을 실제로 목격했다.

한편 시리우스에게서는 답장이 없었고, 헤드위그는 해리
근처에도 오지 않으려 했으며, 트릴로니 교수는 그 어느 때
보다 더욱 확신에 차서 그의 죽음을 예견하고 있었다. 플리

트윅 교수의 수업 시간에는 소환 마법을 제대로 하지 못해 추가로 과제를 받았다. 그 과제를 받은 사람은 네빌을 제외하면 해리뿐이었다.

"진짜 그렇게 어렵지 않아, 해리." 헤르미온느는 플리트윅의 교실을 나서면서 그를 안심시키려고 애썼다. 그녀는 칠판지우개, 쓰레기통, 루나스코프를 끌어당기는 이상한 자석이라도 된 것처럼 수업 시간 내내 모든 물건이 자신을 향해 날아오도록 만들었다. "네가 제대로 집중하지 않아서 그런 것뿐이야."

"대체 왜 집중을 못 했을까? 진짜 궁금하네." 해리가 험악한 표정을 지으며 빈정거렸다. 그때 세드릭 디고리가 바보같이 웃어 대는 여학생들에게 둘러싸인 채 지나갔다. 여학생들은 모두 해리가 커다란 폭발 꼬리 스크루트라도 되는 것처럼 그를 쳐다보았다. "그래도…… 신경 쓰지 말아야겠지? 오늘 오후에는 기다리고 기다리던 마법약 연강이 있으니까……."

마법약 수업은 예전부터 끔찍했지만 요즘에는 고문 그 자체였다. 감히 학교 대표 선수가 된 해리에게 최대한 벌을 줘야겠다고 결심이라도 한 것 같은 스네이프와 슬리데린 학생들이랑 같이 한 시간 반 동안 지하 감옥에 갇혀 있

는 건 해리가 상상할 수 있는 것 가운데 가장 불쾌한 일이
었다. 그는 이미 곁에 앉은 헤르미온느가 목소리를 낮추고
"무시해, 무시해, 무시해"라고 읊조리는 가운데 금요일 몫
의 고난을 겪어 낸 뒤였다. 오늘이라고 상황이 나아질 까닭
은 전혀 없었다.

그와 헤르미온느는 점심시간이 지난 뒤 스네이프의 지
하 감옥 앞에 도착했다. 슬리데린 학생들이 교실 앞에서 기
다리고 있었다. 그들은 하나같이 로브 앞자락에 커다란 배
지를 달고 있었다. 잠깐 동안 해리는 터무니없게도 그들이
S.P.E.W. 배지를 달고 있는 거라고 생각했다. 잠시 후 해
리는 모든 배지에 똑같은 문구가 적혀 있는 것을 보았다.
어슴푸레하게 밝혀진 지하 통로에서 빨간색 야광 글자들
이 번쩍거렸다.

호그와트의 진정한 대표 선수
세드릭 디고리를 응원합니다!

"마음에 드냐, 포터?" 해리가 다가가자 말포이가 큰 소리
로 말했다. "이게 전부가 아니야. 봐 봐!"

그가 가슴에 달린 배지를 누르자 문구가 사라지고 또 다

른 문구가 나타나 녹색으로 빛났다.

포터는 구려

슬리데린 학생들이 배꼽을 잡고 웃었다. 그들도 제각기 가슴에 달린 배지를 눌렀다. 해리의 주위에서 '포터는 구려'라는 문구가 번쩍번쩍 빛났다. 해리는 얼굴과 목이 뜨겁게 달아오르는 것을 느꼈다.

"와, *진짜* 재미있네." 헤르미온느가 유독 심하게 웃고 있는 팬지 파킨슨과 그녀가 몰고 다니는 슬리데린 여학생들을 향해 비꼬듯 말했다. "아주 *재치*가 흘러넘친다."

론은 딘, 셰이머스와 함께 벽에 기대서 있었다. 웃지는 않았지만 해리 편을 들어 주지도 않았다.

"하나 줄까, 그레인저?" 말포이가 헤르미온느에게 배지를 내밀며 말했다. "엄청 많아. 근데 내 손은 만지지 마라. 방금 씻었거든. 내 손이 머드블러드로 찐득거리는 건 싫어서 말이야."

며칠간 가슴에 쌓인 분노가 살짝 터져 나오는 듯했다. 해리는 자신이 무슨 일을 하고 있는지 생각할 겨를도 없이 마법 지팡이로 손을 뻗었다. 주위에 있던 아이들이 복도를 따라 우르르 물러났다.

"해리!" 헤르미온느가 경고하듯 소리쳤다.

"그럼 해 봐, 포터." 말포이가 자신의 마법 지팡이를 꺼내며 조용히 말했다. "지금은 네 뒤를 봐줄 무디도 없어. 배짱이 있으면 덤벼 봐."

그들은 아주 잠깐 동안 서로의 눈을 바라보았다. 그리고 정확히 같은 순간 행동에 나섰다.

"퍼넌큘러스!" 해리가 소리쳤다.

"덴사우기오!" 말포이가 외쳤다.

두 개의 마법 지팡이에서 튀어 나간 빛이 공중에서 부딪쳐 제각기 튕겨 나갔다. 해리가 쏜 마법은 고일의 얼굴에 맞았고 말포이가 쏜 것은 헤르미온느를 맞혔다. 고일이 비명을 지르며 크고 흉측한 종기가 돋아나는 코를 손으로 감쌌다. 헤르미온느는 겁에 질린 채 훌쩍이며 입을 감싸 쥐었다.

"헤르미온느!" 론이 헤르미온느에게 무슨 문제가 생겼는지 보려고 황급히 뛰쳐나왔다.

해리는 고개를 돌려 론이 헤르미온느의 손을 얼굴에서 떼어 내려고 애쓰는 것을 보았다. 예쁘다고는 할 수 없는 모습이었다. 안 그래도 큰 편인 헤르미온느의 앞니가 지금 놀라운 속도로 자라고 있었던 것이다. 앞니가 아랫입술을 지나 턱까지 점점 내려가자 그녀는 점점 더 비버를 닮아 갔다. 그녀는 당황해서 앞니를 만져 보더니 겁에 질려 울부짖었다.

"이게 다 무슨 소란이지?" 조용하고 위협적인 목소리가 들려왔다. 스네이프가 도착한 것이다.

슬리데린 학생들이 떠들썩하게 변명을 지껄였다. 스네이프가 길고 누런 손가락으로 말포이를 가리키며 말했다. "설명해라."

"포터가 저를 공격했습니다, 교수님."

"서로 동시에 공격했잖아!" 해리가 소리쳤다.

"……그래서 고일이 맞았어요. 보세요."

스네이프가 고일을 살펴보았다. 이제 고일의 얼굴은 독버섯 관련 책에 나올 법한 그림과 비슷해져 있었다.

"병동으로 가라, 고일." 스네이프가 담담하게 말했다.

"말포이는 헤르미온느를 맞혔어요!" 론이 소리쳤다. "보세요!"

그는 헤르미온느의 앞니를 억지로 스네이프에게 보이게 했다. 헤르미온느는 두 손으로 앞니를 가리려고 했지만 이가 목깃 아래까지 길어져 있었기 때문에 쉽지 않은 일이었

다. 팬지 파킨슨을 비롯한 슬리데린 여학생들이 스네이프
의 등 뒤에서 헤르미온느를 가리키며 배를 잡고 숨죽여 낄
낄거렸다.

스네이프가 차가운 눈으로 헤르미온느를 바라보더니 말
했다. "뭐가 달라졌는지 모르겠는데."

헤르미온느가 울음을 터뜨렸다. 두 눈에 눈물이 가득 고
인 채 그녀는 그 자리에서 휙 몸을 돌려 복도 저 멀리까지
달려가더니 보이지 않게 되었다.

해리와 론이 동시에 스네이프에게 소리를 지르기 시작한
건 어쩌면 다행스러운 일이었을지도 모른다. 그들의 목소
리가 돌로 된 복도에 너무 심하게 울려서 마구 뒤섞인 소음
이 되는 바람에 스네이프가 그들이 내뱉은 욕설을 정확히
들을 수 없었기 때문이다. 그래도 스네이프는 핵심은 파악
한 듯했다.

"어디 보자." 그가 한없이 부드러운 목소리로 입을 열었
다. "그리핀도르에 50점 감점, 그리고 포터와 위즐리는 각
각 방과 후 징계다. 이제 교실로 들어가라. 안 그러면 1주
일 내내 방과 후 징계를 받게 될 테니."

해리의 귓속이 윙윙거렸다. 이렇게까지 불공평하게 굴다
니, 스네이프에게 저주를 걸어 갈가리 찢어 놓고 싶은 심정

이었다. 그는 스네이프를 지나쳐 론과 함께 지하 감옥 교실 뒤로 걸어가 가방을 책상에 쾅 내려놓았다. 론도 화가 나서 부들부들 떨고 있었다. 잠깐 동안은 둘 사이가 완전히 원래대로 돌아온 것 같았다. 하지만 론은 곧 몸을 돌려 해리를 책상에 혼자 남겨 둔 채 딘, 셰이머스와 함께 앉았다. 교실 맞은편에서는 말포이가 스네이프를 등지고 배지를 누르며 히죽거리고 있었다. '포터는 구려'가 다시 한 번 교실 저편에서 번쩍거렸다.

수업이 시작되자 해리는 자리에 앉아 스네이프를 노려보며 그에게 끔찍한 일들이 일어나는 상상에 잠겼다. 크루시아투스 저주를 거는 방법만 알았어도……. 그는 스네이프를 그 거미처럼 뒤로 납작 눕혀 꿈틀거리고 경련하게 만들 것이었다…….

"해독제!" 스네이프가 학생 모두를 둘러보며 말했다. 그의 차가운 검은색 눈이 기분 나쁘게 번뜩였다. "너희 모두 지금쯤은 조제법을 마련했어야 한다. 조심스럽게 만들도록. 그런 다음 해독제 하나를 시험해 볼 사람을 고를 테니까……."

스네이프와 해리의 눈이 마주쳤다. 해리는 앞으로 무슨 일이 닥칠지 알았다. 스네이프는 *그에게* 독약을 먹일 생각이었다. 해리는 솥단지를 들고 교실 앞으로 전력 질주해서 스네이프의 기름진 머리를 내리치는 장면을 상상했다.

그때 지하 감옥 문을 두드리는 소리가 해리의 상상을 방해했다.

콜린 크리비였다. 그는 해리를 향해 활짝 웃어 보이며 살며시 들어와 교실 앞에 있는 스네이프의 책상으로 걸어갔다.

"뭐지?" 스네이프가 퉁명스럽게 물었다.

"죄송합니다, 교수님. 해리 포터를 데려가야 해서요."

스네이프가 매부리코 아래로 눈을 내리깔고 콜린을 쏘아보았다. 의욕으로 가득했던 콜린의 얼굴에 떠오른 미소가 희미해졌다.

"포터는 마법약 수업을 한 시간 더 들어야 한다." 스네이프가 차갑게 말했다. "이 수업이 끝나면 보내 주마."

콜린의 얼굴이 빨개졌다.

"교수님, 그게…… 배그먼 장관님이 데려오라고 하셔서요." 그가 초조한 듯 말했다. "대표 선수들은 전부 가야 해요. 사진을 찍으려는 것 같아요……."

콜린이 그 마지막 말을 못 하게 할 수만 있다면 해리는 전 재산이라도 내놓았을 것이다. 해리는 우연히 본 것처럼 론을 힐끗 봤지만 그는 결연히 천장만 노려보고 있었다.

"좋아, 그래." 스네이프가 쏘아붙였다. "포터, 소지품은 여기에 두도록. 조금 이따 네가 돌아오면 네 해독제를 시험해 볼 테니."

"죄송하지만, 교수님…… 소지품도 가져가야 해요." 콜린이 높은 소리로 말했다. "대표 선수들은 모두……."

"잘 알았다!" 스네이프가 말했다. "포터, 가방 가지고 내 눈앞에서 썩 꺼져!"

해리는 어깨에 가방을 걸치고 자리에서 일어나 문으로 향했다. 슬리데린 책상을 지날 때 사방에서 '포터는 구려'가 그를 향해 번쩍거렸다.

"놀랍지 않아, 해리?" 콜린이 말했다. 그는 해리가 지하 감옥 문을 닫으며 나오자마자 말을 걸기 시작했다. "그렇지 않아? 대표 선수가 된 것 말이야."

"그래, 엄청 놀랍다." 해리가 무거운 목소리로 말했다. 그들은 현관홀로 가는 계단으로 향했다. "사진은 왜 찍는대, 콜린?"

"《예언자일보》에 실으려고 그러는 것 같아!"

"잘됐네." 해리가 멍하니 말했다. "딱 그런 걸 원했는데. 더 유명해지는 거 말이야."

"행운을 빌어!" 목적지 앞에 도착하자 콜린이 말했다. 해리는 문을 두드리고 안으로 들어갔다.

그곳은 꽤 작은 교실이었다. 책상 대부분이 뒤로 밀려 교실 가운데 넓은 공간이 만들어져 있었다. 하지만 책상 세 개는 칠판 앞에 나란히 놓인 채 긴 벨벳 천으로 덮여 있었다. 그 책상들 뒤에는 의자 다섯 개가 놓여 있었다. 루도 배그먼이 그중 한 곳에 앉아 자홍색 로브 차림의 처음 보는 어떤 여자 마법사와 이야기를 나누고 있었다.

빅토르 크룸은 평소처럼 한쪽 구석에 음울하게 서서 누구와도 이야기를 나누지 않았다. 세드릭과 플뢰르는 대화를 나누고 있었다. 플뢰르는 해리가 지금까지 본 어느 때보다도 기분이 좋아 보였다. 그녀는 긴 은빛 머리카락이 빛을 받아 번쩍이도록 계속 머리를 뒤로 넘기고 있었다. 살짝 연기가 나고 있는 검은색 카메라를 든 배불뚝이 남자는 곁눈질로 플뢰르를 훔쳐보기 바빴다.

문득 해리를 발견한 배그먼이 재빨리 일어나 달려 나왔다. "아, 왔구나! 네 번째 대표 선수! 들어오너라, 해리, 들어와⋯⋯. 걱정할 거 전혀 없어. 그냥 마법 지팡이 검사일 뿐이야. 다른 심사위원들도 곧 올 거야."

"지팡이 검사요?" 해리가 긴장한 듯 물었다.

"너희 마법 지팡이가 제대로 기능하고 있는지, 무슨 문제는 없는지 확인해야 하거든. 앞으로 주어질 과제에서는 마법 지팡이가 너희의 가장 중요한 도구니까 말이다." 배그먼이 말했다. "그와 관련해서 지금 전문가가 위층에 덤블도어 교수랑 같이 있단다. 그리고 사진 촬영도 좀 할 거야. 이쪽은 리타 스키터 씨란다." 그가 자홍색 로브를 입은 여자 마법사를 가리키며 덧붙였다. "《예언자일보》에 대회에 관한 작은 기사를 쓰실 거다……."

"그렇게 작은 기사는 아닐지도 몰라요, 루도." 리타 스키터가 해리에게 시선을 둔 채 말했다.

정교하게 손질되어 신기할 정도로 꼬불꼬불한 곱슬머리가 사각 턱과 기묘한 대조를 이루고 있었다. 그녀는 보석이 박힌 안경을 쓰고 있었으며, 악어가죽 핸드백을 쥔 두꺼운 손가락 끝에는 진홍색으로 칠한 손톱이 5센티미터는 돼 보였다.

"시작하기 전에 해리와 몇 마디 나눌 수 있을까요?" 배그먼에게 말하면서도 그녀의 시선은 여전히 해리에게 붙박여 있었다. "최연소 대표 선수잖아요……. 기사가 좀 다채로워질 것 같은데?"

"당연하죠!" 배그먼이 소리쳤다. "물론, 해리가 거부하지 않는다면 말입니다."

"어……." 해리가 입을 열었다.

"멋지구나." 리타 스키터가 말하더니 진홍색 손톱이 달린 손가락으로 해리의 팔을 놀랄 만큼 세게 움켜잡았다. 그녀는 해리를 교실 밖으로 데리고 나가 근처에 있는 문을 열었다.

"저렇게 시끄러운 곳에 있을 수는 없잖니." 그녀가 말했다. "어디 보자…… 아, 그래. 여기가 아늑하고 좋겠다."

그곳은 빗자루를 보관하는 창고였다. 해리는 그녀를 빤히 바라보았다.

"이리 오렴, 애야. 옳지, 멋지구나." 리타 스키터가 뒤집힌 양동이에 위태롭게 걸터앉더니 해리를 종이 상자에 주저앉혔다. 문을 닫자 두 사람 모두 어둠에 휩싸였다. "어디 보자……."

그녀가 악어가죽 핸드백의 똑딱단추를 열어 양초를 꺼낸 다음 마법 지팡이를 한 번 휘둘러 불을 켜고 마법으로 공중에 띄웠다. 그러자 이제 서로가 뭘 하는지 보였다.

"속기 깃펜을 써도 괜찮겠지, 해리? 그걸 사용하면 평소처럼 너랑 자유롭게 이야기할 수 있거든……."

"뭘 쓴다고요?" 해리가 물었다.

리타 스키터의 얼굴에 떠오른 미소가 더 크게 번지면서 금니 세 개가 번쩍거렸다. 그녀는 다시 악어가죽 가방에 손을 넣어 긴 형광 녹색 깃펜과 양피지 두루마리를 꺼냈다. 그녀는 두 사람 사이에 있던 스카워 부인의 만능 마법 오물 제거제 상자 위에 양피지를 펼쳐 놓았다. 그러고는 깃펜 끝을 입에 넣고 즐겁게 쪽쪽 빨더니 양피지 위에 똑바로 세웠다. 그러자 깃펜은 끄트머리로 균형을 잡고 서서 살짝 흔들거렸다.

"테스트…… 내 이름은 리타 스키터,《예언자일보》기자입니다."

해리는 재빨리 깃펜을 내려다보았다. 리타 스키터의 말이 끝나자마자 깃펜이 양피지 위를 미끄러지듯 움직이며 글자를 휘갈기기 시작했다.

사나운 깃펜으로 과장된 명성에 흠집을 내 온 금발의 매력적인 리타 스키터(43세)는……

"멋져." 리타 스키터가 다시 한 번 말하더니, 양피지 맨 윗부분을 찢어서 구긴 다음 핸드백에 쑤셔 넣었다. 이제 그녀는 해리 쪽으로 몸을 기울이고 말했다. "자, 해리…… 트라이위저드 대회에 참가하기로 결심한 이유가 뭐지?"

"저……." 해리가 다시 입을 열었다. 하지만 깃펜 때문에 집중할 수가 없었다. 그가 말을 하지 않는데도 깃펜은 양피지 위를 빠르게 움직이고 있었다. 깃펜이 지나간 자리에 새로운 문장이 보였다.

비극적 과거의 흔적인 흉측한 상처가, 매력적이었을 게 분명한 해리 포터의 얼굴을 망가뜨렸다. 그의 눈동자는…….

"깃펜은 무시하렴, 해리." 리타 스키터가 단호하게 말했다. 해리는 꺼림칙했지만 고개를 들고 그녀를 바라보았다. "자, 왜 대회에 참가하기로 결심했니, 해리?"

"결심하지 않았어요." 해리가 말했다. "제 이름이 어떻게 불의 잔에 들어갔는지 모르겠어요. 제가 넣은 게 아니에요."

리타 스키터가 짙게 그린 눈썹 한쪽을 치켜올렸다. "자자, 해리. 곤란해질까 봐 걱정할 필요는 없어. 네가 정말로 참가해선 안 된다는 건 모두 알고 있단다. 하지만 걱정하지마. 독자들은 반항아를 사랑하거든."

"하지만 제가 넣은 게 아니라고요." 해리가 다시 말했다. "누가 그랬는지는 모르……."

"과제를 앞둔 심정이 어떠니?" 리타 스키터가 물었다. "흥분되니? 긴장돼?"

"별로 생각해 본 적 없는데······. 네, 긴장되는 것 같아요." 해리가 말했다. 말하는 동안에도 속이 불편하게 뒤틀렸다.

"과거에 대표 선수들이 죽은 적이 있었지?" 리타 스키터가 활기찬 어조로 말했다. "그에 대한 생각은 전혀 안 해 봤니?"

"뭐······ 올해에는 훨씬 안전할 거라고 하던데요." 해리가 말했다.

깃펜이 스케이트를 타듯 둘 사이에 있는 양피지 위를 앞 뒤로 쌩쌩 움직였다.

"물론 그렇겠지. 전에도 죽을 뻔한 적이 있지?" 리타 스키터가 그를 유심히 바라보며 말했다. "그 사건이 너한테 어떤 영향을 미쳤을까?"

"어······." 해리는 또다시 입을 열었지만 무슨 말을 하지는 못했다.

"과거의 상처가 너 스스로를 증명하고 싶게 만들었다고 생각하니? 네 이름에 합당한 삶을 살기 위해? 트라이위저드 대회에 참가해야겠다는 유혹을 느낀 이유가 혹시······."

"제가 한 게 아니라니까요." 슬슬 짜증이 나기 시작한 해리가 말했다.

"부모님은 조금이라도 기억하니?" 리타 스키터가 해리의 목소리를 누르며 말했다.

"아뇨." 해리가 대답했다.

"네가 트라이위저드 대회에 나가는 걸 알았다면 그분들은 어떻게 생각하셨을까? 자랑스러워하셨을까? 걱정하셨을까? 화를 내셨을까?"

해리는 이제 정말로 짜증이 났다. 부모님이 살아 계셨다면 어떻게 생각했을지 그가 대체 어떻게 안단 말인가? 리타 스키터가 그를 매우 주의 깊게 지켜보는 것이 느껴졌다. 그는 얼굴을 찌푸리며 그녀의 시선을 피했다. 그리고 깃펜이 방금 끼적인 단어들을 내려다보았다.

거의 기억조차 안 나는 부모님 쪽으로 대화가 흐르자, 놀랄 만큼 초록빛을 띤 그의 눈에 눈물이 차올랐다.

"눈물 안 나요!" 해리가 큰 소리로 말했다.

리타 스키터가 뭐라고 대꾸하기도 전에 누군가가 창고 문을 열었다. 해리는 밝은 빛이 들어오는 바람에 눈을 깜빡이며 그쪽을 돌아보았다. 알버스 덤블도어가 좁은 창고 안에 앉아 있는 두 사람을 내려다보며 거기에 서 있었다.

"덤블도어!" 리타 스키터가 기쁨 가득한 얼굴로 소리쳤다. 하지만 해리는 마법 오물 제거제 상자에서 그녀의 깃펜과 양피지가 갑자기 사라졌다는 사실을 깨달았다. 긴 손톱이 달린 리타 스키터의 손가락들이 얼른 악어가죽 가방을 들고 똑딱단추를 잠갔다. "안녕하셨어요?" 그녀가 자리에서 일어나 큼직한 손을 덤블도어에게 내밀며 말했다. "여름에 제가 쓴 국제 마법사 연맹 관련 기사를 보셨는지 모르겠네요."

"매혹적일 만큼 심술궂은 기사더군요." 덤블도어가 눈을 반짝이며 말했다. "특히 나를 한물간 멍청이로 묘사한 게 재미있었소."

리타 스키터는 조금도 당황하지 않은 듯했다. "교수님의 사고방식 중 몇 가지는 약간 시대에 뒤떨어졌다는 얘기예요. 그리고 거리의 수많은 마법사가……."

"그 무례함의 이유를 들려주겠다니 고맙소만, 리타." 덤블도어가 정중하게 허리를 숙이고 미소를 머금으며 말했다. "유감스럽게도 그 문제는 나중에 이야기해야겠군요. 지팡이 검사가 곧 시작되는데, 대표 선수 하나가 빗자루 창고에 숨어 있으면 의식을 치를 수가 없다오."

해리는 리타 스키터에게서 벗어났다는 데 매우 기뻐하면서 서둘러 교실로 돌아갔다. 다른 대표 선수들은 이제 문 근처 의자에 앉아 있었다. 그는 재빨리 세드릭 옆에 앉아 벨벳을 씌운 탁자를 바라보았다. 지금 그곳에는 카르카로프 교장과 막심 교장, 크라우치 장관과 루도 배그먼 등 다섯 명의 심사위원 중 네 명이 앉아 있었다. 리타 스키터는 교실 한구석에 자리를 잡았다. 해리는 그녀가 다시 가방에서 양피지를 슬쩍 꺼내 무릎에 펼쳐 놓고 속기 깃펜 끄트머리를 쪽쪽 빨았다가 또 한 번 양피지에 올려놓는 모습을 보았다.

"올리밴더 씨를 소개해도 될까요?" 덤블도어가 심사위원석 자신의 자리에 앉아 대표 선수들에게 말했다. "올리밴더 씨가 대회 시작 전에 여러분의 지팡이를 검사해서 지팡이에 이상이 없는지 확인해 주실 겁니다."

주위를 둘러보던 해리는 색이 엷은 큼직한 눈을 가진 나이 든 남자 마법사가 창가에 조용히 서 있는 것을 보고 깜짝 놀랐다. 해리는 전에도 올리밴더 씨를 만난 적이 있었다. 그는 3년 전 다이애건 앨리에서 해리에게 마법 지팡이를 팔던 지팡이 제작자였다.

"마드모아젤 들라쿠르, 가장 먼저 나와 주시겠습니까?" 올리밴더 씨가 교실 한가운데의 빈 공간으로 걸어가며 말했다.

플뢰르 들라쿠르는 바닥을 스치듯 다가가 올리밴더 씨에게 마법 지팡이를 건네주었다.

"흠……." 올리밴더 씨가 입을 열었다.

그가 기다란 손가락 사이에 마법 지팡이를 끼우고 지휘봉인 양 휘두르자 지팡이에서 분홍색과 황금색 불꽃 여러 개가 튀어나왔다. 그런 다음 그는 지팡이를 눈 가까이 대고 주의 깊게 살펴보았다.

"그렇지." 그가 조용히 말했다. "24센티미터…… 구부러지지 않고…… 자단목에…… 안에 들어 있는 건…… 이럴 수가……."

"빌라의 머리카락이에요." 플뢰르가 말했다. "할머니 거지요."

그러니까 진짜로 빌라 혈통이었던 거구나, 하고 해리는 생각했다. 론한테 말해 줘야겠다고 머릿속에 새기고 있는데…… 지금은 론과 말을 하지 않는다는 사실이 떠올랐다.

"그렇군요." 올리밴더 씨가 말했다. "그래요, 나는 물론 빌라의 머리카락을 써 본 적이 없습니다. 그걸 쓰면 지팡이가 조금 까다로워지더군요……. 하지만, 사람마다 어울리는 지팡이가 있기 마련이죠. 이 마법 지팡이가 숙녀분께 잘 맞는다면야……."

올리밴더 씨는 긁힌 곳이나 튀어나온 곳이 없는지 확인하듯 마법 지팡이를 손가락으로 쓸어 보았다. 그러더니 "오르키디우스"라고 중얼거렸다. 지팡이 끝에서 꽃 한 다발이 튀어나왔다.

"좋아, 아주 좋아요. 훌륭하게 작동하고 있군요." 올리밴더 씨가 꽃다발을 들어 올려 지팡이와 함께 플뢰르에게 건네며 말했다. "디고리 군, 다음 차례입니다."

플뢰르는 세드릭 곁을 지나면서 그에게 미소를 던지며 자리로 미끄러지듯 돌아갔다.

"아, 이런. 이건 내 작품이지요?" 세드릭이 지팡이를 건네자 올리밴더 씨가 훨씬 열정적인 어조로 말했다. "네, 분명히 기억납니다. 유난히 멋진 수컷 유니콘의 꼬리에서 뽑은 털 한 가닥이 들어 있지요……. 크기가 170센티미터도 넘었을 겁니다. 내가 꼬리털을 뽑자 뿔로 들이받으려고 했지요. 31센티미터…… 물푸레나무…… 기분 좋은 탄력이군요. 상태가 좋습니다……. 정기적으로 관리를 하나요?"

"어젯밤에 광을 냈어요." 세드릭이 씩 웃으며 말했다.

해리는 자신의 마법 지팡이를 내려다보았다. 온통 손자
국이 나 있었다. 그는 무릎께의 로브를 쥐고 몰래 지팡이를
닦으려고 애썼다. 지팡이 끝에서 황금색 불꽃 몇 개가 튀어
나왔다. 플뢰르 들라쿠르가 몹시 깔보듯 쳐다보자 해리는
지팡이를 닦던 손을 멈췄다.

올리밴더 씨는 세드릭의 마법 지팡이 끝에서 은빛 연기
고리를 연달아 교실 맞은편까지 날려 보내더니 만족스러
움을 표시하며 말했다. "크룸 군, 나와 주세요."

빅토르 크룸이 구부정한 자세로 의자에서 일어나 어깨를
늘어뜨린 채 팔자걸음으로 올리밴더 씨에게 다가갔다. 그
는 마법 지팡이를 건네고 양손을 로브 주머니에 찔러 넣은
채 노려보며 서 있었다.

"흠." 올리밴더 씨가 말했다. "내가 잘못 본 게 아니라면
그레고로비치 작품이군요. 훌륭한 지팡이 제작자지요. 그
래도 나라면 이런 스타일은 절대…… 하지만……."

그는 지팡이를 들어 올려 눈앞에서 계속 뒤집으며 꼼꼼
히 살펴보았다.

"그렇군…… 서어나무에 용의 심장 근육이군요?" 그가
크룸에게 말했다. 크룸은 고개를 끄덕였다. "흔히 보는 마
법 지팡이보다 좀 두껍군요……. 꽤 단단하고…… 26센티

미터……. 아비스!"

서어나무 지팡이가 총처럼 뭔가를 쏘아 냈다. 지팡이 끝에서 작은 새 여러 마리가 짹짹거리며 쏟아져 나와 열린 창밖의 희미한 햇빛 속으로 사라졌다.

"좋아요." 올리밴더 씨가 크룸에게 마법 지팡이를 돌려주면서 말했다. "그러면 남은 건…… 포터 군."

해리는 자리에서 일어나 크룸을 지나쳐 올리밴더 씨에게 다가갔다. 그러고는 그에게 마법 지팡이를 건네주었다.

"아아아, 그래." 올리밴더 씨가 말했다. 그의 엷은 색 눈이 갑자기 반짝거렸다. "그래, 그래, 그래요. 똑똑히 기억합니다."

해리도 기억할 수 있었다. 마치 어제 일처럼…….

지금으로부터 네 번을 거슬러 올라간 여름, 열한 번째 생일에 그는 해그리드와 함께 마법 지팡이를 사러 올리밴더 씨의 가게를 찾았다. 올리밴더 씨는 해리의 몸 치수를 재더니 그가 시험해 볼 수 있도록 지팡이를 건네기 시작했다. 느낌상 가게에 있는 모든 마법 지팡이를 휘둘러 본 뒤에야 그는 마침내 자신에게 맞는 지팡이를 찾을 수 있었다. 호랑가시나무에 28센티미터, 불사조 꼬리 깃이 들어간 바로 이 마법 지팡이였다. 올리밴더 씨는 해리가 이 마법 지팡이와

그토록 잘 맞는다는 것에 무척 놀랐다. "신기해." 그는 그
렇게 말했다. "……신기해." 해리가 무엇이 그렇게 신기한
지 묻고 나서야 올리밴더 씨는 그의 지팡이에 들어 있는 불
사조 깃털이 볼드모트 경의 지팡이에 들어간 깃털을 내준
바로 그 새의 꼬리 깃이라고 설명해 주었다.

　해리는 이 사실을 누구에게도 말하지 않았다. 그는 이 마
법 지팡이가 정말로 마음에 들었고, 그것이 볼드모트의 마
법 지팡이와 관련돼 있다고 해도 어쩔 수 없는 일이라고 생
각했다. 마치 해리가 어쩔 수 없이 피튜니아 이모와 친척이
된 것처럼. 하지만 그는 올리밴더 씨가 교실에 있는 사람들
에게 이 얘기를 하지 않기를 진심으로 바랐다. 그랬다간 리
타 스키터의 속기 깃펜이 흥분한 나머지 터져 버릴지도 모
른다는 이상한 생각도 들었다.

　올리밴더 씨는 다른 누구보다도 해리의 마법 지팡이를
살피는 데 더 긴 시간을 들였다. 하지만 마침내 그는 마법
지팡이 끝에서 와인이 솟아나게 만든 다음, 지팡이 상태가
여전히 완벽하다고 선언하며 해리에게 돌려주었다.

　"모두 고맙습니다." 덤블도어가 심사위원석에서 일어서
며 말했다. "이제 각자 수업으로 돌아가도 좋습니다. 아니,
그냥 아래층으로 저녁을 먹으러 가는 게 더 빠를지도 모르

겠군요. 곧 수업이 끝날 테니⋯⋯."

해리는 오늘은 이제야 일이 풀리려나 보다 생각하면서
자리에서 일어나 교실을 나서려 했다. 하지만 검은색 카메
라를 든 남자가 벌떡 일어서서 목청을 가다듬었다.

"사진요, 덤블도어. 사진!" 배그먼이 신이 나서 소리쳤
다. "심사위원과 대표 선수 전원의 단체 사진을 찍어야 합
니다. 어때요, 리타?"

"어⋯⋯ 네, 일단 그것부터 찍죠." 리타 스키터가 말했
다. 그녀의 눈이 다시 해리에게 향했다. "그런 다음 개인
사진도 몇 장 찍고요."

사진 촬영에는 제법 오랜 시간이 걸렸다. 막심 교장은 어
디에 서 있든 모든 사람에게 그림자를 드리웠고, 사진사는
그녀의 모습이 화면에 다 들어올 만큼 멀리 물러날 수가 없
었다. 결국 그녀는 다른 사람들이 모두 둘러선 가운데 앉
아 있어야 했다. 카르카로프는 염소수염이 더욱 꼬불거리
도록 끊임없이 손가락으로 꼬아 댔다. 이런 일에 익숙할 것
같았던 크룸은 사람들 뒤로 몸을 반쯤 숨기고 있었다. 사진
사는 플뢰르를 맨 앞에 세우려고 열을 올리는 듯했지만 리
타 스키터가 계속 서둘러 달려와 해리를 더 잘 보이는 곳으
로 끌어냈다. 그런 다음 그녀는 대표 선수 모두의 개인 사

진을 찍어야 한다고 우겼다. 그들은 한참이 지나서야 교실을 나설 수 있었다.

해리는 저녁을 먹으러 내려갔다. 헤르미온느의 모습은 보이지 않았다. 아직 병동에서 앞니를 치료받고 있는 것 같았다. 식탁 끝에 홀로 앉아 식사를 마친 그는 아까 받은 소환 마법 추가 과제를 생각하며 그리핀도르 탑으로 돌아갔다. 그는 침실로 올라갔다가 론을 만났다.

"올빼미 왔더라." 해리가 들어가자마자 론이 퉁명스럽게 말했다. 그가 해리의 베개를 가리켰다. 학교 외양간올빼미가 해리를 기다리고 있었다.

"아, 그래." 해리가 말했다.

"그리고 내일 밤에는 방과 후 징계를 받아야 돼. 스네이프의 지하 감옥 교실에서." 론이 말했다.

그런 다음 그는 해리를 한 번 돌아보지도 않고 곧장 방에서 나가 버렸다. 잠깐 해리는 그를 쫓아갈까 생각했다. 론에게 말을 걸고 싶은 건지, 녀석을 한 대 때려 주고 싶은 건지 확신할 수 없었다. 두 생각 모두 끌렸지만 시리우스의 답장이 주는 유혹이 너무나 강했다. 해리는 외양간올빼미에게 성큼성큼 다가가 다리에서 편지를 풀고 펼쳐 보았다.

해리.

편지로는 하고 싶은 말을 다 할 수가 없구나. 누가 올빼미를 가로채기라도 하면 너무 위험하니까. 얼굴을 직접 보고 얘기해야겠다. 11월 22일 새벽 1시에 그리핀도르 탑 휴게실에 혼자 있을 수 있겠니?

나는 네가 스스로를 돌볼 수 있다는 걸 누구보다도 잘 알고 있다. 또 덤블도어 교수님과 무디 교수가 곁에 있으면 아무도 너를 해치지 못할 거야. 하지만 누군가가 그럴싸한 시도를 하고 있는 것 같구나. 너를 그 대회에 참가하게 만든 건 아주 큰 모험이었을 거다. 그것도 덤블도어의 코앞에서 말이지.

조심해라, 해리. 뭐든 이상한 일이 생기면 계속 알려 주고. 11월 22일에 볼 수 있는지 가능한 한 빨리 알려 다오.

시리우스

19장

헝가리 혼테일

　이후 보름 동안 해리를 버티게 해 준 건 시리우스와 얼굴
을 맞대고 이야기할 수 있다는 기대뿐이었다. 그것만이 더
없이 어두운 지평선 위의 유일한 밝은 빛처럼 보였다. 졸지
에 학교 대표 선수가 된 충격은 이제 어느 정도 가셨고, 앞
으로 맞닥뜨릴 일에 대한 공포가 사무치기 시작했다. 첫 번
째 과제가 점점 다가오고 있었다. 해리는 그것이 무슨 끔찍
한 괴물처럼 그의 앞에 쭈그리고 앉아 길을 막고 있는 것
같은 기분이었다. 이런 긴장감에 시달려 본 적은 지금까지
단 한 번도 없었다. 그것은 퀴디치 시합 전에 느끼곤 했던
긴장을 훨씬 뛰어넘는 감정이었다. 지난 학기 퀴디치 우승
컵이 걸려 있던 슬리데린과의 경기를 포함하더라도 그랬

다. 앞으로 벌어질 일을 생각하는 것 자체가 어렵게 느껴졌
다. 인생 전체가 첫 번째 과제를 향해 가다가 그것과 함께
끝날 것 같은 기분이었다……

물론 시리우스가 수백 명 앞에서 힘겹고 위험한 미지의
마법 과제를 수행해야 하는 그의 기분을 조금이나마 나아
지게 만들 수 있을 리는 없었다. 하지만 지금은 호의가 깃
든 얼굴을 보는 것만으로도 큰 위안이 될 것 같았다. 해리
는 시리우스에게 그가 말한 그 시간에 휴게실 벽난로 앞에
있겠다고 답장을 썼다. 그와 헤르미온느는 그날 밤 누군가
가 휴게실에 남아 있는 일이 없도록 하기 위해 오랫동안 계
획을 세웠다. 최악의 상황이 닥치면 똥폭탄을 한 자루 터뜨
릴 생각이었지만 그 방법에 기댈 일은 생기지 않기를 바랐
다. 필치가 산 채로 그들의 가죽을 벗기려 들 테니 말이다.

한편, 성안에서 보내는 해리의 일상은 더욱 악화되었다.
리타 스키터가 트라이위저드 대회에 관한 기사를 썼는데,
알고 보니 그 기사는 대회와 관련된 것이라기보다는 심각
하게 과장된 해리의 인생 이야기였다. 1면의 상당 부분이
해리의 사진에 할애되었다. 2면, 6면, 7면으로 이어지는 기
사는 모두 해리에 관한 것이었고, 보바통과 덤스트랭 대표
선수들의 이름은 (철자가 틀린 채) 기사 마지막 줄에 겨우

들어가 있었다. 세드릭은 아예 언급되지도 않았다.

　신문에 기사가 난 건 열흘 전이었지만 해리는 아직도 그 기사만 떠올리면 속이 메스껍고 수치심으로 얼굴이 화끈거렸다. 리타 스키터는 해리가 빗자루 창고에서는 물론, 살면서 한 번도 해 본 적 없는 온갖 끔찍한 말을 했다고 적어 놓았다.

　"제 힘은 부모님에게서 물려받은 것 같아요. 지금 저를 보시면 분명 엄청 자랑스러워하실 거예요. ……네, 요즘도 가끔 밤에 부모님 생각을 하면서 울어요. 하지만 그 사실이 전혀 부끄럽지 않아요. ……저는 대회를 치르는 동안 그 무엇도 저를 해칠 수 없다는 걸 알아요. 부모님이 저를 지켜보고 계시니까요……."

　하지만 리타 스키터는 해리의 "어……"를 길고 역겨운 문장들로 바꿔 놓는 데서 한 발 더 나아갔다. 해리와 관련해서 다른 사람들하고까지 인터뷰를 진행한 것이다.

　해리는 마침내 호그와트에서 사랑을 찾았다. 그의 가까운 친구인 콜린 크리비는 해리가 헤르미온느 그레인저라는, 현기증 나도록 예쁜 머글 태생 소녀와 잠깐이라도 떨어져 있는 것을 거의 본 적이 없다고 말한다. 그녀 역시 해리와 마찬가지로 학교의 최상위권 학생 중 한 명이다.

이 기사가 나간 순간부터 해리는 그가 지나갈 때마다 사람들(주로 슬리데린 학생들)이 기사를 인용하면서 비웃음 섞인 말을 던져 대는 것을 견뎌야 했다.

"손수건 줄까, 포터? 변환 마법 시간에 네가 울음을 터뜨릴지도 모르니까 말이야."

"네가 대체 언제부터 학교 최상위권 학생이었냐? 아니면 여기서 말하는 학교가 너랑 롱보텀 둘만 있는 학교야?"

"해리, 잠깐만!"

"그래, 맞아!" 복도에서 누군가가 그의 이름을 부르자 해리는 몸을 빙글 돌리며 자기도 모르게 소리를 질렀다. 더 이상 참을 수 없었던 것이다. "돌아가신 엄마를 생각하면서 줄곧 눈이 빠지도록 울었어. 지금도 가서 울려고……."

"아니, 난 그냥…… 네가 깃펜을 떨어뜨렸길래."

그곳에는 초가 서 있었다. 해리는 얼굴이 달아오르는 것을 느꼈다.

"아, 응, 미안." 그가 깃펜을 건네받으며 웅얼거렸다.

"어…… 화요일에 행운을 빌어." 그녀가 말했다. "난 진심으로 네가 잘 해내길 바라."

해리는 완전히 바보가 된 기분이었다.

헤르미온느 역시 불쾌한 일을 당하고 있었지만 아직까지는 지나가는 죄 없는 사람들에게 소리를 지르거나 하지 않았다. 이 상황에 대처하는 그녀의 태도는 솔직히 존경스러울 정도였다.

"현기증 나도록 예쁘다고? 쟤가?" 리타 스키터의 기사가 나고 헤르미온느와 처음 마주쳤을 때 팬지 파킨슨은 그렇게 소리 질렀다. "뭘 기준으로 삼은 거야? 다람쥐?"

"무시해." 헤르미온느는 킥킥거리는 슬리데린 여학생들의 목소리 따위 들리지 않는다는 듯 고개를 빳빳이 들고 당당히 그들을 지나쳐 가면서 위엄 있는 목소리로 말했다. "그냥 무시해, 해리."

하지만 해리는 무시할 수가 없었다. 론은 스네이프의 방과 후 징계 이야기를 한 뒤로 한 번도 그에게 말을 걸지 않았다. 해리는 스네이프의 지하 감옥 교실에서 두 시간 동안 별수 없이 쥐의 뇌를 식초에 절이면서 론과 화해할 수 있을지도 모른다고 기대했지만, 그날은 마침 리타 스키터의 기사가 신문에 실린 날이었다. 그것이 해리가 그 모든 관심을 진심으로 즐기고 있다는 론의 믿음을 확고하게 만들어 준 것 같았다.

헤르미온느는 론과 해리에게 잔뜩 화가 나 있었다. 그녀는 두 사람 사이를 왔다 갔다 하며 억지로라도 둘이 다시 이야기하게 만들려고 했지만 해리의 태도는 단호했다. 해리는 론이 그가 불의 잔에 직접 이름을 넣지 않았다는 사실을 인정하고 그를 거짓말쟁이라고 불렀던 것에 사과해야 론과 다시 말할 작정이었다.

"내가 시작한 일이 아니잖아." 해리는 고집스럽게 말했다. "쟤가 문제라고."

"너도 론이 그립잖아!" 헤르미온느가 못 참겠다는 듯 말했다. "걔도 널 그리워한다는 걸 난 알아……."

"그 녀석이 그립다고?" 해리가 말했다. "난 전혀 그립지 않아……."

하지만 이는 뻔한 거짓말이었다. 해리는 헤르미온느를 무척 좋아했지만 그녀는 론과 달랐다. 헤르미온느와 가장 친한 친구로 지내고 보니 웃을 일은 훨씬 줄어들었고 대신 도서관에 있는 시간은 훨씬 늘어났다. 해리는 아직도 소환 마법을 제대로 익히지 못했다. 무슨 벽에 부딪친 느낌이었다. 그러자 헤르미온느는 이론을 알면 도움이 될 거라고 주

장했다. 결국 그들은 점심시간 내내 책을 들여다보며 오랜 시간을 보냈다.

빅토르 크룸도 도서관에 꽤 자주 모습을 보이고 있었다. 해리는 그가 도서관에서 뭘 하는지 궁금했다. 공부를 하는 걸까? 아니면 첫 번째 과제를 통과하는 데 도움이 될 만한 단서를 찾는 걸까? 헤르미온느는 크룸이 도서관에 오는 것에 대해 자주 불평했다. 크룸이 그들을 방해했기 때문이 아니라, 키득거리는 여학생 무리가 종종 책꽂이 뒤에서 그를 훔쳐보려고 나타났기 때문이었다. 헤르미온느는 그 소리가 신경에 거슬리는 것 같았다.

"심지어 잘생기지도 않았는데!" 헤르미온느가 크룸의 날카로운 옆얼굴을 쏘아보며 화가 나서 중얼거렸다. "쟤들은 그냥 유명하다는 이유만으로 크룸을 좋아하는 거야! 크룸이 봉키 페인트인지 뭔지를 할 줄 몰랐으면 거들떠도 안 봤을걸?"

"브론스키 페인트야." 해리가 웃지 않으려고 이를 앙다문 채 말했다. 퀴디치 용어를 바로잡고 싶은 마음과는 별개로, 헤르미온느가 봉키 페인트 얘기를 하는 걸 론이 들었다면 어떤 표정을 지었을지 생각하니 또 한 번 가슴이 저려왔다.

희한하게도, 시간이란 앞으로 닥칠 일이 두려워서 늦출 수만 있다면 뭐든지 내놓겠다는 간절한 마음이 들수록 더욱 빨리 흘러가는 경향이 있다. 첫 번째 과제까지 남은 나날은 마치 누군가가 시간이 두 배로 빨리 흐르도록 시계를 고쳐 놓기라도 한 것처럼 순식간에 흘러갔다. 《예언자일보》 기사와 관련한 악의적인 말들이 그를 따라다니듯, 다스리기 힘든 두려움이 어딜 가든 그를 따라다녔다.

첫 번째 과제를 앞둔 토요일, 3학년 이상의 학생 모두에게 호그스미드 마을을 방문해도 좋다는 허락이 떨어졌다. 헤르미온느는 해리에게 잠깐이라도 성을 떠나 있는 게 좋을 거라고 말했고 해리도 그 제안에 기꺼이 동의했다.

"근데 론은?" 그가 물었다. "넌 론이랑 같이 가고 싶지 않아?"

"어…… 글쎄……." 헤르미온느가 얼굴을 살짝 붉혔다. "스리 브룸스틱스에 가면 만나지 않을까……."

"싫어." 해리가 단호하게 말했다.

"아, 해리. 바보처럼 굴지 마……."

"가긴 할 건데 론은 안 만날 거야. 그리고 투명 망토를 쓸 거야."

"아, 그래라, 그럼……." 헤르미온느가 쏘아붙였다. "하지만 난 그 망토를 뒤집어쓴 너랑 얘기하고 싶지 않아. 내가 널 보고 있는 건지 어쩌는 건지 도저히 알 수가 없단 말이야."

해리는 침실에서 투명 망토를 뒤집어쓰고 아래층으로 내려가 헤르미온느와 함께 호그스미드로 출발했다.

투명 망토를 뒤집어쓰고 있으니 기가 막히도록 자유로워진 기분이었다. 해리는 마을에 들어가면서 그들을 지나치는 다른 학생들을 지켜보았다. 대다수가 '세드릭 디고리를 응원합니다' 배지를 자랑스럽게 달고 있었지만, 학교 안에서와 달리 해리에게 끔찍한 소리가 날아드는 일도 없었고 그 멍청한 기사를 언급하는 사람도 없었다.

"이젠 사람들이 *나*를 계속 쳐다보네." 얼마 후 허니듀크스 과자 가게를 나서며 헤르미온느가 툴툴거렸다. 그들은 크림이 가득 들어 있는 커다란 초콜릿을 먹고 있었다. "내가 혼잣말을 한다고 생각하는 거야."

"입술을 많이 안 움직이면 되잖아."

"아 좀, 부탁인데 그 망토 잠깐이라도 좀 벗어. 여기서는 아무도 널 귀찮게 안 할 거야."

"아, 그래?" 해리가 말했다. "뒤를 좀 봐."

리타 스키터와 그녀의 사진사 동료가 막 술집 스리 브룸스틱스에서 나왔다. 그들은 목소리를 낮추고 이야기를 나누면서 헤르미온느는 거들떠보지도 않고 그 옆을 지나갔다. 해리는 리타 스키터의 악어가죽 핸드백에 부딪히지 않으려고 허니듀크스 외벽에 바짝 붙어섰다.

그들이 가 버리자 해리가 말했다. "이 마을에서 지내나봐. 틀림없이 첫 번째 과제를 보러 오겠지."

그 말을 하자 뜨거운 공포가 가슴속에 흘러넘쳤다. 해리는 굳이 그 마음을 입 밖으로 내뱉지 않았다. 그와 헤르미온느는 첫 번째 과제가 무엇일지 별로 얘기한 적이 없었다. 헤르미온느는 그에 대해 생각하기 싫어하는 것 같았다.

"갔어." 헤르미온느가 투명한 해리의 몸을 통해 큰길 저쪽을 바라보며 말했다. "스리 브룸스틱스에 가서 버터맥주나 마시지 않을래? 좀 춥지 않아? 거기 간다고 론하고 꼭 얘기해야 되는 건 아니야!" 해리의 침묵을 제대로 이해한 그녀가 짜증 난다는 듯 덧붙였다.

스리 브룸스틱스는 사람들로 빽빽했다. 주로 오후의 자유 시간을 즐기는 호그와트 학생들이었지만, 다른 곳에서는 보기 힘든 다양한 마법 세계 사람들이 있었다. 영국에서 유일하게 마법사들만 사는 마을이니만큼, 다른 마법사들처럼 변장에 능숙하지 않은 마귀할멈 같은 생명체에게

는 이곳 호그스미드가 천국이나 마찬가지일 거라는 생각
이 들었다.

투명 망토를 입고 사람들 사이를 움직이는 건 아무래도
무척 어려웠다. 실수로 누군가의 발을 밟기라도 하면 곤란
한 의심을 살 게 분명했다. 헤르미온느가 맥주를 사러 간
동안 해리는 천천히 구석에 있는 빈 탁자로 걸어갔다. 그러
다 프레드, 조지, 리 조던과 함께 앉아 있는 론을 발견했다.
해리는 론의 뒤통수를 세게 한 방 갈기고 싶은 충동을 억누
르며 마침내 빈 탁자에 도착해 자리를 잡고 앉았다.

잠시 후 헤르미온느가 와서 몰래 망토 밑으로 버터맥주
를 건네주었다.

"여기 혼자 앉아 있으니까 나 진짜 바보 같다." 그녀가 투
덜거렸다. "일거리를 가져왔으니 망정이지."

그녀는 S.P.E.W. 회원 명단을 적은 노트를 꺼냈다. 아주
짧은 명단 맨 꼭대기에 해리와 론의 이름이 보였다. 론과
함께 앉아 점술 숙제를 하던 때가, 헤르미온느가 나타나 그
들을 회계 담당과 서기로 임명했던 때가 아주 먼 옛날 일처
럼 느껴졌다.

"저기 있잖아, 마을 사람 몇 명을 S.P.E.W.에 가입시켜
봐야겠어." 술집을 둘러보던 헤르미온느가 생각 끝에 입을

열었다.

"아, 그래." 해리가 말했다. 그는 투명 망토를 뒤집어 쓴 채 버터맥주를 한 모금 들이켰다. "헤르미온느, 넌 이 S.P.E.W. 일 언제 그만둘 거야?"

"집요정들이 적절한 임금과 노동 조건을 갖추고 나면!" 그녀가 식식거렸다. "음, 슬슬 더 직접적인 행동을 할 때가 된 것 같아. 학교 주방에는 어떻게 들어갈 수 있지?"

"모르겠는데. 프레드랑 조지한테 한번 물어봐." 해리가 말했다.

헤르미온느는 생각에 잠긴 채 입을 다물었고, 그사이 해리는 버터맥주를 마시며 술집 안에 있는 사람들을 둘러보았다. 모두 쾌활하고 평온해 보였다. 근처 탁자에서 어니 맥밀런과 해너 애벗이 개구리 초콜릿 카드를 교환하고 있었다. 둘 다 '세드릭 디고리를 응원합니다' 배지를 망토에 자랑스럽게 달고 있었다. 바로 저 문 옆에 초가 그녀의 래번클로 친구들 여럿과 함께 앉아 있었다. 그런데 그녀는 '세드릭 디고리를 응원합니다' 배지를 달고 있지 않았다……. 해리는 살짝 기분이 좋아졌다.

이 사람들 속에 섞일 수 있다면 뭔들 내놓지 못할까? 숙제 말고는 아무 걱정거리도 없이 앉아서 웃고 떠들 수만 있다면? 그는 불의 잔에서 그의 이름이 나오지 않았더라면 어떤 기분으로 여기에 왔을지 상상해 보았다. 일단 투명 망토를 뒤집어쓰고 있지 않았을 것이다. 론이 그와 함께 앉아 있었을 것이다. 그들 세 사람은 학교 대표 선수들이 화요일에 맞닥뜨릴 치명적으로 위험한 과제가 무엇일지 기분 좋게 상상하고 있었을 것이다. 그게 무엇이 됐든 해리는 학교 대표 선수들이 그 과제를 해결하는 모습을 보게 될 일을 손꼽아 기다렸을 것이다……. 관중석 뒷자리에서 안전하게, 다른 사람들처럼 세드릭을 응원하면서…….

그는 다른 대표 선수들은 어떤 기분일지 궁금했다. 최근 볼 때마다 팬들에게 둘러싸여 있었던 세드릭은 긴장하는 한편 기대하는 얼굴이었다. 가끔 복도에서 마주치는 플뢰르 들라쿠르는 평소와 똑같이 도도하고 냉정한 모습이었다. 한편 크룸은 그냥 도서관에 앉아 책만 파고 있었다.

해리는 시리우스를 떠올렸다. 그러자 가슴을 꽉 조이고 있던 팽팽한 긴장이 조금 느슨해지는 것 같았다. 오늘 밤 휴게실 벽난로에서 만나기로 했으니 열두 시간만 있으면 시리우스와 이야기하게 될 것이다. 최근에 벌어진 모든 일이 그랬듯 일이 꼬이지만 않는다면…….

"봐 봐, 해그리드야!" 헤르미온느가 말했다.

해그리드의 거대하고 덥수룩한 뒤통수(다행히 그는 양 갈래 머리를 포기했다)가 사람들 위로 불쑥 솟아 있었다. 저렇게 큰 해그리드를 왜 진작 알아보지 못했는지 의아해하면서도 해리는 조심스럽게 일어나, 해그리드가 허리를 구부린 채 무디 교수에게 이야기하는 모습을 바라보았다. 해그리드 앞에는 늘 그랬듯 커다란 맥주잔이 놓여 있었지만 무디는 휴대용 술병에 담긴 것을 마시고 있었다. 예쁘장한 술집 주인인 로즈메르타 씨는 그것이 못마땅한 모양인지 주변 탁자에서 잔을 치우며 무디를 흘겨보고 있었다. 아마도 무디의 행동을 자기네 데운 벌꿀술에 대한 모욕으로 받아들인 것 같았다. 하지만 해리는 잘 알고 있었다. 무디는 지난번 어둠의 마법 방어법 수업에서 자신은 언제나 먹고 마실 것을 직접 준비하는 편을 선호한다고 말했다. 어둠의 마법사들에게 잔에 몰래 독을 타는 일은 식은 죽 먹기라는 것이었다.

해리가 지켜보는 가운데 해그리드와 무디는 자리에서 일어났다. 해리는 손을 흔들다가 해그리드가 자기를 볼 수 없다는 사실을 떠올렸다. 그러나 무디는 걸음을 멈췄다. 그의 마법 눈이 해리가 서 있는 구석에 머물렀다. 무디가 해그리드의 등허리를 톡톡 두드리더니(어깨에는 팔이 닿지 않았기 때문이었다) 뭔가를 속삭였다. 그러더니 그들은 술집 안을 가로질러 해리와 헤르미온느가 있는 탁자로 다가왔다.

"잘 있었냐, 헤르미온느?" 해그리드가 큰 소리로 말했다.

"안녕하세요?" 헤르미온느가 마주 미소 지으며 말했다.

무디는 절뚝거리며 탁자 둘레를 돌아와 허리를 구부렸다. 해리는 그가 S.P.E.W. 노트를 들여다보고 있는 거라고 생각했다. 그런데 그때 무디가 중얼거렸다. "멋진 망토로구나, 포터."

해리는 놀란 눈으로 무디를 바라보았다. 아주 가까이에서 보니 살점이 뭉텅이로 떨어져 나간 그의 코가 유달리 눈에 띄었다. 무디가 씩 웃었다.

"교수님 눈에는 제가…… 그러니까, 절 보실 수가……?"

"그래, 이 눈은 투명 망토를 꿰뚫어 볼 수 있다." 무디가 조용히 말했다. "가끔은 꽤 쓸 만하지."

해그리드도 해리를 내려다보며 활짝 웃었다. 해리는 해그리드가 자신을 볼 수 없다는 사실을 알고 있었다. 무디가 그에게 해리가 그곳에 있다고 말해 준 게 틀림없었다.

해그리드 역시 S.P.E.W. 노트를 들여다보는 척 허리를 구부리고 해리에게만 들릴 만큼 작은 소리로 속삭였다. "해리, 오늘 밤 자정에 내 오두막에서 만나자. 투명 망토를 입고 와라."

해그리드가 허리를 펴며 큰 소리로 말했다. "만나서 반갑다, 헤르미온느." 그런 다음 그는 눈을 찡긋하고 술집을 나갔다. 무디가 그 뒤를 따랐다.

"왜 자정에 만나자는 거지?" 해리가 어리둥절한 목소리로 물었다.

"그랬어?" 헤르미온느가 깜짝 놀란 얼굴로 되물었다. "무슨 일인지 궁금하네? 근데 가도 될지 모르겠어, 해리⋯⋯." 그녀는 초조하게 주위를 둘러보더니 작은 소리로 말했다. "그러다 시리우스와의 약속에 늦을지도 몰라."

자정에 해그리드의 집으로 가면 시리우스와 만날 시간에 맞추기가 매우 빠듯해지는 게 사실이었다. 헤르미온느는 해그리드에게 헤드위그를 보내 못 간다는 말을 전하는 게 어떻겠느냐고 제안했다(물론 헤드위그가 편지를 전해 주겠다고 승낙한다면 말이지만). 하지만 해리는 해그리드가 보자고 한 일을 빨리 처리하는 게 낫겠다고 생각했다. 무슨 일일지 무척 궁금하기도 했다. 해그리드는 한 번도 해리에게 그렇게 늦은 밤에 자기를 만나러 오라고 한 적이 없었기 때문이다.

그날 밤 11시 30분이 지나서 일찍 잠자리에 든 척하던 해리는 다시 투명 망토를 뒤집어쓰고 살금살금 내려와 휴게실을 가로질렀다. 제법 많은 사람들이 아직 그곳에 있었다. 크리비 형제는 '세드릭 디고리를 응원합니다' 배지를 한 무더기 구해 와서는 마법을 걸어 '해리 포터를 응원합니다'로 바꾸려고 애를 쓰고 있었다. 하지만 그들이 지금까지 간신히 해낸 일이라곤 배지에 '포터는 구려'라는 문구만 계속 나오게 한 것뿐이었다. 해리는 살금살금 그들을 지나 초상화 구멍으로 간 뒤 손목시계를 보며 1분 정도 기다렸다. 이윽고 미리 계획한 대로 헤르미온느가 밖에서 뚱뚱한 귀부인 초상화를 열어 주었다. 그는 "고마워!"라고 속삭인 뒤 헤르미온느를 지나쳐 성 밖으로 향했다.

교정은 아주 어두웠다. 해리는 해그리드의 오두막에서 새어 나오는 불빛을 향해 잔디밭을 걸어갔다. 거대한 보바통 마차 안에도 불이 밝혀져 있었다. 해리가 해그리드의 오두막 현관문을 두드렸을 때 보바통 마차 안에서 막심 교장의 말소리가 들렸다.

"왔냐, 해리?" 해그리드가 문을 열고 주위를 둘러보면서 목소리를 낮췄다.

"네." 해리는 잽싸게 오두막으로 들어가 머리에 쓰고 있던 투명 망토를 벗으며 말했다. "무슨 일이에요?"

"너한테 보여 줄 게 있어서 그래." 해그리드가 말했다.

해그리드의 얼굴에는 흥분한 기색이 역력했다. 그는 과하게 자란 아티초크처럼 생긴 꽃을 단춧구멍에 끼우고 있었다. 수레바퀴에 칠하는 기름을 쓰는 건 포기한 것 같았지만 머리를 빗으려고 애쓴 건 분명했다. 부러진 빗살이 머리카락에 엉켜 있었던 것이다.

"뭘 보여 주시려고요?" 해리가 피곤한 듯 물었다. 스크루트가 알이라도 낳았거나, 아니면 해그리드가 주점에서 만난 낯선 사람한테서 머리 셋 달린 거대한 개를 한 마리 더 사들였는지도 모른다는 생각이 들었다.

"따라와라. 조용히 하고, 그 망토 계속 쓰고 있어." 해그리드가 말했다. "팽은 데려가지 않을 거야, 별로 좋아하지 않을 테니까……."

"저, 해그리드. 전 오래 있을 수가 없어요. 1시에는 성으로 돌아가야……."

하지만 해그리드는 그의 말을 듣고 있지 않았다. 그는 오두막 문을 열고 어둠 속으로 성큼성큼 걸어 들어갔다. 해리는 얼른 그를 쫓아갔다. 놀랍게도 해그리드는 그를 보바통 마차로 데려가고 있었다.

"해그리드, 무슨……?"

"쉿!" 그러더니 해그리드는 황금빛 마법 지팡이 두 개가 엇갈린 문장이 그려진 문을 세 번 두드렸다.

막심 교장이 문을 열었다. 그녀는 드넓은 어깨에 비단 숄을 두르고 있었다. 해그리드를 본 그녀가 미소 지었다. "아, 애그리드…… 시간이 된 건가요?"

"봉수르." 해그리드가 환하게 웃으며 말하더니 손을 내밀어 그녀가 황금빛 계단을 내려오도록 도와주었다.

막심 교장이 마차 문을 닫자 해그리드가 그녀에게 팔을 내밀었고, 그들은 팔짱을 낀 채 막심 교장의 거대한 날개 달린 말들이 있는 방목지 가장자리를 따라 걸었다. 해리는 어쩔 줄을 모르고 그들을 따라잡기 위해 뛰어가다시피 했다. 해그리드가 보여 주고 싶었던 게 막심 교장이었을까? 막심 교장이야 언제든 볼 수 있었다……. 딱히 못 보고 지나칠 만한 사람도 아니었고…….

하지만 막심 교장은 해리와 마찬가지로 선물을 받으러 나온 모양이었다. 잠시 후 그녀가 농담을 건네듯 이렇게 말했다. "나를 어디로 데려가능 건가요, 애그리드?"

"좋아하실 겁니다." 해그리드가 걸걸한 목소리로 말했다. "볼 만한 가치가 있어요. 내 말 믿으세요. 다만…… 내

가 보여 줬다는 걸 누구한테도 얘기해선 안 됩니다. 알겠
죠? 원래 알려 줘선 안 되는 거라."

"당연하죠." 막심 교장이 길고 검은 속눈썹을 깜빡이며
말했다.

그들은 계속 걸었다. 해리는 이따금 손목시계를 확인하
며 그들의 뒤를 쫓아 가볍게 뛰었다. 점점 짜증이 솟구쳤
다. 해그리드에게 무슨 말도 안 되는 계획이 있는 모양인
데, 그것 때문에 시리우스와의 약속을 놓칠 수도 있었다.
금방 도착하지 않으면 해리는 뒤돌아 곧장 성으로 돌아갈
생각이었다. 해그리드야 막심 교장과 달빛 아래서 산책이
나 즐기라지…….

하지만 그때였다. 성과 호수가 보이지 않을 만큼 금지된
숲 둘레를 멀리 돌아온 그때, 어떤 소리가 들렸다. 저 앞에
서 사람들이 소리를 지르고 있었다……. 그리고 귀가 먹먹
해지는, 고막이 찢어질 듯한 포효가 들려왔다…….

해그리드와 막심 교장이 나무 수풀을 돌아 멈춰 섰다. 해
리는 얼른 그들을 쫓아갔다. 아주 짧은 순간 군데군데 피워
둔 모닥불과 그 주위를 쏜살같이 뛰어다니는 사람들을 본
것 같았는데…… 이윽고 해리의 입이 떡 벌어졌다.

용이다.

두꺼운 나무판자를 세운 울타리 안에서, 완전히 자란 사나운 모습의 거대한 용 네 마리가 뒷다리로 서서 으르렁거리며 콧김을 내뿜고 있었다. 송곳니가 돋은 쩍 벌어진 입에서 소용돌이치는 불길이 어두운 하늘로 뿜어 나갔다. 목은 15미터 높이까지 쭉 뻗어 있었다. 길고 뾰족한 뿔이 여러 개 달린 은빛 도는 푸른색 용이 땅 위에 있는 마법사들을 향해 주둥이를 딱딱거리며 으르렁댔다. 부드러운 비늘을 가진 초록색 용은 있는 힘껏 몸부림을 치며 발을 쿵쿵 굴렀고, 얼굴 주위에 황금색 돌기가 이상한 술 장식처럼 나 있는 붉은색 용은 버섯 모양 불구름을 공중으로 내뿜고 있었다. 그리고 그들과 가장 가까운 곳에는 다른 용들보다 더 도마뱀처럼 생긴 어마어마한 크기의 검은색 용이 있었다.

최소 서른 명은 되어 보이는 마법사들이 용 한 마리마다 일고여덟 명씩 달라붙어서 용들의 목과 다리에 묶인 두꺼운 가죽 끈에 연결된 쇠사슬을 잡아당기며 녀석들을 진정시키려 애쓰고 있었다. 해리는 최면에라도 걸린 듯 저 높은 곳을 올려다보았다. 눈동자가 고양이처럼 세로로 찢어진 검은 용의 눈이 보였다. 그 눈이 부릅떠져 있는 까닭이 공포 때문인지 분노 때문인지는 알 수 없었다……. 녀석은 울부짖고 날카롭게 소리 지르며 끔찍한 소음을 내고 있었다.

"가까이 오지 마세요, 해그리드!" 울타리 근처에 있던 마법사가 손에 쥔 쇠사슬을 팽팽하게 당기며 고함을 질렀다. "용들은 6미터 범위까지 불길을 뿜을 수 있거든요! 이 혼테일은 12미터까지 불길을 내뿜는 걸 봤어요!"

"아름답지 않아요?" 해그리드가 조용히 물었다.

"별 소용이 없잖아!" 또 다른 마법사가 소리쳤다. "셋 하면 기절 마법을 건다!"

해리는 용 관리인들이 각각 마법 지팡이를 꺼내는 모습을 보았다.

"스튜페파이!" 그들이 한목소리로 소리치자 기절 마법이 로켓처럼 맹렬하게 어둠 속으로 날아가더니 비늘로 뒤덮인 용들의 가죽에 부딪쳐 사방으로 불꽃을 튀겼다.

해리는 그들과 가장 가까운 곳에 있던 용이 뒷다리로 위험하게 휘청거리는 모습을 지켜보았다. 그 용의 입이 돌연 크게 벌어지면서 소리 없는 비명을 내뱉었다. 용의 콧구멍에서 계속 연기가 나고 있었지만 불길은 갑자기 사라졌다. 용의 몸이 아주 천천히 기울어졌다. 몇 톤이나 되는 근육질 비늘투성이 검은 용이 바닥에 쿵 쓰러지자 해리는 등 뒤의 나무들이 진동하는 것을 확실히 느낄 수 있었다.

용 관리인들이 마법 지팡이를 내리고 각자가 맡고 있는

용들을 향해 걸어갔다. 바닥에 쓰러진 용들은 하나같이 작은 언덕만 했다. 마법사들은 서둘러 쇠사슬을 팽팽하게 당겨서 쇠못에 안전하게 묶고 마법 지팡이를 이용해 못을 땅속 깊이 박아 넣었다.

"가까이서 보실래요?" 해그리드가 신이 난 듯 막심 교장에게 물었다. 그들은 울타리 바로 앞까지 다가갔고 해리도 그들을 뒤따랐다. 해그리드에게 가까이 오지 말라고 경고했던 마법사가 돌아섰다. 해리는 그가 누구인지 알아보았다. 찰리 위즐리였다.

"괜찮아요, 해그리드?" 그가 말을 걸기 위해 다가와 가쁜 숨을 내쉬었다. "지금쯤은 얌전해졌어야 하는데. 여기 오는 길에 수면 물약으로 기절시켰거든요. 어둡고 조용한 곳에서 깨어나는 편이 용들한테도 나을 것 같아서요. 그런데, 보셨다시피 별로 좋아하지 않네요. 전혀······."

"어떤 종을 데리고 왔냐, 찰리?" 해그리드가 가장 가까운 곳에 쓰러져 있는 검은색 용을 뚫어지게 바라보며 물었다. 그의 눈에는 숭배에 가까운 빛이 담겨 있었다. 검은 용의 눈은 아직도 간신히 뜨여 있었다. 주름진 검은색 눈꺼풀 아래 노란빛이 가느다랗게 번뜩였다.

"이 녀석은 헝가리 혼테일이에요." 찰리가 말했다. "저쪽에 좀 작은 용은 웨일스 그린이고요……. 저 청회색 용이 스웨덴 쇼트스나우트고…… 저 빨간색은 중국 파이어볼이에요."

찰리는 주위를 둘러보았다. 막심 교장이 울타리를 따라 멀리까지 거닐며 기절한 용들을 살펴보고 있었다.

"저분도 데려올 줄은 몰랐는데요, 해그리드." 찰리가 얼굴을 찌푸리면서 말했다. "대표 선수들은 어떤 과제가 나올지 모르도록 돼 있어요. 저분이 자기 학생에게 말해 주지 않을까요?"

"그냥 용을 보면 좋아할 것 같아서." 여전히 황홀경에 빠진 듯 용들을 바라보고 있던 해그리드가 어깨를 으쓱했다.

"이렇게 낭만적인 데이트도 없겠군요, 해그리드." 찰리가 고개를 설레설레 저으며 말했다.

"네 마리라……." 해그리드가 말했다. "그러니까 대표 선수 한 사람당 한 마리인 거지? 뭘 해야 하는 거야? 용이랑 싸워야 하나?"

"그냥 지나가기만 하면 될걸요." 찰리가 말했다. "상황이 심각해지면 우리가 끼어들어서 준비해 둔 주문을 발사할 거고요. 알을 품은 어미 용을 데려오라더군요. 이유는 모르겠지만……. 하지만 이거 하나만은 확실해요, 혼테일을 맡

218

게 될 사람이 전혀 부럽지 않다는 거요. 사나운 녀석이에요. 꼬리 쪽도 머리만큼 위험하고요. 보세요."

찰리는 혼테일의 꼬리를 가리켰다. 꼬리를 따라 촘촘하게 돋아 있는 청동색의 길고 뾰족한 돌기들이 보였다.

그 순간 찰리의 용 관리인 동료 다섯 명이 화강암처럼 생긴 회색 알을 담요에 싸 들고 비틀거리며 혼테일에게 다가갔다. 그들은 혼테일 옆에 조심스럽게 알을 내려놓았다. 해그리드가 탐이 나서 못 견디겠다는 듯 신음했다.

"알의 숫자를 다 세어 놨어요, 해그리드." 찰리가 엄격한 목소리로 경고하더니 말을 이었다. "해리는 어때요?"

"괜찮아." 해그리드가 여전히 알들에게 시선을 둔 채 대답했다.

"이 녀석들을 마주한 뒤에도 괜찮기를 바라야죠." 찰리가 용 울타리 너머를 바라보며 으스스하게 말했다. "엄마한테는 해리가 첫 과제로 뭘 해야 하는지 말도 못 꺼냈어요. 안 그래도 벌써 해리를 걱정하고 계셔서……." 찰리는 걱정스러워하는 어머니의 목소리를 흉내 냈다. "'어떻게 그 애를 대회에 참가하게 할 수 있니? 너무 어리잖아! 나는 어린 학생들은 다 안전할 줄 알았다. 나이 제한이 있을 줄 알았다고!' 엄마는 《예언자일보》에 해리의 기사가 나온 뒤부터 눈물을 쏟고 계세요. '아직도 부모님 때문에 운다니! 아, 가엾은 것. 난 전혀 몰랐어!' 이러면서."

그 정도면 충분했다. 해리는 해그리드가 용들과 막심 교장에게 정신이 팔려 자기를 찾지 않을 거라 믿고 조용히 발걸음을 돌려 성으로 향했다.

앞으로 일어날 일을 알게 되어 다행인지 아닌지 알 수가 없었다. 처음의 충격이 가신 지금은 아는 게 더 나은 것 같긴 했다. 화요일에 처음 용을 보았다면 전교생 앞에서 기절했을지도 모른다……. 하지만 어쨌든 기절할 것 같은 기분은 지금도 마찬가지였다. 그는 마법 지팡이(지금은 그저 가느다란 나무 막대기로만 여겨지는)로만 무장한 채, 15미터 크기에 비늘로 덮여 있고 뾰족한 돌기가 잔뜩 나 있으며 불을 뿜는 용과 맞서야 했다. 그 용을 지나가야 했다. 모두가 보는 앞에서. *대체 어떻게?*

해리는 금지된 숲 가장자리를 따라 움직이며 속도를 올렸다. 벽난로 앞으로 돌아가 시리우스와 이야기를 나누기까지 15분도 채 남아 있지 않았다. 지금처럼 누군가와 이야기하고 싶었던 적이 있었나 싶었다. 바로 그때, 그는 느닷없이 뭔가 아주 단단한 것에 부딪쳤다.

해리는 안경이 비뚤어진 채, 몸에 두른 투명 망토를 꽉 붙잡고 뒤로 넘어졌다. 근처에서 어떤 목소리가 들렸다.

"어이쿠! 거기 누구냐?"

해리는 재빨리 투명 망토가 몸을 덮고 있는지 확인하고 가만히 누운 채, 그와 부딪친 마법사의 어두운 윤곽을 올려다보았다. 눈에 익은 염소수염이 보였다. ……카르카로프였다.

"누구냐?" 카르카로프가 매우 수상쩍다는 듯 어둠 속을 둘러보며 다시 말했다. 해리는 가만히 누워 아무 소리도 내지 않았다. 잠시 후, 카르카로프는 웬 동물과 부딪쳤다고 판단한 듯했다. 그는 개라도 찾으려는지 허리 높이를 둘러보았다. 그러더니 살금살금 나무 사이로 몸을 숨기면서 용들이 있는 곳을 향해 나아가기 시작했다.

해리는 아주 천천히, 조심스럽게 몸을 일으키고 다시 걷기 시작했다. 그러고는 아무런 소리도 내지 않고 되도록 빠른 걸음으로 서둘러 어둠 속을 지나 호그와트 성으로 돌아갔다.

카르카로프가 뭘 꾸미고 있는지는 뻔했다. 배에서 몰래 빠져나와 첫 번째 과제가 뭔지 알아내려는 것이다. 어쩌면 해그리드와 막심 교장이 함께 금지된 숲을 돌아다니는 모습을 봤을지도 모른다. 두 사람은 상당한 거리에서도 눈에 띄지 않기가 힘들었으니……. 이제 카르카로프가 할 일은 목소리를 따라가는 것뿐이었다. 그 역시 막심 교장처럼 대표 선수들을 기다리고 있는 게 뭔지 알게 될 것이다. 보아하니, 화요일에 아무것도 모른 채 상대를 마주하게 될 유일한 대표 선수는 세드릭뿐이었다.

성에 도착한 해리는 살금살금 정문으로 들어가 대리석 계단을 오르기 시작했다. 무척 숨이 찼지만 발걸음을 늦출수는 없었다……. 벽난로 앞에 도착해야 할 시간까지 5분도 채 남아 있지 않았다…….

"허튼소리!" 그가 초상화 구멍 앞 액자 속에서 졸고 있던 뚱뚱한 귀부인에게 헐떡거리며 말했다.

"암호를 댄다면야." 그녀는 눈도 뜨지 않고 졸린 듯 중얼거렸다. 그림이 앞으로 홱 열리더니 그를 들여보내 주었다. 해리는 안으로 들어갔다. 휴게실에는 아무도 없었다. 평소와 똑같은 냄새가 나는 걸 보니 헤르미온느가 해리와 시리우스가 몰래 만날 수 있도록 똥폭탄을 터뜨릴 필요는 없었던 것 같았다.

해리는 투명 망토를 벗고 난로 앞 안락의자에 털썩 주저앉았다. 휴게실은 반쯤 어둠에 잠겨 있었으며 난롯불만이 유일하게 빛을 드리우고 있었다. 근처 탁자 위에서 크리비 형제가 고쳐 보려던 '세드릭 디고리를 응원합니다' 배지가 불빛을 받아 번쩍거렸다. 이제 그 배지에는 '포터는 진짜 구려'라고 적혀 있었다. 해리는 다시 벽난로로 시선을 돌렸다가 화들짝 놀랐다.

시리우스의 머리가 불 속에 놓여 있었던 것이다. 위즐리네 부엌에서 디고리 씨의 머리가 똑같이 저러고 있던 걸 보지 못했더라면 무서워서 정신을 잃었을 것이다. 하지만 해리는 그러는 대신 며칠 만에 처음으로 미소를 짓고 허겁지겁 의자에서 일어나 벽난로 앞에 웅크리고 앉았다. "시리우스, 어떻게 지내세요?"

시리우스는 해리의 기억 속 모습과 달랐다. 지난번 작별 인사를 할 때 시리우스는 길고 헝클어진 검은 머리카락이 야위고 퀭한 얼굴을 잔뜩 뒤덮은 모습이었다. 하지만 지금은 머리카락을 단정하니 짧게 잘랐으며 얼굴에는 살이 붙어서 더 젊어 보였다. 지금 그는 해리가 가지고 있는 유일한 시리우스의 사진, 그러니까 포터 부부의 결혼식 사진 속 모습과 훨씬 비슷했다.

"나는 걱정 마라. 넌 어떠니?" 시리우스가 심각한 어조로 물었다.

"저는……." 잠깐 동안 해리는 "괜찮아요"라고 말하려고 애써 봤지만 그럴 수 없었다. 멈출 새도 없이 그는 며칠 동안 한 말을 모두 합친 것보다도 더 많은 이야기를 쏟아 냈다. 자신의 의지로 대회에 참가한 게 아니라는 사실을 아무도 믿지 않은 것, 리타 스키터가 《예언자일보》에 그에 관한 거짓 기사를 실어 놓은 것, 복도를 걸을 때마다 사람들이 어김없이 그를 비웃는다는 것. 그리고 론 이야기도 했다. 론이 그를 믿어 주지 않는 것, 론의 질투에 대해…….

"……그리고 방금 해그리드가 첫 번째 과제에 뭐가 나오는지 보여 줬어요. 용이에요, 시리우스. 전 죽은 거나 마찬가지예요." 그는 절망에 빠진 채 말을 마쳤다.

시리우스가 걱정 가득한 눈으로 그를 바라보았다. 그 눈에는 아직 아즈카반이 그에게 남긴 흔적이 깃들어 있었다. 생기를 잃은, 공포에 질린 듯한 시선. 시리우스는 해리가 말을 마칠 때까지 잠자코 이야기를 듣다가 마침내 입을 열었다. "용이야 어떻게든 처리할 수 있다, 해리. 하지만 그 문제에 관해선 조금 이따 이야기하자. 난 여기 오래 머물수가 없어……. 벽난로를 쓰려고 어느 마법사의 집에 침입했는데, 이 집 사람들이 언제 돌아올지 모르거든. 너한테 경고하고 싶은 게 몇 가지 있다."

"뭔데요?" 해리가 물었다. 사기가 몇 차례나 더 꺾이는 기분이었다……. 설마 용과 맞닥뜨리는 것보다 더 안 좋은 일은 아니겠지?

"카르카로프 얘기다." 시리우스가 말했다. "해리, 그자는 죽음을 먹는 자였어. 죽음을 먹는 자들이 어떤 사람들인지는 알지?"

"네, 카르카로프 교장이…… 뭐라고요?"

"놈은 체포됐었다. 나와 함께 아즈카반에 있었지만 풀려났지. 올해 덤블도어 교수님이 호그와트에 오러를 두려고 한 건 바로 그 때문이었을 거다. 그자를 감시하려는 거지. 무디가 카르카로프를 붙잡았거든. 애초에 그자를 아즈카반에 보낸 사람이 무디야."

"카르카로프가 풀려났다고요?" 해리는 천천히 입을 열었다. 또 하나의 충격적인 정보를 받아들이려니 머리에 과부하가 걸렸다. "왜 풀어 준 거예요?"

"그자는 마법 정부와 거래를 했어." 시리우스가 씁쓸하게 말했다. "지난날의 실수를 반성한다 말하고 동료들의 이름을 불었다……. 그 덕에 수많은 사람이 아즈카반에 들어갔지……. 확실히 그자는 아즈카반에서 별로 인기가 없었단다. 그리고 풀려난 뒤, 내가 아는 한 자기 학교를 거쳐 간 학생 모두에게 어둠의 마법을 가르쳤다. 그러니까 덤스트랭 대표 선수도 조심하거라."

"알겠어요." 해리가 가만히 말했다. "그러면…… 카르카로프가 제 이름을 불의 잔에 넣었다는 말씀이세요? 그랬다면 정말 연기력이 뛰어난데요. 엄청나게 화내는 것 같았거든요. 제가 참가하지 못하게 막고 싶어 했어요."

"그자의 연기력이야 알아주지." 시리우스가 말했다. "마법 정부까지 설득당해서 풀어 줬을 정도니까. 그리고 《예언자일보》를 쭉 보고 있었는데 말이다, 해리……."

"온 세상 사람이 그렇죠." 해리가 비참한 듯 말했다.

"……그런데, 스키터라는 여자가 지난달에 쓴 기사를 읽어 보니 무디가 호그와트에 출근하기 전날 밤 공격을 당했나 보더구나. 그래, 스키터가 그걸 또 한 번의 허위 신고라고 말한다는 건 안다." 해리가 입을 열려는 걸 본 시리우스가 얼른 덧붙였다. "하지만 나는 그게 아닐 거라는 생각이 들어. 누군가 무디가 호그와트에 가는 걸 막으려던 것 같다. 무디가 가까이 있으면 일이 훨씬 어려워지리라는 걸 아는 거야. 아무도 그 일을 자세히 조사하지 않을 거라는 것도 말이야. 매드아이가 침입자들의 소리를 워낙 자주 들었어야 말이지. 하지만 그렇다고 무디가 진짜 위협을 눈치채지 못하는 건 아니거든. 무디는 정부에서 일했던 오러들 가운데 최고였어.”

“그러니까…… 무슨 말씀이세요?” 해리가 천천히 입을
열었다. “카르카로프가 저를 죽이려 한다고요? 근데……
왜요?”

시리우스는 바로 대답하지 못하고 망설였다.

“아주 이상한 소식들이 들리더구나.” 그가 천천히 말을
이었다. “최근 죽음을 먹는 자들이 전보다 더 적극적으로
움직이는 것 같던데. 퀴디치 월드컵에서도 모습을 드러내
지 않았니? 누군가가 어둠의 징표를 쏘아 올렸고, 그런 데
다…… 너도 마법 정부 마법사가 실종된 얘기 들었지?”

“버사 조킨스요?” 해리가 말했다.

“맞다……. 조킨스는 알바니아에서 실종됐어. 바로 볼드
모트가 마지막으로 머물렀다는 소문이 도는 곳이지…….
조킨스라면 트라이위저드 대회가 곧 열릴 거라는 사실을
알지 않았을까?”

“네, 그래도…… 조킨스가 하필 볼드모트와 딱 마주쳤을
리는 없잖아요?” 해리가 물었다.

“잘 들어. 난 버사 조킨스를 안다.” 시리우스가 단호하
게 말했다. “내가 호그와트에 다닐 때 조킨스도 있었거든.
너희 아빠와 나보다 몇 학년 위였어. 멍청이였지. 오지랖

은 넓은데 꾀는 전혀 없었어, 전혀. 조킨스와 알바니아라니, 결코 좋은 조합이 아니란다, 해리. 내가 보기에 조킨스는 함정을 파서 꾀어내기가 아주 쉬운 사람이야."

"그럼…… 그럼 볼드모트가 대회에 대해 알아냈을 수도 있다는 거예요?" 해리가 물었다. "그런 뜻으로 말씀하시는 거예요? 카르카로프가 볼드모트의 명령으로 여기에 온 걸지도 모른다고요?"

"모르겠다." 시리우스가 천천히 말했다. "나도 모르겠어……. 내 생각에 카르카로프는 볼드모트가 자기를 보호해 줄 만큼 강해졌다는 확신이 들기 전에는 그자에게 돌아갈 사람이 아니야. 하지만 불의 잔에 네 이름을 넣은 자가 누구든, 그자에게는 이 대회가 사고로 위장해서 널 공격할 아주 좋은 기회일 거라는 생각을 떨칠 수가 없구나."

"제 처지를 생각해 보면 정말 좋은 계획이네요." 해리가 우울하게 말했다. "그자들은 그냥 뒤로 빠져서 용들이 일을 해치우는 걸 보기만 하면 되니까요."

"맞아, 그 용들 말인데." 시리우스는 이제 아주 빠르게 말하고 있었다. "방법이 하나 있다, 해리. 기절 마법을 쓰고 싶은 유혹에 넘어가선 안 돼. 용들은 아주 강하고 너무도 강력한 마법의 힘을 갖고 있기 때문에 단 한 번의 기절 마법으로는 쓰러뜨릴 수 없다. 용을 쓰러뜨리려면 마법사 여섯 명 정도가 힘을 합쳐야 해."

"네, 알아요. 방금 봤어요." 해리가 말했다.

"하지만 혼자서도 해낼 수 있다." 시리우스가 말했다. "방법이 하나 있어. 간단한 마법 하나면 돼. 그냥……."

하지만 해리는 얼른 손을 들어 조용히 하라는 신호를 보냈다. 갑자기 심장이 터질 듯 두근거렸다. 등 뒤의 나선형 계단을 내려오는 발소리가 들린 것이다.

"가세요!" 그가 시리우스에게 힘주어 속삭였다. "가요! 누가 오고 있어요!"

해리는 허겁지겁 자리에서 일어나 벽난로를 가렸다. 누군가가 호그와트 성벽 안에서 시리우스의 얼굴을 본다면 엄청난 소동이 일어날 것이다. 그럼 마법 정부가 개입할 테고, 그는, 해리는 시리우스의 행방에 대해 취조를 당할 게 뻔했다.

해리는 등 뒤 벽난로에서 작게 '펑' 소리가 나는 것을 듣고 시리우스가 떠났음을 알았다. 그는 나선형 계단 아래쪽을 바라보았다. 대체 누가 새벽 1시에 어슬렁거리고 나와서 그가 시리우스에게서 용을 지나가는 방법도 듣지 못하게 만든 걸까?

그 사람은 론이었다. 고동색 체크무늬 잠옷을 입고 있는 론이 휴게실 맞은편에서 해리를 보고 우뚝 멈춰 섰다가 주위를 둘러보았다.

"누구랑 얘기하고 있었어?" 그가 물었다.

"그게 너랑 무슨 상관인데?" 해리가 으르렁거리듯 말했다. "넌 이 시간에 여기서 뭐 하는 거야?"

"나는 그냥 네가 어디……." 론은 어깨를 으쓱하며 말을 끊었다. "아무것도 아냐. 다시 자러 갈 거야."

"뭘 그렇게 쑤시고 다니는 건데?" 해리가 소리쳤다. 그는 론이 자기가 어떤 순간에 끼어들었는지 전혀 모른다는 사실을 잘 알고 있었다. 일부러 그런 게 아니라는 것도 알았다. 하지만 상관없었다. 이 순간 그는 론의 모든 것이 싫었다. 론의 잠옷 바지 아래로 살짝 드러난 맨 발목까지.

"미안하게 됐다." 론이 화가 나서 얼굴을 붉히며 말했다. "네가 방해받기 싫어할 거라는 걸 알았어야 했는데. 방해하지 않을 테니까 다음 인터뷰 연습이나 계속해."

해리는 '포터는 진짜 구려' 배지를 탁자에서 집어 들고 있는 힘껏 휴게실 건너편으로 던졌다. 배지는 론의 이마에 맞고 튕겨 나왔다.

"자, 됐지?" 해리가 말했다. "화요일에 달고 나가. 운이

좋다면 흉터가 생겼을지도 모르겠네⋯⋯. 네가 원하는 게
그거 아니야?"

　그는 휴게실을 가로질러 나선형 계단 쪽으로 성큼성큼
걸어갔다. 마음 한구석에서는 론이 붙잡아 주기를 기대하
는 마음도 있었다. 론이 자신을 한 대 쳤다면 차라리 기분
이 나았을 것이다. 하지만 론은 너무 작아져 버린 잠옷을
입고 그냥 그 자리에 서 있었다. 해리는 쿵쿵거리며 위층
으로 올라가 침대에 누워 오랫동안 식식댔다. 그래도 론이
침실로 올라오는 소리는 들리지 않았다.

20장
첫 번째 과제

　일요일 아침에 잠에서 깨어난 해리는 완전히 넋이 나간 상태로 옷을 입느라 양말 대신 모자를 신으려 애쓰고 있었다는 것도 한참이 지나서야 깨달았다. 마침내 모든 옷을 제대로 된 신체 부위에 착용한 그는 서둘러 헤르미온느를 찾으러 나갔다. 그가 발견했을 때 헤르미온느는 대연회장의 그리핀도르 식탁에서 지니와 함께 아침을 먹고 있었다. 해리는 도저히 식사를 할 기분이 아니었기 때문에, 헤르미온느가 남아 있는 포리지 한 숟갈을 마저 먹을 때까지 기다렸다가 그녀를 끌고 또 한 번 산책을 하러 교정으로 나갔다. 그곳에서 그는 호수 주위를 오랫동안 거닐면서 그녀에게 용에 대해, 시리우스가 한 말에 대해 모두 털어놓았다.

카르카로프에 관한 시리우스의 경고에 깜짝 놀라면서도 헤르미온느는 용이 더욱 시급한 문제라고 말했다.

"일단 화요일 저녁까지 살아남고 보자." 그녀가 절박하게 말했다. "카르카로프 걱정은 그다음에도 할 수 있어."

그들은 용을 제압할 간단한 마법을 떠올리려고 애쓰며 호수 주위를 세 바퀴 돌았다. 아무것도 생각나지 않았으므로 그들은 대신 도서관으로 갔다. 그곳에서 해리는 용에 관해 찾을 수 있는 책은 모조리 꺼내 놓았다. 그러고 나서 두 사람 모두 높이 쌓인 책 더미를 뒤지기 시작했다.

"'마법으로 발톱 깎는 법'…… '비늘 피부병을 치료하는'…… 이런 건 아무런 쓸모도 없어. 이건 용들을 건강하게 기르고 싶어 하는 해그리드 같은 정신 나간 사람들이 보는 책이야……."

"'용을 죽이는 것은 굉장히 어려운 일이다. 용의 두꺼운 가죽에 깃들어 있는 고대의 마법 때문이다. 그 가죽은 가장 강력한 마법으로만 꿰뚫을 수 있다'……. 하지만 시리우스는 간단한 마법으로도 할 수 있을 거랬잖아……."

"그럼 간단한 마법들을 좀 찾아보자." 해리가 《용을 지나치게 사랑하는 사람들》을 옆으로 치우며 말했다.

그는 마법 책을 한 더미 가지고 돌아와 탁자에 내려놓고 한 장 한 장 넘겨 보기 시작했다. 헤르미온느가 그의 옆에서 쉴 새 없이 소곤거렸다. "음, 바꾸기 마법이네……. 근데 바꾸기를 해서 뭘 해? 용의 송곳니를 젤리로 바꿀 게 아니라면 말이야. 그럼 덜 위험하긴 하겠지만……. 문제는, 책에서 말하듯이 용의 가죽을 뚫을 수 있는 게 별로 없다는 거지……. 변신을 시키면 어떨까 싶지만, 그렇게 큰 걸 상대로는 사실 희망이 없어. 맥고나걸 교수님이라 해도……. 네가 *너 자신*한테 마법을 거는 거라면 모를까. 어쩌면 어떤 능력을 갖게 될 수도 있지 않을까? 하지만 *그런 건* 간단한 마법이 아니야. 그러니까 내 말은, 수업 시간에는 그런 걸 해 본 적이 한 번도 없잖아. 내가 그 마법을 아는 건 그저 O.W.L. 기출문제를 풀어 보고 있어서……."

"헤르미온느." 해리가 이를 악물고 말했다. "잠깐만 입 좀 다물어 줄래? 집중하려고 애쓰는 중이거든."

하지만 헤르미온느가 입을 다물고 나서도 해리의 머릿속은 아무 의미 없는 윙윙거리는 소리로만 가득 차 있었다. 이 소리 역시 집중할 공간을 내줄 생각이 없는 듯했다. 그는 절망스러운 심정으로 《급하고 곤란한 사람들을 위한 기초 공격 마법》의 차례를 내려다보았다. '즉석 탈모'…… 하지만 용한테는 머리카락이 없었다……. '후추 입김'…… 이건 아마도 용의 화력만 더 강화시킬 것 같았다……. '뿔 혓바닥'…… 바로 이거구나, 용에게 무기를 또 하나 더해 줄 방법이…….

"이런, 안 돼. 또 왔잖아. 왜 그 웃기게 생긴 배에서 책을 읽지 못하는 거야?" 헤르미온느가 짜증을 내며 말했다. 빅토르 크룸이 특유의 구부정한 자세로 도서관 안으로 들어와 무뚝뚝한 눈으로 두 사람을 한번 바라보더니 책 한 더미를 들고 멀리 떨어진 구석에 자리를 잡았다. "가자, 해리. 휴게실로 돌아가야겠어……. 조금 있으면 쟤 팬클럽이 시끄럽게 재잘거리면서 몰려올 테니까……."

아니나 다를까, 두 사람이 도서관을 나설 때쯤 한 무리의 여학생들이 발뒤꿈치를 들고 그들을 지나쳐 도서관으로 들어갔다. 그중 한 명은 허리에 불가리아 스카프를 매고 있었다.

해리는 그날 밤 거의 잠을 이루지 못했다. 월요일 아침에 깨어났을 때 그는 난생처음 호그와트에서 그냥 도망쳐 버리는 것을 진지하게 고려했다. 하지만 아침 식사 시간에 대연회장을 둘러보면서 성을 떠난다는 것이 그에게 어떤 의미인지 생각하고 결코 그럴 수 없다는 사실을 깨달았다. 호그와트는 그가 행복을 느낀 유일한 장소였다……. 물론 부모님과 함께 살았을 때도 분명 행복했을 테지만 그건 기억나지 않으니까.

왠지는 몰라도, 프리빗가로 돌아가 더들리와 함께하느니 여기에 남아 용과 대결하는 게 낫다는 사실을 깨닫자 기분이 나아졌다. 조금 차분해지기도 했다. 그는 간신히 베이컨을 마저 먹고(목구멍이 잘 움직여 주지 않았다) 헤르미온느와 함께 자리에서 일어났다. 그때 후플푸프 식탁에서 일어서는 세드릭 디고리의 모습이 보였다.

세드릭은 아직 용에 대해 모르고 있었다……. 막심과 카르카로프가 플뢰르와 크룸에게 말해 줬을 거라는 해리의 짐작이 맞다면, 세드릭은 과제 내용을 모르는 유일한 대표 선수였다.

"헤르미온느, 온실에서 보자." 대연회장을 나서는 세드릭을 보고 결심을 굳힌 해리가 입을 열었다. "빨리 가. 곧 따라갈게."

"해리, 그러다 늦어. 좀 있으면 종이 울린……."

"금방 갈게. 알았지?"

해리가 대리석 계단 아래 도착했을 때 세드릭은 계단 맨 꼭대기에 올라가 있었다. 6학년 친구들 여럿과 함께였다.

그들 앞에서 세드릭과 이야기를 나누고 싶지는 않았다. 그들도 해리가 지나갈 때마다 리타 스키터의 기사를 읊어 대던 사람들 가운데 하나였던 것이다. 멀찍이서 세드릭을 따라가던 해리는 그가 일반 마법 교실이 있는 복도로 가고 있다는 것을 알았다. 그러자 좋은 생각이 떠올랐다. 그는 세드릭 일행과 조금 떨어진 곳에 멈춰 서서 마법 지팡이를 꺼내 들고 조심스럽게 목표물을 겨눴다.

"디핀도!"

세드릭의 가방이 찢어졌다. 가방에 들어 있던 양피지, 깃펜, 책 등이 바닥으로 쏟아졌다. 잉크병 몇 개는 박살이 나고 말았다.

"신경 쓰지 마." 친구들이 그를 도와주려고 허리를 구부리자 세드릭이 살짝 짜증이 깃든 목소리로 말했다. "플리트윅 교수님한테 내가 곧 간다고 말씀드려 줘. 어서……."

해리가 바라던 그대로였다. 그는 마법 지팡이를 로브에 슬쩍 집어넣고 세드릭의 친구들이 교실로 사라질 때까지 기다렸다가 얼른 복도를 걸어갔다. 이제 복도에는 그와 세드릭밖에 없었다.

"안녕." 세드릭이 잉크가 튄 《고급 변환 마법 지침서》를 집어 들며 말을 걸었다. "방금 가방이 찢어지는 바람에…… 다 새겨였는데…….”

“세드릭.” 해리가 말했다. “첫 번째 과제는 용이야.”

“뭐?” 세드릭이 고개를 들었다.

“용이라고.” 언제라도 플리트윅 교수가 밖으로 나와 세드릭이 왔는지 확인할 수 있었기에 해리는 되도록 빠르게 설명했다. “네 마리가 있어. 각자 한 마리씩 맡는 거야. 그 용들을 지나가야 해.”

세드릭이 그를 뚫어지게 바라보았다. 해리는 세드릭의 회색 눈에서 토요일 밤 이래 자신이 느꼈던 공포가 번뜩이는 것을 보았다.

“확실해?” 세드릭이 목소리를 낮추고 물었다.

“틀림없어.” 해리가 말했다. “내가 봤어.”

“그런데 그걸 어떻게 알았어? 우리는 알면 안 되잖…….”

“그건 신경 쓰지 마.” 해리가 재빨리 말했다. 진실을 말했다간 해그리드가 곤란해질 게 틀림없었다. “근데 나만 아는 건 아니야. 플뢰르랑 크룸도 지금쯤 알고 있을 거야. 막심이랑 카르카로프 둘 다 용을 봤거든.”

세드릭은 허리를 폈다. 잉크로 더러워진 깃펜과 양피지, 책을 한 아름 안은 그의 어깨에서 찢어진 가방이 달랑거렸다. 그는 해리를 빤히 바라보았다. 그의 눈에 어리둥절하면서도 의심에 가까운 빛이 떠올라 있었다.

"왜 나한테 말해 주는 거야?" 그가 물었다.

해리는 기가 막히다는 듯 그를 바라보았다. 세드릭이 두 눈으로 직접 그 용들을 봤다면 이런 바보 같은 질문은 던지지 않았을 것이다. 해리는 아무리 철천지원수라도 아무 준비도 없이 그런 괴물들과 마주하게 놔둘 수 없었다. 뭐, 말포이나 스네이프라면 모르겠지만…….

"그냥…… 그래야 공평하잖아?" 그가 세드릭에게 말했다. "이제 우리 모두가 알고 있어……. 같은 출발선에 선 거야. 그치?"

세드릭은 여전히 조금 의심스럽다는 표정으로 그를 바라보고 있었다. 그때 뒤에서 귀에 익은 턱턱 소리가 들려왔다. 고개를 돌리자 근처 교실에서 매드아이 무디가 나오고 있었다.

"따라와라, 포터." 그가 거친 목소리로 말했다. "디고리, 너는 가거라."

해리는 걱정스러운 눈으로 무디를 바라보았다. 그들이 하는 말을 들은 걸까? "어, 교수님, 저는 약초학 수업을 들으러 가야 하는……."

"그건 신경 쓰지 마라, 포터. 내 연구실로 따라오거라."

해리는 이제 또 무슨 일이 벌어지려나 궁금해하며 그를 따라갔다. 용에 관해서 어떻게 알아냈는지 무디가 알고 싶어 하면 어떻게 하지? 무디는 덤블도어에게 가서 해그리드가 한 짓을 말해 버릴까? 아니면 그냥 그를 족제비로 만들어 버리는 건 아닐까? 뭐, 족제비가 된다면 용을 지나가기 쉬울지 모르겠다고, 해리는 멍하니 생각했다. 덩치가 작아지면 아무래도 15미터 높이에서 내려다보는 용의 눈에 포착되기 훨씬 어려워질 테니까⋯⋯.

해리는 무디를 따라 그의 연구실로 들어갔다. 무디는 문을 닫고 해리를 돌아보았다. 멀쩡한 눈뿐만 아니라 마법 눈마저 그에게 고정되어 있었다.

"방금 한 일은 아주 훌륭했다, 포터." 무디가 조용히 입을 열었다.

해리는 뭐라고 대꾸해야 할지 알 수 없었다. 예상했던 반응과 전혀 달랐기 때문이었다.

"앉아라." 무디가 말하자 해리는 자리에 앉아 주위를 둘러보았다.

그는 이 연구실에 와 본 적이 있었다. 옛 주인 두 명이 이곳을 쓰고 있을 때였다. 록하트 교수가 있을 때는 환하게 웃으며 눈을 찡긋거리는 록하트 교수 본인의 사진으로 벽이 도배되어 있었다. 루핀이 쓰던 시절에는 수업에 사용하기 위해 그가 직접 구해 온 처음 보는 흥미로운 어둠의 생물 표본들을 볼 수 있었다. 그리고 지금의 연구실은 무디가 오러였을 때 사용했던 것으로 짐작되는 아주 특이한 물건들로 가득했다.

금이 간 커다란 유리 팽이 같은 것이 책상 위에 놓여 있었다. 해리는 그것이 스니코스코프라는 것을 한눈에 알아보았다. 무디의 것보다 훨씬 작지만 그도 똑같은 것을 하나 가지고 있었기 때문이다. 작은 탁자 한 귀퉁이에는 몹시 구불구불한 황금색의 TV 안테나 같은 물건이 놓여 희미하게 웅웅거리는 소리를 내고 있었다. 해리 맞은편에는 거울처럼 생긴 것이 벽에 걸려 있었는데, 방 안에 있는 어떤 것도 거기에 비치지 않았다. 그림자 같은 형상들이 그 안에서 움직이고 있었지만 그중 어느 것도 또렷하게 보이지 않았다.

"어둠의 마법 탐지기들이 마음에 드냐?" 가까이서 해리를 지켜보던 무디가 물었다.

"저건 뭐예요?" 해리가 구불구불한 황금색 안테나를 가리키며 물었다.

"거짓말 감지기다. 뭔가 숨겨진 것이나 거짓말을 감지하면 진동하지. ……물론 여기에서는 전파 방해가 너무 많아서 쓸모가 없다. 사방에 왜 숙제를 안 해 왔는지 거짓말을 하는 학생들투성이니까. 내가 여기에 온 뒤로 계속 진동하고 있다. 스니코스코프도 삑삑 소리를 멈추지 않기에 망가뜨려야 했지. 굉장히 예민해서 반경 1.5킬로미터 내에서 벌어지는 일들을 모두 잡아내거든. 물론, 학생들의 거짓말 같은 것보다 더 많은 것을 알아낼 수 있지." 그는 걸걸한 목소리로 덧붙였다.

"저 거울은요?"

"아, 저건 적 탐지경이다. 저기 살금살금 돌아다니는 놈들이 보이지? 놈들의 눈이 하얗게 뒤집어지기 전까지는 사실 위험하지 않아. 그때가 바로 내 가방을 열 때지."

그는 짧고 거친 웃음을 흘리더니 창문 아래 놓여 있는 커다란 짐 가방을 가리켰다. 가방에는 열쇠 구멍 일곱 개가 한 줄로 죽 달려 있었다. 해리는 가방 안에 뭐가 들어 있을지 궁금해졌다. 그때 이어지는 무디의 물음이 그를 곧바로 현실로 돌려놓았다.

"그래…… 용에 대해 알아냈다 이거지?"

해리는 망설였다. 걱정하던 일이 벌어졌다. 하지만 그는 세드릭에게 해그리드가 규칙을 어기고 그에게 과제에 대해 말해 주었다는 얘기를 하지 않았다. 무디에게도 결코 하지 않을 작정이었다.

"괜찮다." 무디가 자리에 앉아 신음을 토하며 나무다리를 쭉 뻗고 말했다. "속임수는 트라이위저드 대회의 전통이지. 항상 그랬다."

"전 속임수를 쓰지 않았어요." 해리가 날카롭게 반박했다. "그건…… 우연히 알게 된 거예요."

무디가 씩 웃었다. "널 나무라는 게 아니다, 이 녀석아. 나는 처음부터 덤블도어에게 고고하게 굴고 싶다면 어쩔 수 없지만 카르카로프 녀석과 막심한테 그런 걸 바라지는 말라고 했다. 그들은 자기 대표 선수한테 알려 줄 수 있는 건 모두 알려 줬을 거야. 이기고 싶어 하니까. 그들은 덤블도어를 꺾고 싶어 한다. 덤블도어도 한낱 인간일 뿐이라는 걸 증명하고 싶어 하지."

무디가 거칠게 웃자 그의 마법 눈이 아주 빠르게 빙글빙글 돌았다. 그걸 보고 있으니 머리가 어지러웠다.

"그래서…… 용을 지나갈 방법은 아직 알아내지 못했느냐?" 무디가 물었다.

"네."

"글쎄, 나도 말해 주진 않을 거다." 무디가 걸걸한 목소리로 말했다. "편애하는 모습을 보이면 안 되지. 그냥 적당

한, 일반적인 조언만 해 주마. 첫째…… *너의 강점을 활용
해라.*"

"저는 강점이 없는데요." 해리는 자기도 모르게 그렇게
내뱉었다.

"이봐." 무디가 으르렁거렸다. "내가 강점이 있다고 하면
있는 거다. 생각해 봐라. 네가 가장 잘하는 게 뭐지?"

해리는 정신을 집중하려고 애썼다. 그가 가장 잘하는 것
이 과연 뭘까? 그래, 그건 사실 쉬웠다.

"퀴디치요." 그가 멍하니 중얼거렸다. "엄청나게 도움이
되겠……."

"그래, 맞다." 무디가 해리를 뚫어지게 바라보며 말했다.
마법 눈도 거의 움직이지 않았다. "듣자 하니 네 비행 기술
이 끝내준다더구나."

"네, 하지만……." 해리는 그를 빤히 쳐다보았다. "빗자
루를 가지고 갈 수 없잖아요. 저는 마법 지팡이만……."

"두 번째 해 줄 일반적인 조언은" 하고, 무디가 해리의 말
을 끊으며 큰 소리로 말했다. "*네가 필요로 하는 것을 얻게
해 줄 그럴싸하고 간단한 마법을 사용하라는 거다.*"

해리는 멍하니 그를 바라보았다. 그가 필요로 하는 것이
뭘까?

"이 녀석아⋯⋯." 무디가 속삭였다. "그 두 가지 조언을 잘 엮어 봐라⋯⋯. 그렇게 어렵지 않아⋯⋯."

그때 퍼뜩 떠올랐다. 그가 가장 잘하는 건 비행이었다. 그는 하늘을 날아서 용을 지나가야 했다. 그러려면 파이어볼트가 필요했다. 그리고 파이어볼트를 얻으려면⋯⋯.

"헤르미온느." 10분 뒤 3번 온실로 달려 들어간 해리는 허둥지둥 스프라우트 교수를 지나가면서 죄송하다고 말한 뒤 헤르미온느에게 가서 속삭였다. "헤르미온느, 네 도움이 필요해."

"그럼 넌 내가 지금껏 뭘 하고 있었다고 생각하는 거야?" 그녀가 마주 속삭였다. 떨고 있는 파닥파닥 덤불의 가지를 치는 그녀가 불안으로 눈을 휘둥그렇게 떴다.

"헤르미온느, 나는 내일 오후까지 소환 마법을 제대로 익혀야 해."

그래서 그들은 연습을 시작했다. 그들은 점심도 먹지 않고 빈 교실로 갔다. 그곳에서 해리는 다양한 물건들이 자신을 향해 날아오게 하려고 온 힘을 기울였다. 하지만 여전히 문제가 있었다. 책과 깃펜 들은 교실을 날아오는 도중 계속 힘을 잃고 돌멩이처럼 쿵쿵 떨어졌다.

"집중해, 해리. 집중……."

"넌 내가 뭘 하려 한다고 생각해?" 해리가 화를 내며 말했다. "망할 놈의 거대 용이 계속 머릿속에 떠올라서 그런단 말이야. 도대체가 이유를 모르겠네……. 좋아, 다시 해 보자……."

그는 점술 수업을 빼먹고 계속 연습하고 싶었지만 헤르미온느는 숫자점 수업에 절대 빠지지 않겠다고 딱 잘라서 거절했다. 그녀 없이 연습을 계속해 봐야 아무 소용 없었다. 그래서 해리는 한 시간이 넘도록 트릴로니 교수를 견뎌야 했다. 그녀는 이 순간 토성과 관련된 화성의 위치는 7월에 태어난 사람들이 갑작스럽고 끔찍한 죽음의 위험에 처해 있다는 것을 의미한다고 말하는 데 수업 시간의 절반을 할애했다.

"뭐, 잘됐네요." 해리가 성질을 이기지 못하고 큰 소리로 말했다. "질질 끄는 죽음은 아니라서. 아픈 건 싫거든요."

론은 잠깐 웃음을 터뜨릴 것 같은 표정을 지었다. 며칠 만에 처음으로 그와 확실히 눈을 마주쳤지만 거기에 신경 쓰기에 해리는 아직 론에게 맺힌 게 많았다. 해리는 마법 지팡이를 사용해 탁자 밑으로 작은 물건들을 끌어당기려고 애쓰며 남은 수업 시간을 보냈다. 그는 날벌레 한 마리가 손으로 곧장 날아들게 만들 수 있었다. 그게 소환 마법 때문인지는 확신할 수 없었지만. 아니면 그냥 벌레가 멍청했던 것일지도 몰랐다.

점술 수업이 끝나자 그는 저녁을 억지로 입안에 밀어 넣은 뒤, 교수들의 눈을 피하려고 투명 망토를 쓴 채 헤르미온느와 함께 다시 빈 교실로 향했다. 그들은 자정이 지날 때까지 계속 연습했다. 더 오래 있으려고 했지만 피브스가 나타나 해리가 자기에게 물건을 던지려 한다는 양 의자들을 집어던지기 시작했다. 해리와 헤르미온느는 그 소리가 필치의 주의를 끌기 전에 서둘러 교실을 나가 그리핀도르 휴게실로 돌아갔다. 고맙게도 그곳은 비어 있었다.

새벽 2시, 해리는 책, 깃펜, 뒤집힌 의자 몇 개, 낡은 곱스톤 게임 세트, 네빌의 두꺼비 트레버 등 온갖 물건에 둘러싸인 채 벽난로 앞에 서 있었다. 마지막 순간 그는 간신히 소환 마법의 요령을 터득했다.

"좀 낫다, 해리. 훨씬 나아졌어." 헤르미온느가 기진맥진하면서도 무척 기쁜 표정으로 말했다.

"음, 이제 마법을 성공시키지 못할 경우 뭘 해야 하는지 알겠어." 해리가 다시 연습해 보기 위해 룬문자 사전을 헤르미온느에게 던지며 말했다. "누가 나를 용으로 위협하면 돼. 좋아⋯⋯." 그는 다시 마법 지팡이를 들어 올렸다. "아씨오 사전!"

무거운 책이 헤르미온느의 손에서 솟아오르더니 휴게실을 가로질러 날아왔다. 해리는 사전을 잡았다.

"해리, 너 정말로 소환 마법을 터득한 것 같아!" 헤르미온느가 기뻐하며 말했다.

"내일도 통해야 할 텐데." 해리가 말했다. "파이어볼트는 여기 있는 물건들보다 훨씬 멀리 떨어져 있잖아. 파이어볼트는 성안에 있고 나는 저 바깥 교정에 있을 테니까⋯⋯."

"그건 상관없어." 헤르미온느가 단호하게 말했다. "정말로 온 정신을 집중하면 날아올 거야. 해리, 가서 자는 게 좋겠어⋯⋯. 넌 좀 자 둬야 해."

그날 저녁에는 소환 마법을 익히는 데 너무 집중한 나머지 걷잡을 수 없이 밀려들던 두려움도 어느 정도 사라졌다. 하지만 다음 날 아침이 되자 그 두려움은 고스란히 되살아났다. 학교는 긴장과 흥분의 도가니였다. 모든 학생이 용 울타리로 몰려갈 수 있도록 수업은 정오에 끝날 예정이었다. 물론 그들은 거기에서 무엇을 보게 될지 아직 모르고 있었다.

해리는 사람들이 지나가는 그에게 행운을 빌어 주든, "눈물 닦을 수 있게 휴지 준비해 갈게, 포터" 하면서 비웃든, 주위에 있는 모두와 묘하게 동떨어진 기분을 느꼈다. 너무 긴장한 나머지, 사람들이 그를 용이 있는 곳으로 데려가려 할 때 갑자기 미쳐서 눈앞에 보이는 모든 사람에게 저주 마법을 거는 건 아닐까 하는 생각도 들었다.

시간은 어느 때보다도 유난스럽게 굴면서, 큼직한 덩어리로 나뉘어 쏜살같이 지나갔다. 어느 순간 첫 수업인 마법의 역사 시간에 앉아 있는 듯했는데, 다음 순간에는 점심을 먹으러 가고 있는 것만 같은 기분이 들었다……. 그리고 나자(오전은 다 어디로 갔지? 용이 없는 마지막 몇 시간 말이야) 맥고나걸 교수가 대연회장으로 들어와 황급히 그에게 다가왔다. 수많은 사람의 눈길이 쏠렸다.

"포터, 대표 선수들은 이제 교정으로 나가야 한다……. 첫 번째 과제를 준비해야 해."

"네." 해리가 자리에서 일어서며 말했다. 포크가 쨍강 소리를 내면서 접시에 떨어졌다.

"행운을 빌게, 해리." 헤르미온느가 속삭였다. "괜찮을 거야!"

"응." 거의 자신의 것처럼 들리지 않는 목소리로 해리가 말했다.

그는 맥고나걸 교수와 함께 대연회장을 나섰다. 그녀도 평소와는 전혀 다른 모습이었다. 사실, 그녀는 헤르미온느만큼이나 불안해하는 듯했다. 그녀는 돌계단을 내려가 싸늘한 11월의 오후 공기 속으로 해리를 데리고 나가면서 그의 어깨에 손을 올렸다.

"자, 당황하지 말거라." 그녀가 말했다. "냉정을 유지해…… 뜻밖의 상황이 벌어져도 그 상황을 통제할 마법사들이 있다…… 중요한 건 최선을 다하는 거야. 그러면 아무도 너를 한심하다고 생각하지 않을 거다. ……괜찮니?"

"네." 해리는 자신의 말소리를 들었다. "네, 괜찮아요."

그녀는 금지된 숲 가장자리를 돌아 그를 용들이 있는 곳으로 데려갔다. 나무 수풀 뒤로 용 울타리가 선명하게 보일 만큼 가까이 다가갔을 때 해리는 용들이 아닌 커다란 천막을 보았다. 그들을 마주 보고 있는 천막 입구가 용들의 모습을 시야에서 가리고 있었다.

"너는 다른 대표 선수들과 함께 여기에 있다가 들어갈 거야." 맥고나걸 교수가 상당히 떨리는 목소리로 말했다. "여기서 네 차례를 기다릴 거다, 포터. 배그먼 장관님이 안에 계신다……. 그분이 너한테 저, 절차를 말해 주실 거다.
……행운을 비마."

"고맙습니다." 해리는 높낮이 없는 무심한 목소리로 말
했다. 그녀는 천막 입구에 해리를 남겨 두고 떠났다. 해리
는 천막 안으로 들어갔다.

한구석에는 플뢰르 들라쿠르가 나직한 나무 의자에 앉아
있었다. 평소 여유 만만했던 모습은 온데간데없이, 그녀는
하얗게 질린 얼굴로 식은땀을 흘리고 있었다. 빅토르 크룸
은 평소보다도 더 뚱한 표정이었는데, 해리는 그것이 그 나
름대로 배짱을 과시하는 방법이라고 생각했다. 세드릭은
이리저리 서성거리고 있었다. 해리가 들어오자 그는 엷은
미소를 지었고 해리도 마주 웃어 주었다. 얼굴 근육이 미소
짓는 법을 잊어버린 듯 제대로 움직이지 않았다.

"해리! 잘 왔다!" 배그먼이 그를 보며 흡족한 듯 말했다.
"들어와라, 들어와. 편하게 있어라!"

창백하게 질린 대표 선수들 사이에 서 있는 배그먼의 모
습은 어쩐지 조금 과장된 만화 속 등장인물처럼 보였다. 그
는 그때의 와스프스 로브를 다시 입고 있었다.

"자, 이제 모두 모였으니, 자세히 설명해 줄 때가 됐군!"
배그먼이 밝은 목소리로 말했다. "관중이 모이면 내가 너

희 한 명 한 명에게 이 자루를 내밀 거다." 그는 보라색 비단으로 만든 작은 자루를 들고 흔들어 보였다. "너희는 여기에서 각자가 마주하게 될 상대의 조그만 모형을 고르게 될 거야! 그게, 어…… 다양한 종류가 있거든. 그리고 또 말해 줄 게 있는데…… 아, 그래…… 너희가 해내야 할 과제는 황금 알 가져오기야!"

해리는 주위를 힐끔 둘러보았다. 세드릭은 배그먼의 말을 이해했다는 듯 한 차례 고개를 끄덕이더니 천막 안을 다시 서성거리기 시작했다. 그의 얼굴은 약간 파랗게 질려 있었다. 플뢰르 들라쿠르와 크룸은 아무런 반응도 보이지 않았다. 입을 열었다간 구역질을 할지도 모른다고 생각하는 것 같았다. 해리도 꼭 그런 기분이었다. 그렇지만 저들은 적어도 자발적으로 참가하지 않았나…….

곧이어 천막 앞을 지나가는 수많은 발소리가 들렸다. 발소리의 주인들은 웃고 농담을 하면서 신나게 이야기를 나누고 있었다……. 해리는 그들이 다른 종족이라도 되는 것처럼 동떨어진 기분을 느꼈다. 잠시 후(해리에게는 1초 정도로 느껴졌는데) 배그먼이 보라색 비단 자루를 열었다.

"숙녀 먼저." 그가 플뢰르 들라쿠르에게 자루를 내밀며 말했다.

그녀는 떨리는 손을 자루에 넣어 용과 똑같이 생긴 조그만 모형을 꺼냈다. 웨일스 그린이었다. 목에는 숫자 '2'가 묶여 있었다. 해리는 플뢰르가 조금도 놀란 기색을 보이지 않고 오히려 체념한 듯 결연한 표정을 짓는 모습을 보고 자신의 생각이 맞았다는 사실을 깨달았다. 막심 교장이 그녀에게 어떤 과제가 나올지 말해 준 것이다.

크룸도 마찬가지였다. 그는 진홍색 중국 파이어볼을 꺼냈다. 목에 숫자 '3'이 묶여 있었다. 그는 눈 한 번 깜빡하지 않고 그냥 바닥만 내려다보았다.

세드릭이 자루에 손을 넣었다. 이번에 나온 것은 청회색의 스웨덴 쇼트스나우트로, 목에는 숫자 '1'이 묶여 있었다. 해리는 뭐가 남아 있는지 알면서 비단 자루에 손을 넣어 숫자 '4'가 묶인 헝가리 혼테일을 꺼냈다. 해리가 내려다보자 그것은 날개를 펼치며 조그만 송곳니를 드러냈다.

"자, 됐다!" 배그먼이 말했다. "너희 각자가 상대할 용을 꺼낸 거다. 숫자는 너희가 용과 대면할 순서를 가리킨다. 이해했니? 자, 나는 잠시 후에 가 봐야 돼. 중계를 맡았거든. 디고리 군, 네가 첫 번째야. 호루라기 소리가 들리면 바로 울타리로 들어가라. 알겠지? 자…… 해리…… 잠깐 얘기 좀 할 수 있을까? 밖에서 말이야."

"어…… 네." 해리가 멍하니 대답했다. 그는 자리에서 일어나 배그먼과 함께 천막을 나섰다. 그는 조금 떨어진 곳의 나무들 사이로 해리를 데려가더니 아버지같이 자상한 표정을 지으며 그를 돌아보았다.

"기분은 괜찮니, 해리? 내가 도와줄 일은 없고?"

"네?" 해리가 말했다. "전…… 아뇨, 없어요."

"계획은 있어?" 배그먼이 음모라도 꾸미듯 목소리를 낮추고 말했다. "뭐랄까, 괜찮다면 내가 몇 가지 조언을 해줄까 해서 말이야." 배그먼이 목소리를 더욱 낮추며 말을 이었다. "여기서 네가 제일 약하잖니, 해리……. 뭐든 내가 도울 수 있는 게 있으면……."

"아니에요." 해리가 말했다. 대답이 너무 빨라 무례하게 들렸을 게 뻔했다. "아뇨, 저, 저는 뭘 할지 결정했거든요. 고맙습니다."

"아무도 모를 거야, 해리." 배그먼이 그에게 눈을 찡긋하며 말했다.

"아뇨, 괜찮아요." 해리가 말했다. 왜 계속 사람들에게 괜찮다는 말을 하고 있는지, 과연 지금보다 덜 괜찮았던 적이 있기는 한지 의아했다. "계획을 세워 놨어요. 저는……."

어딘가에서 호루라기 소리가 들렸다.

"세상에, 뛰어야겠다!" 배그먼은 깜짝 놀라 말하더니 얼른 자리를 떴다.

해리는 다시 천막으로 향했다. 세드릭이 새파랗게 질린 얼굴로 천막에서 나오는 모습이 보였다. 해리는 그가 지나갈 때 행운을 빌어 주고 싶었지만, 입에서는 거칠게 끙 하는 소리만 나올 뿐이었다.

해리는 플뢰르와 크룸이 있는 천막 안으로 들어갔다. 곧 관중의 함성이 들렸다. 세드릭이 울타리에 들어가 그가 뽑은 모형의 실물을 마주하고 있다는 뜻이었다…….

가만히 앉아 귀를 기울이는 일은 상상한 것보다 더 끔찍했다. 세드릭이 스웨덴 쇼트스나우트를 지나가려고 할 때마다 관중은 몸 하나에 머리가 여러 개 달려 있는 것처럼 동시에 소리를 지르고…… 고함을 치고…… 숨을 들이켰다. 크룸은 여전히 땅만 응시하고 있었다. 이제는 플뢰르가 세드릭이 지나갔던 자리를 되짚으며 천막 안을 빙빙 돌고 있었다. 게다가 배그먼의 중계는 모든 것을 훨씬, 훨씬 끔찍하게 여기도록 만들었다……. "아아아, 아슬아슬하게 비껴 나갔습니다, 정말 아슬아슬했습니다"라든가 "저건 위험을 무릅쓰는 행동인데요!"라든가 "영리한 움직임! 통하지 않다니 아쉽군요!" 같은 말을 듣고 있으려니 머릿속에서 끔찍한 장면들이 떠올랐다.

잠시 후 15분쯤 지났을 때 귀청이 터질 것 같은 함성이 들려왔다. 그것이 뜻하는 바는 단 하나였다. 세드릭이 용을 지나가서 황금 알을 잡은 것이다.

"아주 훌륭합니다!" 배그먼이 소리쳤다. "자, 심사위원단의 점수입니다!"

하지만 그는 점수를 외치지 않았다. 해리는 심사위원들이 점수를 들어 관중에게 보여 주고 있는 모양이라고 생각했다.

"한 명은 통과했고, 이제 세 사람이 남았습니다!" 다시 호루라기 소리가 울리자 배그먼이 외쳤다. "들라쿠르 양, 나와 주세요!"

플뢰르는 머리끝부터 발끝까지 부들부들 떨고 있었다. 머리를 꼿꼿이 들고 지팡이를 꽉 잡은 채 천막을 나서는 그녀의 모습이 해리에게는 어느 때보다 더 친근하게 느껴졌다. 그와 크룸은 단둘이 남겨진 채 각자 천막 맞은편에서 서로의 시선을 피하고 있었다.

똑같은 과정이 반복되었다…… "아, 저게 영리한 행동인지 모르겠네요!" 배그먼이 신이 나서 외치는 소리가 들렸다. "아…… 아슬아슬합니다! 이제 조심해야겠군요…….

세상에, 성공하는 줄 알았습니다!"

10분 뒤, 해리는 관중이 다시 박수갈채를 터뜨리는 소리를 들었다⋯⋯. 플뢰르도 성공한 게 틀림없었다. 플뢰르의 점수가 발표되는 동안 잠시 침묵이 흐르고⋯⋯ 박수가 좀 더 이어지더니⋯⋯ 세 번째 호루라기 소리가 울렸다.

"크룸 군이 입장합니다!" 배그먼이 소리쳤다. 크룸은 해리를 홀로 남겨 두고 어깨를 구부정하게 늘어뜨린 채 걸어 나갔다.

해리는 자신의 몸이 평소보다 더 잘 의식되는 느낌이었다. 심장이 거세게 두근거리고, 두려움으로 손가락이 저릿했다⋯⋯. 하지만 동시에 몸 밖으로 빠져나와 멀리 떨어진 곳에서 천막 벽을 바라보고 관중의 소리를 듣고 있는 것 같았다⋯⋯.

"정말 용감하군요!" 배그먼이 소리를 지르고 있었다. 해리는 중국 파이어볼이 무시무시하고 날카롭게 으르렁거리는 소리를 들었다. 관중은 일제히 숨을 죽였다. "상당한 배짱을 보여 주는데요. 그리고⋯⋯ 네, 알을 잡았습니다!"

박수 소리가 유리를 깨뜨리듯 겨울 공기를 산산조각 냈다. 크룸이 임무를 마쳤으니 곧 해리 차례가 올 것이다.

해리는 자리에서 일어났다. 언뜻 다리가 마시멜로로 만

들어진 것 같은 느낌이 들었다. 그는 기다렸다. 그리고 잠시 후 호루라기 소리를 들었다. 그는 천막 출입구로 걸어 나갔다. 그의 안에서 두려움이 점점 커지고 있었다. 이제 그는 나무들 사이로 걸어가 울타리 틈새를 지났다.

눈앞에 있는 모든 것이 무척 선명한 꿈만 같았다. 지난번 이곳에 왔을 때는 없었던, 마법으로 만든 관중석에서 수많은 얼굴이 그를 내려다보고 있었다. 울타리 맞은편 끝에는 바짝 웅크린 채 알들을 품고 있는 혼테일이 있었다. 날개는 반으로 접혀 있고, 사악하고 노란 눈은 해리에게 고정돼 있었으며, 엄청난 크기의 비늘 달린 검은색 도마뱀처럼 생긴 가시 돋친 꼬리가 세차게 휘둘러질 때마다 단단한 땅바닥이 푹 파였는데 그 자국이 1미터쯤 됐다. 관중이 엄청난 소음을 내고 있었지만 해리는 그것이 우호적인 함성인지 아닌지 알 수가 없었다. 신경 쓰이지도 않았다. 이제는 그가 해야만 할 일을 할 때였다……. 그의 유일한 기회가 될 물건에 정신을 온전히 집중해야 했다…….

해리는 마법 지팡이를 들어 올렸다.

"아씨오 파이어볼트!" 그가 소리쳤다.

그는 기다렸다. 온몸의 세포가 간절히 바라고 또 바랐다……. 주문이 통하지 않는다면…… 파이어볼트가 오지 않는다면……. 주위의 모든 것이 아지랑이처럼 어른거리는 투명한 장벽 같은 것을 통해 보이는 듯했다. 울타리와 주위를 둘러싼 수많은 얼굴이 이상하게 아른거리는 것처럼 보였다.

그때 등 뒤에서 뭔가가 공기를 가르며 빠르게 날아오는 소리가 들렸다. 그는 고개를 돌려, 나무숲 가장자리를 돌아 울타리 안으로 날아드는 파이어볼트를 보았다. 파이어볼트는 해리 옆에 우뚝 멈춰서 공중에 둥둥 뜬 채 그가 올라타길 기다리고 있었다. 관중이 내지르는 소리가 더 커졌다……. 배그먼이 뭐라뭐라 소리 지르고 있었다……. 하지만 해리의 귀는 더 이상 제대로 작동하지 않았다……. 듣는 건 이제 중요하지 않았다…….

그는 빗자루에 다리를 걸친 뒤 땅을 박차고 올랐다. 잠시 후, 기적 같은 일이 벌어졌다…….

위로 날아올랐을 때, 바람이 머리카락 사이로 휘몰아쳤을 때, 관중의 얼굴이 그저 저 아래 바늘구멍만 하게 보였을 때, 혼테일이 개 정도의 크기로 작아졌을 때, 해리는 땅에서만 멀어진 게 아니라 두려움에서도 멀어졌다는 사실을 깨달았다……. 여기는 그의 앞마당이었다.

이것은 그냥 또 다른 퀴디치 경기일 뿐이었다. 그게 다였다……. 그는 그저 또 다른 퀴디치 시합을 하고 있는 것이며, 저 혼테일은 또 다른 골치 아픈 상대 선수일 뿐이었다.

그는 알들을 내려다보았다. 시멘트 색깔의 알들 사이에서 번쩍이는 황금 알이 용의 앞다리 사이에 안전하게 놓여 있었다. "좋아." 해리는 혼잣말을 했다. "양동작전이다……. 가자……."

해리는 빠르게 곤두박질쳤다. 혼테일의 머리가 그를 쫓아왔다. 해리는 용이 뭘 하려는지 파악하고 때마침 다시 하늘로 솟구쳤다. 제때 방향을 틀지 않았더라면 해리가 지금 있었을 곳에 불길이 내뿜어졌다……. 하지만 해리는 신경쓰지 않았다……. 그건 블러저를 피하는 일과 전혀 다를 바 없었다…….

"세상에, 비행을 제대로 아는군요!" 배그먼이 외쳤다. 관중은 비명을 지르고 숨을 삼켰다. "이거 보고 있나요, 크룸 군?"

해리는 원을 그리며 더 높이 날아올랐다. 긴 목 위에 달린 혼테일의 머리가 여전히 빙빙 돌면서 그가 날아가는 대로 쫓아오고 있었다. 계속 이렇게 돌면 녀석은 꽤 어지러울 것이다. 하지만 너무 오래 끌지 않는 게 좋았다. 안 그랬다간 용이 다시 불을 뿜을 테니까.

해리는 혼테일이 입을 벌린 순간 밑으로 뚝 떨어졌지만 조금 전만큼 운이 따라 주지는 않았다. 불길은 피했지만 대신 용의 꼬리가 채찍처럼 휘둘러지며 그를 맞이했다. 그가 왼쪽으로 방향을 홱 틀었을 때 긴 가시 하나가 어깨를 스치면서 로브가 찢어졌다.

얼얼한 통증이 느껴졌다. 관중의 비명과 신음이 터져 나왔다. 하지만 상처가 깊지는 않은 것 같았다……. 이제 그는 혼테일의 등 뒤로 빙 돌아 날아갔다. 한 가지 가능성이 떠올랐다…….

혼테일은 날아오르고 싶어 하지 않는 것 같았다. 알을 지키려는 본능이 너무나 강했기 때문이다. 몸을 이리저리 비틀고 날개를 접었다 폈다 하며 그 무시무시한 노란 눈을 해리에게서 떼지 않으면서도 녀석은 알에서 너무 멀어지게 될까 봐 두려워하고 있었다……. 하지만 해리는 혼테일이 그렇게 하도록 만들어야 했다. 안 그러면 결코 알 근처에도 갈 수 없었다……. 비결은 조심스럽게, 조금씩 조금씩 해내는 것이었다…….

해리는 이쪽저쪽으로 방향을 바꾸면서 날아다니기 시작했다. 용이 내뿜는 불길에 가로막힐 만큼 가까이 가지는 않지만, 그래도 그에게서 시선을 떼지 않게 할 만큼 충분히 위협적인 거리를 유지했다. 혼테일은 머리를 이쪽저쪽으로 흔들며 송곳니를 드러낸 채 세로로 찢긴 동공으로 그를 감시하듯 바라보았다.

해리는 더 높이 날아올랐다. 혼테일의 머리가 그를 따라 솟구쳤다. 이제 혼테일의 목은 완전히 늘어나, 뱀 부리는 사람 앞의 코브라처럼 흔들리고 있었다…….

해리가 몇 미터 더 솟아오르자 혼테일은 분노의 포효를 터뜨렸다. 혼테일에게 해리는 찰싹 쳐서 죽이고 싶은 파리나 마찬가지였다. 혼테일이 다시 한 번 꼬리를 휘둘렀지만 해리는 지금 그 꼬리가 닿기에는 너무 높은 곳에 있었다…….혼테일이 공중으로 불을 내뿜자 해리는 재빨리 피했다…….녀석의 주둥이가 또다시 크게 벌어졌다…….

"덤벼." 해리는 혼테일의 머리 위에서 감질나게 방향을 틀면서 녀석을 도발했다. "이리 와, 날 잡으라고…….위로 올라와, 당장……."

그때 녀석이 작은 비행기만큼이나 넓은 거대한 검은색 가죽 날개를 펼치며 뒷다리로 섰다. 그 순간 해리는 급강하했다. 그가 무엇을 했고 또 어디로 사라졌는지 용이 알아채기도 전에 해리는 되도록 빠르게 땅으로, 더 이상 혼테일의 날카로운 앞발로 보호받고 있지 않은 알들을 향해 속도를 올렸다. 그는 파이어볼트에서 손을 뗐다. 그리고 황금 알을 덥석 움켜잡았다.

그런 다음 그는 묵직한 알을 상처 입지 않은 팔 아래 안전하게 낀 채 엄청난 속도로 날아올라 관중석 위로 솟구쳤다. 마치 누군가가 다시 소리를 높여 놓은 듯, 해리는 처음으로 관중이 내지르는 소리를 제대로 들었다. 그들은 월드컵에서 본 아일랜드 응원단처럼 요란한 함성과 박수를 보내고 있었다.

"저것 좀 보세요!" 배그먼이 외쳤다. "저것 좀 보시라고요! 우리의 최연소 대표 선수가 누구보다도 빠르게 알을 획득했습니다! 와, 이로써 포터 군이 우승에 한발 다가섰군요!"

해리는 용 관리인들이 혼테일을 제압하기 위해 앞으로 달려 나오는 것을 보았다. 울타리 출입구 너머 맥고나걸 교수, 무디 교수, 해그리드가 그를 맞으러 허겁지겁 달려오는 모습도 보였다. 그들 모두 그를 향해 손을 흔들고 있었다. 먼 거리에서도 그들의 웃는 얼굴이 똑똑히 보였다. 해리는 다시 관중석 위를 날았다. 관중의 함성이 고막을 세차게 두드렸다. 그는 부드럽게 땅에 내려섰다. 지난 몇 주 사이 마음이 가장 가벼웠다……. 첫 번째 과제를 통과했다. 통과했을 뿐만 아니라 살아남았다…….

"훌륭했다, 포터!" 그가 파이어볼트에서 내리자 맥고나걸 교수가 소리쳤다. 그녀치고는 엄청난 칭찬이었다. 해리는 그의 어깨를 가리키는 그녀의 손이 떨리고 있는 것을 알아차렸다. "심사위원들이 점수를 보여 주기 전에 폼프리 선생님한테 가 봐야겠구나……. 저쪽에 계신다. 디고리의 치료는 이미 끝났을 거다……."

"해냈구나, 해리!" 해그리드가 쉰 목소리로 말했다. "네가 해냈어! 그것도 혼테일을 상대로. 찰리가 말했잖아, 최악의…….""

"고마워요, 해그리드." 해리는 해그리드가 그에게 미리 용들을 보여 줬다는 사실을 실수로 떠벌리다가 들킬까 봐 큰 소리로 그의 말을 가로막았다.

무디 교수도 무척 기쁜 표정이었다. 그의 마법 눈이 눈구멍 안에서 뱅글뱅글 춤을 추고 있었다.

"멋지고 간단한 해결법이었다, 포터." 그가 걸걸한 목소리로 말했다.

"자 그럼, 포터. 응급처치소로 가자……." 맥고나걸 교수가 말했다.

여전히 숨을 헐떡이며 울타리 밖으로 걸어 나온 해리는

걱정스러운 얼굴로 또 다른 천막 입구에 서 있는 폼프리 선생을 보았다.

"용이라니!" 그녀가 해리를 안으로 잡아끌면서 진저리 난다는 투로 말했다. 천막은 여러 개의 칸막이로 나뉘어 있었다. 캔버스 천에 비친 세드릭의 그림자가 보였다. 적어도 몸을 일으켜 앉아 있는 모습을 보니 심하게 다치지는 않은 것 같았다. 폼프리 선생은 해리의 어깨를 살펴보는 내내 화가 나서 불평을 늘어놓았다. "지난 학기에는 디멘터, 이번에는 용. 다음 학기에는 이 학교에 또 뭘 끌어들이려나? 넌 아주 운이 좋은 줄 알아라……. 상처가 별로 깊지 않구나……. 그래도 치료하기 전에 닦아야지……."

그녀는 연기가 피어오르는 보라색 액체를 조금 적셔 상처를 닦았다. 따끔했지만, 곧이어 그녀가 마법 지팡이로 어깨를 쿡 찌르자 상처가 즉시 낫는 느낌이 들었다.

"자, 잠깐 조용히 앉아 있어라. 앉아! 조금 있다가 가서 점수를 보면 돼."

그녀는 부산을 떨며 밖으로 나갔다. 옆 칸막이에서 그녀가 "지금은 좀 어떻니, 디고리?"라고 묻는 소리가 들렸다.

해리는 가만히 앉아 있고 싶지 않았다. 아직도 아드레날린이 흘러넘쳤다. 그는 바깥에서 무슨 일이 벌어지고 있는지 보고 싶어 자리에서 일어났지만, 천막 출입구에 도착하기도 전에 두 사람이 쏜살같이 뛰어들어 왔다. 헤르미온느와, 그녀의 뒤를 바짝 따라온 론이었다.

"해리, 정말 멋졌어!" 헤르미온느가 높은 목소리로 외쳤다. 겁이 나서 꽉 쥐고 있었는지 얼굴에 손톱자국이 여럿 나 있었다. "굉장해! 진짜야!"

하지만 해리는 론을 보고 있었다. 그는 하얗게 질린 얼굴로, 마치 해리가 유령이라도 되는 것처럼 그를 뚫어지게 바라보고 있었다.

"해리." 그가 아주 진지하게 입을 열었다. "누가 네 이름을 불의 잔에 넣었는지는 모르겠지만, 난…… 난 그놈들이 너를 끝장내려는 거라고 생각해!"

마치 지난 몇 주 동안의 일은 아예 일어나지도 않았고, 지금이야말로 해리가 대표 선수가 된 뒤로 처음 그를 만나는 순간이라는 듯한 태도였다.

"이제 알았냐?" 해리가 차갑게 말했다. "오래도 걸렸다."

헤르미온느는 긴장한 듯 둘 사이에 서서 그들을 번갈아 보고 있었다. 론이 머뭇거리며 입을 열었다. 해리는 그가 막 사과할 참이라는 것을 알았다. 그리고 문득 사과를 들을 필요가 없다는 생각이 들었다.

"괜찮아." 론이 말을 꺼내기도 전에 그가 말했다. "잊어
버려."

"아냐." 론이 다급히 입을 열었다. "내가 그렇게 굴어선
안 되는 거였⋯⋯."

"*잊어버리라고.*" 해리가 말했다.

론이 그를 보며 멋쩍게 씩 웃자 해리도 마주 웃어 주었다.

헤르미온느가 울음을 터뜨렸다.

"왜 우는 거야?" 해리가 당황해서 그녀에게 말했다.

"너희 둘 다 너무 *멍청해!*" 그녀가 발을 동동 구르며 소
리쳤다. 그녀의 로브 앞자락에 눈물이 뚝뚝 떨어졌다. 그런
다음 그녀는 둘 중 누가 채 말리기도 전에 둘 모두를 끌어
안더니, 급기야 아예 울부짖으며 쏜살같이 달려 나갔다.

"미쳤나 봐." 론이 고개를 저으며 말했다. "해리, 가자.
네 점수가 나올 거야⋯⋯."

황금 알과 파이어볼트를 집어 든 해리는 한 시간 전까지
만 해도 다시는 느끼지 못할 것처럼 여겨지던 행복을 느끼
며 허리를 구부려 천막 바깥으로 나왔다. 론이 그의 곁에서
빠르게 떠들어 댔다.

"네가 제일 잘했어. 비교가 안 되더라. 세드릭은 땅 위
에 있는 바위에 변환 마법을 거는 이상한 짓을 했어. 바위

를…… 개로 변신시키더라고……. 용이 자기 대신 개를 쫓아가게 만들려던 거지. 뭐, 변환 마법 솜씨는 그럭저럭 괜찮았어. 작전도 어느 정도 통한 셈이지. 알을 가져왔으니까. 하지만 화상을 입었어. 용이 중간에 생각을 바꾸고 래브라도가 아니라 세드릭을 쫓아가기로 마음먹었거든. 세드릭은 겨우 도망쳤어. 그리고 플뢰르 그 여자애는 무슨 마법 같은 걸 걸었는데, 내 생각엔 용을 최면 상태에 빠뜨리려던 것 같아. 뭐, 그것도 효과가 있긴 했어. 용이 꾸벅꾸벅 졸다가 코를 골았는데 코에서 엄청난 불길이 뿜어져 나와서 플뢰르의 치마에 옮겨붙긴 했지만 말이야. 마법 지팡이에서 물을 조금 나오게 해서 불을 끄더라. 그리고 크룸은…… 못 믿겠지만, 날아갈 생각은 하지도 못했어! 그래도 아마 너 다음으로 잘했을 거야. 어떤 주문을 외워서 용의 눈을 적중시키더라고. 다만, 용이 아파서 쿵쿵거리며 사방을 짓밟는 바람에 진짜 알이 절반 정도 부서져 버렸어. 그것 때문에 감점됐고. 진짜 알에는 어떤 손상도 입혀선 안 되거든."

해리와 함께 울타리 가장자리에 도착하자 론은 긴 숨을 내쉬었다. 혼테일이 어딘가로 끌려간 지금, 해리는 다섯 명의 심사위원이 앉아 있는 곳을 볼 수 있었다. 바로 맞은편,

황금빛 휘장을 두른 상석이었다.

"각각 10점 만점으로 점수를 줘." 론이 말했다. 해리는 눈을 가늘게 뜨고 맞은편 상석을 올려다보다가 첫 번째 심사위원인 막심 교장이 마법 지팡이를 들어 올리는 모습을 보았다. 마법 지팡이에서 긴 은색 리본 같은 것이 튀어나오더니 저절로 꼬아지며 커다란 숫자 8을 만들어 냈다.

"나쁘지 않은데!" 관중이 갈채를 보내는 가운데 론이 말했다. "어깨에 상처를 입어서 점수를 깎은 것 같아⋯⋯."

다음은 크라우치 장관이었다. 그는 공중으로 숫자 9를 쏘아 올렸다.

"좋은걸!" 론이 해리의 등을 툭 치며 소리쳤다.

다음은 덤블도어였다. 그도 9점을 쏘아 올렸다. 관중은 어느 때보다도 열렬히 환호했다.

루도 배그먼은⋯⋯ *10점*이었다.

"10점?" 해리가 믿을 수 없다는 듯 말했다. "하지만⋯⋯ 난 다쳤는데⋯⋯. 뭐 하자는 거지?"

"해리, 뭘 그런 걸 불평하고 그래!" 론이 신이 나서 소리쳤다.

이제 카르카로프가 지팡이를 들어 올렸다. 잠깐 멈춰 있는 듯하더니 곧 그의 마법 지팡이에서도 숫자가 튀어나왔다. 4점.

"*뭐?*" 론이 버럭 화를 내며 소리쳤다. "*4점?* 이 편파적이고 형편없는 쓰레기 같으니. 크룸한테는 10점 줘 놓고!"

하지만 해리는 신경 쓰지 않았다. 카르카로프가 0점을 주었더라도 상관없었을 것이다. 해리 편을 들어 주는 론의 분노는 그에게 100점의 가치가 있는 일이었다. 물론 론에게 이런 말을 하지는 않았지만, 발길을 돌려 울타리를 떠나는 해리의 마음은 공기보다 가벼웠다. 단지 론 때문만은 아니었다……. 관중석에서 환호를 보내는 것은 그리핀도르 학생들만이 아니었다. 막상 일이 닥치자, 해리가 무엇과 맞닥뜨렸는지를 보고 나자, 대부분의 학생들은 세드릭 못지않게 그 역시 응원해 주었다……. 슬리데린 애들이야 무슨 짓을 하든 상관없었다. 이제는 그들이 뭘 던져도 참을 수 있었다.

"공동 1위야, 해리! 너랑 크룸이!" 학교로 돌아가려는데 서둘러 그들을 만나러 온 찰리 위즐리가 말했다. "저기, 나는 가 봐야겠다. 엄마한테 올빼미를 보내야 하거든. 어떻게 됐는지 말씀드리기로 약속해서……. 근데 정말 믿기지 않는다! 아 맞다, 그리고 사람들이 너한테 조금만 더 남아 있으라고 전해 달래. ……배그먼이 할 말이 있다고 대표 선수

천막으로 다시 오라더라."

론이 기다리겠다고 말했으므로 해리는 다시 천막 안으로 들어갔다. 이제 천막은 어딘지 달라 보였다. 전과는 달리 친근하게 그를 반겨 주는 듯했다. 해리는 혼테일을 피해 다닐 때의 기분과, 대결하러 나가기 전 오랜 시간 기다릴 때의 기분을 비교해 보았다······. 비교도 할 수 없었다. 기다림의 시간이 훨씬 끔찍했다.

플뢰르, 세드릭, 크룸이 함께 들어왔다.

세드릭의 얼굴 한쪽은 웬 짙은 오렌지색 반죽으로 덮여 있었다. 아마도 화상을 치료하는 약 같았다. 그가 해리를 보고 씩 웃었다. "잘했어, 해리."

"너도." 해리가 마주 웃으며 말했다.

"너희 모두 잘했다!" 루도 배그먼이 통통 튀는 발걸음으로 천막 안으로 들어와, 본인이 직접 용을 통과하기라도 한 듯 잔뜩 신이 난 표정으로 말했다. "자, 잠깐 몇 마디만 하마. 너희는 두 번째 과제가 있기 전까지 오랫동안 휴식을 취하게 될 거야. 두 번째 과제는 2월 24일 아침 9시 30분에 시작될 거다. 하지만 그때까지 뭔가 생각할 거리를 주마! 너희가 지금 들고 있는 황금 알을 자세히 보면, 그 알들이 열린다는 걸 알게 될 거야. ······거기 홈 같은 게 보이지?

너희는 알 속에 들어 있는 단서를 풀어야 해. 그것이 두 번째 과제가 무엇인지 알려 주고 너희가 거기에 대비할 수 있게 해 줄 테니까! 잘 이해했지? 확실하지? 자, 그럼 가 보거라!"

해리는 천막을 나와 다시 론과 만났다. 그들은 열띤 대화를 주고받으며 금지된 숲 가장자리를 따라 걷기 시작했다. 해리는 다른 대표 선수들이 어떻게 했는지 더 자세히 듣고 싶었다. 잠시 후 처음으로 용의 포효를 들었던 나무 수풀을 빙 돌았을 때, 그들 뒤에서 한 여자 마법사가 뛰쳐나왔다.

리타 스키터였다. 오늘은 형광 녹색 로브를 입고 있었는데, 손에 쥔 속기 깃펜과 완벽한 조화를 이루고 있었다.

"축하해, 해리!" 그녀가 활짝 웃으며 말했다. "잠깐 한 마디라도 해 줄 수 있을까? 용과 마주했을 때 어떤 기분이었니? 점수의 공정성에 대해서는 *지금* 어떻게 느끼지?"

"네, 한 마디라고 하셨으니 해 드릴게요." 해리가 사나운 말투로 말했다. "*안녕히 가세요.*"

그리고 그는 론과 함께 성으로 돌아갔다.

21장
집요정 해방 전선

그날 저녁 해리, 론, 헤르미온느는 피그위전을 찾으러 부엉이장으로 올라갔다. 시리우스에게 편지를 보내 해리가 무사히 용을 통과했다고 말해 주기 위해서였다. 해리는 부엉이장으로 가는 길에 론에게 시리우스가 카르카로프에 대해 했던 얘기를 전부 들려주었다. 론은 카르카로프가 죽음을 먹는 자였다는 이야기를 처음 듣고 깜짝 놀랐으면서도 부엉이장에 들어갈 때쯤에는 애초에 의심했어야 했다고 말했다.

"딱 들어맞잖아?" 그가 말했다. "말포이가 기차에서 한 말 기억하지? 자기 아빠가 카르카로프하고 친구라고 했잖아. 그자들이 어디서 서로를 알게 됐는지 이제 확실히 알겠다. 아마 월드컵에서 가면을 쓰고 같이 돌아다녔을걸…….
근데 이건 말해야겠다, 해리. 불의 잔에 네 이름을 넣은 사
람이 정말 카르카로프라면 지금 완전히 바보가 된 기분 아
닐까? 전혀 성공 못 했잖아. 안 그래? 너는 겨우 긁힌 상처
만 입었을 뿐이니까! 이리 와. 내가 할게."

피그위전은 편지를 배달한다는 생각에 너무 흥분한 나머
지 끊임없이 부엉부엉 울면서 해리의 머리 주위를 빙글빙
글 돌고 있었다. 론은 피그위전을 공중에서 낚아채 해리가
다리에 편지를 묶는 동안 가만히 붙들고 있었다.

"다른 과제들은 그렇게 위험하지 않을 거야. 어떻게 이보
다 더 위험할 수 있겠어." 론이 피그위전을 창문으로 데려
가며 말을 이었다. "그거 알아? 난 네가 이 대회에서 우승
할 수도 있을 것 같아, 해리. 진짜야."

해리는 론이 이런 말을 하는 이유가 지난 몇 주 동안의
행동을 보상하기 위해서라는 걸 알고 있었지만, 그래도 고
맙긴 마찬가지였다. 그러나 헤르미온느는 부엉이장 벽에
기대 팔짱을 끼고 론을 향해 얼굴을 찌푸렸다.

"대회가 끝날 때까지는 갈 길이 멀어." 그녀가 심각한 표
정을 지으며 말했다. "첫 번째 과제가 그 정도였는데 다음
엔 뭐가 나올지 생각하기도 싫다."

"정말 한 줄기 햇빛과도 같은 말이구나. 그치?" 론이 말했다. "너 트릴로니 교수랑 언제 한번 만나야겠다."

그는 피그위전을 창밖으로 날렸다. 피그위전은 3미터 넘게 곤두박질친 끝에 간신히 몸을 위로 끌어 올렸다. 다리에 묶인 편지 두루마리가 평소보다 훨씬 길고 무거웠던 탓이다. 해리는 시리우스에게 자신이 어떻게 방향을 틀고 빙빙 돌며 혼테일을 피했는지 움직임 하나하나를 정확하게 말해 주고 싶은 마음을 억누를 수가 없었다.

그들은 피그위전이 어둠 속으로 사라지는 모습을 지켜보았다. 그때 론이 말했다. "음, 네 깜짝 파티가 열릴 테니까 아래층으로 내려가야 돼, 해리. 프레드랑 조지가 지금 주방에서 음식을 잔뜩 훔쳐 왔을 거야."

아니나 다를까, 그들이 그리핀도르 휴게실에 들어갔을 때 그곳은 다시 한 번 환호성과 고함 소리로 터질 듯했다. 평평한 곳이면 어디에나 케이크가 산더미처럼 쌓여 있었고 호박 주스며 버터맥주가 담긴 큰 병들이 놓여 있었다. 리 조던이 '필리버스터 박사의 축축하게 불붙어 뜨겁지 않은 기막힌 폭죽'을 터뜨렸기에 공중에는 별과 불꽃이 가득했다. 그림을 제법 잘 그리는 딘 토머스는 눈길을 끄는 새로운 현수막 여러 개를 걸어 놓았다. 대부분이 해리가 파이어볼트를 타고 혼테일의 머리 주위를 붕붕 날아다니는 모습을 묘사하고 있었다. 물론 몇 개에는 머리에 불이 붙은 세드릭의 모습이 그려져 있기도 했다.

해리는 음식을 먹었다. 제대로 배가 고픈 느낌이 어떤 건지 거의 잊고 있었다. 옆에는 론, 헤르미온느가 앉아 있었다. 얼마나 기분이 좋은지 믿기지 않을 정도였다. 론과 다시 친해졌고, 첫 번째 과제를 해결했으며, 두 번째 과제를 마주할 때까지는 석 달이 남아 있었다.

"젠장, 무겁네." 리 조던이 해리가 탁자 위에 올려 두었던 황금 알을 집어 들고 무게를 가늠해 보며 말했다. "열어 봐, 해리, 어서! 안에 뭐가 있나 보자!"

"해리 혼자 단서를 풀어야 해." 헤르미온느가 재빨리 말했다. "대회 규칙이야……."

"용을 어떻게 지나갈지도 나 혼자 생각해야 했지." 해리가 헤르미온느에게만 들리도록 중얼거리자 그녀는 조금 겸연쩍은 얼굴로 씩 웃었다.

"그래, 얼른. 해리, 열어 봐!" 몇몇 사람이 연이어 말했다.

리가 알을 건네자, 해리는 알 전체에 둘러 있는 홈에 손톱을 끼워 넣고 힘을 줘서 열었다.

알은 휑하니 텅 비어 있었다. 하지만 해리가 알을 연 순간 소름 끼치도록 무시무시하고 큰 소리로 절규하는 듯한 울부짖음이 휴게실을 가득 채웠다. 해리가 지금껏 들어 본 것 중에서 이것과 가장 비슷한 소리는 목이 달랑달랑한 닉의 사망일 파티에서 들었던 유령 오케스트라의 톱 연주 소리뿐이었다.

"빨리 닫아!" 프레드가 손으로 귀를 틀어막고 소리쳤다.

"뭐지?" 셰이머스 피니건이 해리가 다시 닫은 알을 뚫어지게 바라보며 말했다. "꼭 밴시 소리 같았는데…… 다음 번에는 밴시를 지나가야 하는지도 몰라, 해리!"

"누가 고문당하는 소리 같았어!" 네빌이 말했다. 그는 얼굴이 새하얗게 질린 채 소시지 빵을 바닥에 떨어뜨렸다. "크루시아투스 저주와 맞서 싸워야 하나 봐!"

"멍청한 소리 하지 마, 네빌. 그건 불법이야." 조지가 말했다. "대표 선수들한테 크루시아투스 저주를 사용하지는 않을 거야. 내 귀엔 퍼시 노랫소리랑 좀 비슷하게 들렸는데. ……어쩌면 퍼시가 샤워하고 있을 때 공격해야 하는 걸지도 몰라, 해리."

"잼 타르트 하나 먹을래, 헤르미온느?" 프레드가 물었다.

헤르미온느는 그가 건네는 접시를 의심스럽게 바라보았다. 프레드가 씩 웃었다.

"괜찮아." 그가 말했다. "여기에는 아무 짓도 안 했어. 조심해야 하는 건 커스터드 크림이야……."

방금 커스터드 크림을 한 입 먹은 네빌이 목이 메어 그것을 뱉어 냈다.

프레드가 웃었다. "농담이야, 네빌……."

헤르미온느가 잼 타르트를 받아 들었다.

잠시 후 그녀가 말했다. "프레드, 이거 전부 주방에서 가지고 온 거야?"

"응." 프레드가 그녀를 향해 씩 웃으며 말했다. 그는 높은 목소리로 꽥꽥거리며 집요정을 흉내 냈다. "'저희가 드릴 수 있는 건 뭐든지 드릴게요. 뭐든지요!' 엄청난 도움이 됐지……. 좀 출출하다고 하면 소라도 한 마리 구워 줄걸."

"거기엔 어떻게 들어가?" 헤르미온느가 순진무구한 척 아무렇지도 않게 물었다.

"어렵지 않아." 프레드가 말했다. "과일 그릇이 그려진 그림 뒤에 숨겨진 문이 있어. 그 과일 그릇에 담겨 있는 배를 간질이면, 배가 낄낄거리다가……." 그가 말을 멈추고 의심스러운 눈초리로 그녀를 바라보았다. "근데 왜?"

"아무것도 아냐." 헤르미온느가 재빨리 말했다.

"주방에 가서 집요정들을 끌어내 파업이라도 시키려는

거야?" 조지가 말했다. "전단지 나눠 주는 일은 집어치우고, 집요정들을 부추겨서 반란이라도 일으키려고?"

몇몇 사람이 킥킥 웃었다. 헤르미온느는 아무런 대꾸도 하지 않았다.

"괜히 가서 옷이니 봉급이니 받아야 한다면서 걔들 속상하게 만들지 마!" 프레드가 경고하듯 말했다. "걔들 요리하는 데 방해된단 말이야!"

바로 그때, 네빌이 커다란 카나리아로 변하면서 모두의 시선을 끌었다.

"어, 미안, 네빌!" 프레드가 모두의 웃음소리를 누르고 소리쳤다. "깜빡했다. 우리가 마법을 걸어 놓은 건 커스터드 크림이 맞아."

그러나 채 1분도 안 되어 네빌은 깃털이 빠졌고, 일단 깃털이 다 빠지고 나자 완전히 본래 모습으로 돌아왔다. 그는 심지어 함께 웃기까지 했다.

"카나리아 크림이야!" 프레드가 잔뜩 신이 난 아이들에게 소리쳤다. "조지랑 내가 발명한 거야. 하나에 7시클, 할인 판매 중이요!"

해리는 새벽 1시가 다 되어서야 론, 네빌, 셰이머스, 딘과 함께 침실로 올라갔다. 사주식 침대의 커튼을 닫기 전,

해리는 침대 옆 탁자 위에 조그만 헝가리 혼테일 모형을 올려놓았다. 혼테일은 하품을 하고 웅크리더니 눈을 감았다. 해리는 침대 커튼을 닫으며 생각했다. 정말이지, 해그리드 말이 꼭 틀린 것만은 아니었다……. 솔직히 괜찮은 녀석들이었어. 용들 말이야…….

12월은 호그와트에 바람과 진눈깨비를 몰고 오면서 시작되었다. 겨울이면 항상 바람이 새어 들어 오긴 했지만, 해리는 호수에 떠 있는 덤스트랭 배를 지날 때마다 성안 벽난로와 두꺼운 성벽에 고마움을 느꼈다. 덤스트랭의 배는 강한 바람에 요동치며 어두운 하늘을 배경으로 검은 돛을 부풀리고 있었다. 보바통 마차도 상당히 추울 것 같았다. 해리가 보니 해그리드는 막심 교장의 말들이 좋아하는 싱글 몰트 위스키를 먹이면서 그들을 꾸준히 돌보고 있었다. 방목지 한 귀퉁이에 있는 여물통에서 은은하게 풍겨 오는 술냄새는 마법 생명체 돌보기 수업을 듣는 학생 모두를 어질어질하게 만들 정도였다. 학생들은 여전히 끔찍한 스크루트들을 돌보고 있었으며, 그러려면 정신을 똑바로 차리고 있어야 했기 때문에 이 점은 전혀 도움이 되지 않았다.

"스크루트들이 겨울잠을 자는지는 잘 모르겠다." 다음

수업 시간에 해그리드가 바람 부는 호박밭에서 벌벌 떨고 있는 학생들에게 말했다. "그냥 이 녀석들이 자는 걸 좋아하는지 지켜보려고 해⋯⋯. 일단 이 상자들에 넣어 볼 거야⋯⋯."

이제 남은 스크루트는 열 마리뿐이었다. 서로를 죽이고 싶어 하는 본능은 운동을 통해 없앨 수 없는 게 분명했다. 이제 스크루트들은 길이가 저마다 180센티미터에 가까워졌다. 두꺼운 회색 갑옷과 빠르게 움직이는 강력한 다리, 불을 내뿜는 꼬리, 침과 흡착판까지 모두 갖춘 스크루트들은 해리가 지금껏 본 어떤 생명체들보다 역겨웠다. 학생들은 해그리드가 꺼내 온 커다란 상자들을 의기소침하게 바라보았다. 상자들은 하나같이 베개와 폭신폭신한 담요로 안감이 대어져 있었다.

"그냥 이 안에 집어넣을 거야." 해그리드가 말했다. "그리고 뚜껑을 덮은 다음 무슨 일이 일어나는지 보자."

하지만 스크루트들은 겨울잠을 자지 않는 것으로 밝혀졌고, 베개가 딸린 상자에 억지로 들어가 머리 위로 뚜껑이 닫히는 일도 고맙게 여기지 않았다. 해그리드는 곧 스크루트들이 호박밭 주위에서 난동을 부리는 와중에 "당황하지 마라. 자, 당황할 것 없어"라고 소리를 지르고 있었다. 이제 호박밭에는 연기를 피워 올리는 상자 파편이 여기저기 흩어져 있었다. 말포이, 크래브, 고일을 비롯한 학생들 대부분은 뒷문을 통해 해그리드의 오두막 안으로 들어가 숨었다. 그러나 해리, 론, 헤르미온느는 다른 몇몇과 함께 바깥에 남아 해그리드를 도왔다. 수없이 화상을 입고 베이는 대가를 치르긴 했지만 그들은 다 함께 간신히 스크루트 아홉 마리를 붙잡아 묶을 수 있었다. 마침내 단 한 마리의 스크루트만 남았다.

"겁주지 마, 옳지!" 해그리드가 소리쳤다. 론과 해리는 등 쪽으로 구부린 침을 가볍게 흔들며 그들을 향해 위협적으로 다가오는 스크루트에게 마법 지팡이를 들이댄 채 불꽃을 날리고 있었다. "그냥 침에 밧줄을 감기만 해라. 다른 녀석들을 해치지 못하도록 말이야!"

"네, 우리도 그랬으면 좋겠네요!" 론이 화를 내며 소리쳤다. 그와 해리는 스크루트가 다가오지 못하도록 계속 불꽃을 튀기며 해그리드의 오두막 벽 쪽으로 물러났다.

"이런, 이런, 이런…… 정말 재미있어 보이는걸."

리타 스키터가 해그리드의 정원 울타리에 기대 아수라장을 들여다보고 있었다. 오늘 그녀는 목 둘레에 자주색 털이 달린 두꺼운 심홍색 망토를 입고 악어가죽 핸드백을 팔에 끼고 있었다.

해그리드가 해리와 론을 구석으로 몰아넣던 스크루트 위로 뛰어올라 녀석을 깔고 앉았다. 스크루트의 꼬리가 불을 내뿜자 근처의 호박 줄기가 시들었다.

"누구쇼?" 해그리드가 밧줄로 만든 고리를 스크루트의 침에 걸고 꽉 조이며 리타 스키터에게 물었다.

"리타 스키터예요. 《예언자일보》 기자죠." 리타가 활짝 웃으며 말하자 그녀의 금니가 반짝였다.

"덤블도어 교수님이 당신을 더 이상 학교에 들어오지 못하게 한 걸로 아는데?" 해그리드가 얼굴을 살짝 찌푸리며 말했다. 그는 조금 찌부러진 스크루트 위에서 내려와 동료들이 있는 곳으로 녀석을 끌고 갔다.

리타는 해그리드의 말을 듣지 못한 것처럼 굴었다.

"이 매력적인 생명체들의 이름은 뭔가요?" 그녀가 더욱 활짝 미소를 지으며 물었다.

"폭발 꼬리 스크루트요." 해그리드가 툴툴거리듯 대답했다.

"정말요?" 리타가 열렬한 흥미를 느낀다는 표정을 지으며 말했다. "들어 본 적 없는 이름인데…… 어디에서 데려왔죠?"

해리는 해그리드의 거친 검은색 턱수염에서부터 희미한 홍조가 번져 나가고 있음을 눈치챘다. 해리는 가슴이 철렁 내려앉았다. 해그리드는 스크루트를 어디에서 얻었을까?

비슷한 생각을 하고 있었던 듯 헤르미온느가 재빨리 입을 열었다. "정말 흥미로운 동물들이지? 안 그래, 해리?"

"응? 아, 그래…… 아얏…… 흥미롭지." 헤르미온느가 발을 콱 밟자 해리가 말했다.

"아, 너도 여기 있었구나, 해리!" 리타 스키터가 시선을 돌리며 말했다. "그러니까 넌 마법 생명체 돌보기 과목을 좋아하는구나? 가장 좋아하는 과목 중 하나니?"

"네." 해리가 힘주어 말했다. 해그리드가 그를 향해 환하게 웃음 지었다.

"멋진걸." 리타가 말했다. "정말 멋져. 가르치신 지는 오래됐나요?" 그녀가 해그리드에게 물었다.

해리는 그녀의 시선이 딘(한쪽 뺨을 가로질러 고약한 상처가 나 있었다)과 라벤더(로브가 심하게 그슬려 있었다)와 셰이머스(불에 덴 손가락들을 살펴보고 있었다)를 거쳐 오두막 창문으로 향하는 것을 보았다. 그곳에서는 대부분의 학생들이 창문에 코를 바짝 대고 서서 사태가 정리되기를 기다리며 상황을 지켜보고 있었다.

"이제 겨우 2년째예요." 해그리드가 말했다.

"멋지군요……. 인터뷰하실 생각 있나요? 마법 생명체들과 관련된 경험을 독자들과 나누고 싶은 생각은요? 물론 알고 계시겠지만, 《예언자일보》에는 매주 수요일 동물학 칼럼이 실리거든요. 이…… 어…… 팡팡 꼬리 스쿠트를 특집 기사로 다룰 수 있을 거예요."

"폭발 꼬리 스크루트예요." 해그리드가 기대감에 가득 차서 말했다. "어…… 뭐, 안 될 건 없죠."

해리는 아주 불길한 예감이 들었지만 그 느낌을 리타 스키터의 눈에 띄지 않고 해그리드에게 전달할 방법이 없었으므로, 해그리드와 리타 스키터가 그 주 어느 날 스리 브룸스틱스에서 만나 긴 인터뷰를 하기로 약속을 잡는 모습을 가만히 지켜볼 수밖에 없었다. 그때 성에서 수업이 끝났음을 알리는 종이 울렸다.

"그럼 안녕, 해리!" 해리가 론, 헤르미온느와 함께 성으로 출발하려는데 리타 스키터가 즐거운 목소리로 그의 이름을 부르며 말했다. "그럼, 금요일 밤에 봐요, 해그리드!"

"해그리드가 하는 말을 전부 꼬아 버릴 거야." 해리가 목소리를 낮추고 말했다.

"저 스크루트들을 불법으로 얻었다거나 그런 것만 아니

면, 뭐." 헤르미온느가 절망스럽게 말했다. 그들은 서로를 바라봤다. 그것이야말로 해그리드가 저지를 만한 일이었다.

"해그리드는 전에도 수없이 말썽을 일으켰지만 덤블도어는 결코 해그리드를 쫓아내지 않았잖아." 론이 위로하듯 말했다. "최악의 상황이 벌어진다고 해 봐야 해그리드가 스크루트들을 없애야 한다거나 뭐 그런 일일 거야. 미안…… 내가 최악이라고 했나? 최고라는 뜻이었어."

해리와 헤르미온느는 웃음을 터뜨렸다. 그들은 기분이 살짝 나아지는 것을 느끼며 점심을 먹으러 갔다.

그날 오후에 있었던 점술 연강 시간은 굉장히 즐거웠다. 그들은 여전히 행성의 위치를 그린 도표를 보고 미래를 예측하는 법을 배우고 있었지만, 다시 론과 친구가 된 지금은 모든 것이 무척 재미있게 느껴졌다. 두 사람이 각자의 끔찍한 죽음을 예견하자 매우 만족스러워하던 트릴로니 교수는, 명왕성이 일상생활에 지장을 주는 다양한 방식에 관한 그녀의 설명을 듣고 둘이 키득거리자 금세 짜증을 냈다.

"이런 생각이 드는구나." 그녀가 명백한 짜증이 감춰진 신비로운 어조로 속삭였다. "우리 중 *어떤 사람들이*……." 그녀는 아주 의미심장한 눈으로 해리를 바라보았다. "내가 어젯밤 수정구슬에서 본 것을 봤다면 조금은 덜 경솔하게 굴었을지도 모른다고. 여기에 앉아 뜨개질에 집중하고 있었는데, 수정구슬의 자문을 구해야겠다는 강한 충동이 나를 사로잡았단다. 나는 자리에서 일어나서 수정구슬 앞에 앉아 그 맑디맑은 심연을 들여다보았지……. 그 속에서 나를 마주 바라보던 건 무엇이었을까?"

"특대 안경을 쓴 못생긴 늙은 박쥐?" 론이 목소리를 낮추고 웅얼거렸다.

해리는 표정을 유지하려고 애썼다.

"죽음이었단다, 얘들아."

파르바티와 라벤더가 동시에 겁에 질린 얼굴로 손을 들어 입을 막았다.

"그렇단다." 트릴로니 교수가 과장되게 고개를 끄덕이며 말했다. "죽음이 점점 더 가까이 다가오고 있어. 그것은 독수리처럼 머리 위를 빙빙 돌면서 점점 낮게…… 이 성을 향해 점점 더 낮게……."

그녀는 입을 쩍 벌리면서 대놓고 하품을 하는 해리를 날카로운 눈으로 쏘아보았다.

"전에도 같은 말을 여든 번쯤 하지 않았다면 좀 더 인상적이었을 텐데." 마침내 트릴로니 교수의 교실 밑에 있는 계단에서 신선한 공기를 다시 마시게 됐을 때 해리가 말했

해리 포터와 불의 잔

다. "저 사람이 내가 죽을 거라고 말할 때마다 쓰러져 죽었다면, 나는 의학적으로 기적과도 같은 존재가 됐을 거야."

"초고농축 유령 같은 게 됐겠지." 그들의 맞은편에서 눈을 휘둥그렇게 뜨고 뭔가를 불길하게 응시하며 지나가는 피투성이 남작을 보고 론이 낄낄거리며 말했다. "그래도 숙제는 없네. 헤르미온느가 벡터 교수한테서 숙제나 왕창 받았으면 좋겠다. 난 헤르미온느가 공부할 때 옆에서 노는 게 제일 좋더라……."

하지만 헤르미온느는 저녁을 먹으러 오지 않았다. 식사를 마치고 찾으러 가 봤는데 도서관에도 없었다. 도서관에 있는 사람은 빅토르 크룸뿐이었다. 론은 잠시 책꽂이 뒤를 서성거리면서 크룸을 지켜보았다. 그러면서 사인을 부탁할지 말지 해리와 귓속말로 토론했다. 하지만 론은 곧 예닐곱 명의 여학생이 바로 옆 책꽂이 뒤에 도사린 채 정확히 똑같은 문제를 토론하고 있는 것을 깨닫고 사인에 대한 열의를 잃었다.

"헤르미온느는 어디 갔지?" 해리와 함께 그리핀도르 탑으로 돌아갈 때 론이 말했다.

"모르겠어. ……허튼소리."

하지만 뚱뚱한 귀부인이 미처 다 열리기도 전에, 뒤에서 후다닥 달려오는 발소리가 헤르미온느의 도착을 알렸다.

"해리!" 그녀가 죽 미끄러져 그의 옆에 멈춰 서며 헐떡였다(뚱뚱한 귀부인이 눈썹을 치켜올리고 그녀를 내려다보았다). "해리, 이리 와 봐……. 꼭 가 봐야 해, 정말 놀라운 일이 벌어졌어. 빨리."

그녀는 해리의 팔을 움켜잡더니 그를 복도로 끌고 가려고 애썼다.

"무슨 일인데?" 해리가 물었다.

"가서 보여 줄게. 응, 가자, 어서."

해리는 론을 돌아보았다. 그는 아주 흥미로워하면서 해리를 마주 바라보았다.

"알았어." 해리가 헤르미온느와 함께 복도를 되돌아 걸어가며 말했다. 론이 얼른 그들을 따라잡았다.

"아, 나는 괜찮으니라!" 뚱뚱한 귀부인이 뒤에서 짜증을 내며 소리쳤다. "나를 귀찮게 했지만 사과할 것 없어! 난 너희가 돌아올 때까지 그냥 여기에 활짝 열린 채 걸려 있도록 하마. 그럼 되겠느냐?"

"네, 고마워요." 론이 어깨 너머로 돌아보며 소리쳤다.

"헤르미온느, 우리 어디 가는 거야?" 해리가 물었다. 헤르미온느가 여섯 층 아래로 그들을 끌고 가더니 현관홀로 향하는 대리석 계단을 내려가기 시작했던 것이다.

"조금 있으면 알게 될 거야!" 헤르미온느가 흥분한 목소리로 말했다.

그녀는 계단을 끼고 왼쪽으로 돈 다음, 불의 잔이 세드릭 디고리와 해리의 이름을 뱉어 낸 날 밤 세드릭이 해리와 헤어진 뒤 들어갔던 문으로 서둘러 다가갔다. 해리는 여태껏 한 번도 그 문을 지나가 본 적이 없었다. 그와 론은 헤르미온느를 따라 돌계단을 한 층 내려갔다. 하지만 계단을 내려가자 스네이프의 지하 감옥 교실로 가는 길처럼 음침한 지하 통로 대신 널찍한 복도가 나왔다. 돌로 된 그 복도는 횃불로 환하게 밝혀져 있고 주로 음식이 그려진 활기 넘치는 그림들로 장식되어 있었다.

"아, 잠깐만……." 해리가 복도를 걸어가다 말고 천천히 말했다. "잠깐 기다려, 헤르미온느……."

"왜?" 그녀가 그를 돌아보았다. 그가 무슨 말을 할지 아는 얼굴이었다.

"무슨 꿍꿍이인지 알겠다." 해리가 말했다.

그는 론의 옆구리를 쿡 찌르고 헤르미온느 바로 뒤에 있는 그림을 가리켰다. 거기에는 큼직한 은빛 과일 접시가 그려져 있었다.

"헤르미온느!" 론도 눈치를 챘다. "우리를 또 그 토사물인지 뭔지에 끌어들이려는 거지!"

"아니, 아니, 아니야!" 그녀가 재빨리 말했다. "그리고 토사물이 아니라니까, 론……."

"이름을 바꿨냐?" 론이 얼굴을 찌푸리며 말했다. "그럼 이제 뭐야? 집요정 해방 전선? 나는 저 주방으로 쳐들어가서 걔들이 일을 그만두게 하는 짓 따위 하지 않을 거야. 안 할 거라고."

"누가 그래 달래?" 헤르미온느가 짜증을 내며 말했다. "방금 여기 내려와서 집요정들이랑 얘기해 봤어. 알고 보니…… 아, 어서, 해리. 너한테 보여 주고 싶은 게 있어!"

그녀는 다시 해리의 팔을 잡고 커다란 과일 그릇 그림 앞으로 끌고 가서는 검지를 뻗어 큼직한 초록색 배를 간질였다. 배는 꿈틀거리고 킬킬거리기 시작하더니, 갑자기 커다란 초록색 문고리로 바뀌었다. 헤르미온느는 그 문고리를 잡고 문을 연 다음 해리의 등을 힘껏 떠밀어 안으로 들어가게 했다.

해리는 천장이 높은 그 거대한 공간을 빠르게 한 번 둘러보았다. 그곳은 지상층의 대연회장만큼이나 넓었다. 번쩍번쩍 빛나는 놋쇠 솥과 프라이팬 무더기가 돌벽을 따라 잔뜩 쌓여 있고, 맞은편에는 벽돌로 만든 커다란 벽난로가 있었다. 그때 그 공간 한가운데에서 조그만 무언가가 높은 소리로 꽥꽥거리며 해리를 향해 달려왔다. "해리 포터! 해리 포터!"

다음 순간, 꽥꽥대던 집요정이 명치를 세게 들이받고 갈비뼈를 부러뜨리기라도 할 듯 꽉 끌어안는 바람에 해리는 숨이 턱 막히고 말았다.

"도, 도비?" 해리가 숨을 헉 들이켰다.

"맞아요, 도비예요!" 그의 배꼽 근처에서 꽥꽥거리는 목소리가 들려왔다. "도비는 해리 포터를 만나게 되기를 기대하고 또 기대했어요. 그런데 해리 포터가 도비를 만나러 왔군요!"

도비는 해리를 놓아주고 몇 걸음 물러나 해리를 올려다보며 환하게 웃었다. 테니스 공처럼 생긴 커다란 초록색 눈에 기쁨의 눈물이 고여 있었다. 도비는 해리가 기억하는 모습과 거의 똑같았다. 연필처럼 생긴 코, 박쥐 같은 귀, 긴 손가락과 발가락……. 옷만 빼고 모든 게 같았다. 옷차림은 아주 달라져 있었다.

말포이네 집에서 일할 때 도비는 늘 똑같은 더럽고 낡은 베갯잇을 걸치고 있었다. 하지만 지금 그는 해리가 지금까지 본 것 중에서 가장 희한한 차림새였다. 월드컵에서 본 마법사들보다도 옷차림새가 엉망이었다. 머리에는 찻주전자 덮개를 모자처럼 쓰고 거기에 밝은 색깔 배지를 여러 개 달아 놓았다. 말발굽 무늬가 들어간 넥타이가 맨 가슴에 늘어져 있었으며, 어린이용 축구 유니폼 같은 반바지에 이상한 양말을 신고 있었다. 자세히 보니 한 짝은 해리가 벗어서 말포이 씨에게 건네준 바로 그 검은색 양말이었다. 해리에게 속아 넘어간 말포이 씨는 그 양말을 도비에게 주었고 그 덕분에 도비는 자유의 몸이 되었다. 다른 양말 한 짝은 분홍색과 주황색 줄무늬로 가득했다.

"도비, 너 여기서 뭐 해?" 해리가 깜짝 놀라 물었다.

"도비는 호그와트에서 일하게 됐어요!" 도비가 신이 나서 꽥꽥거렸다. "덤블도어 교수님이 도비와 윙키에게 일자리를 주셨어요!"

"윙키?" 해리가 말했다. "윙키도 여기 있어?"

"네, 맞아요!" 도비가 말했다. 그는 해리의 손을 잡고 거기에 놓여 있는 네 개의 긴 식탁 사이를 지나 주방으로 끌고 들어갔다. 지나면서 보니 이 식탁들은 정확히 위층 대연회장에 있는 네 개의 기숙사 식탁 밑에 자리 잡고 있었다. 지금은 저녁 식사가 끝나 식탁에 음식이 없었지만, 한 시간

전만 해도 천장을 통해 바로 위에 있는 식탁으로 올려 보낼 접시들이 가득 놓여 있었을 것이다.

적어도 백 명은 되는 작은 집요정들이 주방에 서 있었다. 그들은 도비가 해리를 끌고 지나가자 활짝 웃으며 고개를 숙이고 무릎을 구부려 인사했다. 그들 모두 같은 제복을 입고 있었다. 하나같이 호그와트 문장이 찍혀 있는 행주를, 윙키가 그랬듯 토가처럼 둘러 매듭을 지은 차림새였다.

도비가 벽돌로 만든 벽난로 앞에 서서 손가락으로 가리 켰다.

"윙키예요!" 그가 말했다.

윙키는 벽난로 앞에 놓인 의자에 앉아 있었다. 도비와 달리 그녀는 옷가지를 찾아다니지 않은 게 틀림없었다. 윙키는 깔끔한 작은 치마와 블라우스를 입고 거기에 어울리는 파란 모자를 쓰고 있었는데, 모자에는 커다란 귀가 빠져나오도록 구멍이 뚫려 있었다. 하지만 도비의 이상한 의류 수집품들이 아주 깨끗하고 잘 관리되어 새것처럼 보인 데 반해 윙키는 옷에 전혀 신경을 쓰지 않는 것 같았다. 블라우스에는 수프 얼룩이 잔뜩 묻어 있었고 치마에는 불에 탄 자국까지 있었다.

"안녕, 윙키." 해리가 말했다.

윙키의 입술이 떨렸다. 그러더니 그녀는 울음을 터뜨렸다. 퀴디치 월드컵에서와 마찬가지로 그녀의 커다란 갈색 눈에서 눈물이 흘러넘쳐 앞자락을 흠뻑 적셨다.

"아, 이런." 헤르미온느가 말했다. 그녀와 론은 해리와 도비를 따라 주방 가장 안쪽에 와 있었다. "윙키, 울지 말아요. 제발……."

하지만 윙키는 어느 때보다도 심하게 울부짖었다. 반면 도비는 활짝 웃으며 해리를 올려다보았다.

"해리 포터, 차 한 잔 드릴까요?" 그가 윙키의 흐느끼는 소리를 누르고 큰 소리로 꽥꽥거렸다.

"어…… 그래, 좋아." 해리가 말했다.

곧바로 여섯 명쯤 되는 집요정들이 그의 등 뒤로 종종걸음 쳐 왔다. 그들은 해리, 론, 헤르미온느에게 줄 찻주전자와 찻잔들이 담긴 커다란 은쟁반과 우유병, 커다란 비스킷 접시 등을 들고 있었다.

"서비스 좋은데!" 론이 감동받은 목소리로 말했다. 헤르미온느는 그를 향해 얼굴을 찡그렸지만 집요정들은 모두 기뻐하는 표정이었다. 그들은 깊숙이 허리를 숙이고 물러났다.

"여기 온 지는 얼마나 됐어, 도비?" 도비가 차를 한 잔씩 돌리자 해리가 물었다.

"1주일밖에 안 됐어요, 해리 포터!" 도비가 행복한 듯 말했다. "도비는 덤블도어 교수님을 만나러 왔어요. 해고당한 집요정이 새로운 일자리를 얻는 건 아주 어려운 일이에요. 정말 아주 어렵⋯⋯."

이 말에 윙키는 더욱 심하게 울부짖었다. 찌부러진 토마토 같은 코에서 콧물이 뚝뚝 떨어지는데도 막으려고 애쓰지 않았다.

"도비는 2년 동안 온 나라를 여행했어요. 일자리를 찾으려고요!" 도비가 높은 목소리로 말했다. "하지만 도비는 일자리를 얻지 못했어요. 도비는 이제 돈을 받고 싶었으니까요!"

그들의 말에 귀 기울이며 관심을 갖고 지켜보던 주방 안의 집요정들은 도비가 무례하고 창피한 말이라도 한 것처럼 모두 고개를 돌렸다.

하지만 헤르미온느는 이렇게 말해 주었다. "잘한 일이에요, 도비!"

"고마워요!" 도비는 그녀를 향해 앞니가 드러날 정도로 씩 웃어 보였다. "하지만 대부분의 마법사들은 돈을 받고 싶어 하는 집요정을 원하지 않아요. '그게 무슨 집요정이

야?'라고 말하곤 하죠. 그리고 도비의 눈앞에서 문을 쾅 닫
아 버려요! 도비는 일하는 것을 좋아하지만, 옷을 입고 싶
고 돈을 받고 싶어요, 해리 포터……. 도비는 자유로운 게
좋아요!"

호그와트 집요정들은 도비가 병을 옮기기라도 하는 것처
럼 그에게서 슬금슬금 멀어지기 시작했다. 하지만 윙키는
울음소리가 확실히 더 커졌을 뿐 그 자리에 그대로 앉아 있
었다.

"그러고 나서요, 해리 포터, 도비는 윙키를 만나러 갔다
가 윙키도 해방되었다는 사실을 알게 됐어요!" 도비가 기
뻐하며 말했다.

이 말에 윙키는 몸을 앞으로 홱 내밀다가 의자에서 떨어
지고 말았다. 그녀는 그렇게 얼굴을 아래로 하고 돌바닥에
엎드린 채 그 조그만 주먹으로 바닥을 탕탕 치면서 비참한
듯 울부짖었다. 헤르미온느가 얼른 윙키 옆에 무릎을 꿇고
그녀를 위로하려 애썼다. 그러나 헤르미온느의 말은 윙키
에게서 조금의 변화도 이끌어 내지 못했다.

도비는 윙키의 찢어질 듯한 울음소리보다 더 시끄럽게
소리치며 자신의 이야기를 이어 갔다. "그때 도비는 어떤
생각을 떠올렸어요, 해리 포터! '도비와 윙키가 함께 일자

리를 찾으면 어떨까?' 하고 도비가 말했어요. '집요정이 둘이나 필요할 만큼 일거리가 충분한 곳이 어디 있겠어?'라고 윙키가 말했죠. 도비는 생각했어요. 그러다 문득 떠올랐어요, 해리 포터! 호그와트요! 그래서 도비와 윙키는 덤블도어 교수님을 찾아갔어요, 해리 포터. 그러자 덤블도어 교수님이 우리를 고용해 주셨어요!"

도비가 무척 환한 웃음을 지었다. 그의 눈에 또다시 행복에 겨운 눈물이 가득 고였다.

"그리고 덤블도어 교수님은 도비한테 돈을 주겠다고 하셨어요. 도비가 돈을 받길 바란다면요! 그러니까 도비는 자유로운 집요정이에요. 도비는 1주일에 1갈레온을 받고, 한 달에 한 번 쉬어요!"

"너무 적어요!" 바닥에 앉아 있던 헤르미온느는 그때까지도 계속되고 있던 윙키의 울부짖음과 주먹으로 바닥을 쾅쾅 내리치는 소리보다 더 큰 목소리로 화를 냈다.

"덤블도어 교수님은 도비한테 1주일에 10갈레온과 주말마다 쉴 것을 제안하셨어요." 도비가 말하더니 갑자기 희미하게 떨었다. 그렇게 많은 휴가와 돈을 받는다는 생각 자체가 두려운 듯했다. "하지만 도비가 깎았어요……. 도비는 자유가 좋지만 너무 많은 걸 바라지는 않아요. 도비는 일이 더 좋아요."

"그럼 덤블도어 교수님이 당신한테는 봉급을 얼마나 주나요, 윙키?" 헤르미온느가 다정하게 물었다.

그녀가 이런 말로 윙키의 기운을 북돋을 수 있을 거라고 생각했다면 그것은 엄청난 착각이었다. 윙키는 울음을 멈추기는 했지만, 몸을 일으켜 앉았을 때는 그 커다란 갈색 눈으로 헤르미온느를 노려보고 있었다. 흠뻑 젖은 윙키의 얼굴이 갑자기 분노에 휩싸였다.

"윙키는 주인의 총애를 잃은 집요정이지만, 아직 돈을 받고 있지는 않답니다!" 그녀가 꽥꽥거렸다. "윙키는 그렇게까지 타락하지는 않았어요! 윙키는 자유의 몸이 된 것을 마땅히 부끄러워하고 있어요!"

"부끄러워한다고요?" 헤르미온느가 멍하니 말했다. "하지만…… 윙키, 그러지 말아요! 부끄러워해야 할 사람은 크라우치 씨지 당신이 아니에요! 당신은 아무 잘못도 하지 않았어요. 그 사람이야말로 당신한테 정말 끔찍한……."

하지만 그 말을 들은 윙키는 한 마디도 들리지 않도록 두 손으로 모자 구멍을 꽉 막고 귀를 납작하게 누르며 날카롭게 소리쳤다. "제 주인님을 모욕하지 마세요! 크라우치 주인님을 모욕하지 마세요! 크라우치 주인님은 훌륭한 마법사예요! 크라우치 주인님이 못된 윙키를 해고하신 건 옳은 일이에요!"

"윙키는 적응하는 데 어려움을 겪고 있어요, 해리 포터." 도비가 비밀 얘기라도 하듯 새된 소리로 말했다. "윙키는 더 이상 크라우치 씨에게 매여 있지 않다는 사실을 잊어버려요. 이제는 자기 생각을 말해도 되지만 그러지 않으려고 해요."

"그럼 집요정들은 자기 주인에 대한 생각을 말할 수 없다는 거야?" 해리가 물었다.

"아, 그럼요. 안 되고말고요." 도비가 갑자기 진지한 표정이 되어서 말했다. "그건 집요정 노예제도에 포함된 부분이에요. 우리는 주인들의 비밀과 침묵을 지켜요. 우리는 집안의 명예를 지키고, 절대 우리가 모시는 사람들을 나쁘게 말하지 않아요. 덤블도어 교수님은 도비한테 굳이 그럴 필요 없다고 하셨어요. 덤블도어 교수님은 우리가 자유롭게…… 어……."

도비는 갑자기 긴장한 표정으로 해리를 가까이 손짓해 불렀다. 해리는 허리를 바짝 숙였다.

도비가 속삭였다. "덤블도어 교수님은 우리가 원한다면 얼마든지 그분을 어…… 정신 나간 늙은 영감태기라고 불러도 된다고 하셨어요!"

도비는 그렇게 말해 놓고 두려움을 감추려는 듯 어색하게 키득거렸다.

"하지만 도비는 그러고 싶지 않아요." 그가 다시 평소 말투로 말하며 고개를 흔들자 커다란 귀가 펄럭였다. "도비는 덤블도어 교수님을 무척 좋아해요. 그리고 덤블도어 교수님의 비밀을 지키는 게 자랑스러워요."

"하지만 이제 말포이네 집안에 대해서는 하고 싶은 말을 할 수 있지 않아?" 해리가 씩 웃으며 그에게 물었다.

도비의 커다란 눈에 살짝 겁에 질린 빛이 떠올랐다.

"도비는, 도비는 할 수 있어요." 그는 확신 없는 말투로 말했다. 그가 작은 어깨를 쭉 폈다. "도비는 해리 포터에게 옛 주인들이…… 옛 주인들이…… *나쁜 어둠의 마법사*라고 말할 수 있어요!"

도비는 잠시 온몸을 부들부들 떨면서 서 있었다. 스스로의 대담함에 겁을 먹은 것 같았다. 그러더니 그는 가장 가까운 식탁으로 달려가 힘껏 머리를 박으며 꽥꽥 소리치기 시작했다. "*못된 도비! 못된 도비!*"

해리는 뒤에서 도비의 넥타이를 잡고 그를 식탁에서 끌어냈다.

"고마워요, 해리 포터. 고마워요." 도비가 머리를 문지르면서 가쁜 숨을 몰아쉬었다.

"연습이 좀 필요하겠다." 해리가 말했다.

"연습이라고요!" 윙키가 길길이 뛰며 꽥꽥거렸다. "너는 *부끄러운 줄 알아야 해, 도비. 주인에 대해서 그런 식으로 말하다니!*

"그 사람들은 더 이상 내 주인이 아니야, 윙키!" 도비가 맞서듯 말했다. "도비는 그 사람들이 어떻게 생각하든 더 이상 신경 쓰지 않아!"

"아, 넌 못된 집요정이야, 도비!" 윙키가 신음했다. 또다시 그녀의 얼굴에 눈물이 줄줄 흘러내렸다. "우리 가엾은 크라우치 주인님, 윙키 없이 어쩌고 계실까? 그분께는 내가 필요한데, 내 도움이 필요한데! 나는 평생 크라우치 가족을 돌봐 왔어. 나 이전에는 우리 어머니가, 어머니 전에는 우리 할머니가 그렇게 하셨어……. 아, 윙키가 해방된 걸 알면 뭐라고 말씀하실까! 아, 부끄러워, 치욕스러워!" 그녀는 또 한 번 치마에 얼굴을 묻고 울부짖었다.

"윙키." 헤르미온느가 단호하게 입을 열었다. "난 크라우치 씨가 당신 없이도 완벽하게 잘 살고 있을 거라 확신해요. 우리가 그 사람을 봤는데……."

"우리 주인님을 보셨다고요?" 윙키가 눈물로 얼룩진 얼굴을 다시 들고 헤르미온느를 향해 눈을 휘둥그레 뜨면서 헐떡거렸다. "여기 호그와트에서 우리 주인님을 보셨다고요?"

"그래요." 헤르미온느가 말했다. "크라우치 씨하고 배그먼 씨는 트라이위저드 대회의 심사위원이거든요."

"배그먼 씨도 오신다고요?" 윙키가 날카로운 목소리로 외쳤다. 해리는 윙키가 다시 화난 얼굴을 하는 것을 보고 깜짝 놀랐다(표정을 보니 론과 헤르미온느도 놀란 듯했다). "배그먼 씨는 나쁜 마법사예요! 아주 나쁜 마법사예요! 우리 주인님은 그분을 좋아하지 않으세요. 아, 그럼요. 아주 싫어하세요!"

"배그먼이…… 나쁘다고?" 해리가 말했다.

"그럼요." 윙키가 미친 듯이 고개를 끄덕이며 말했다. "우리 주인님은 윙키한테 이런저런 말씀을 해 주셨어요! 하지만 윙키는 말하지 않을 거예요……. 윙키는…… 윙키는 주인님의 비밀을 지켜……."

윙키는 또다시 울음을 터뜨렸다. 그들은 그녀가 치마에 얼굴을 묻고 흐느끼며 말하는 소리를 들었다. "불쌍한 주인님, 가엾은 주인님, 이제 옆에서 도와드릴 윙키도 없고!"

윙키에게서 제대로 된 말을 한 마디도 더 들을 수 없게 된 그들은 그녀를 울게 내버려 두고 차를 마셨다. 그러는 동안 도비는 자유로운 집요정의 삶에 대해, 앞으로 봉급을 어떻게 쓸지에 대해 즐겁게 재잘거렸다.

"도비는 다음에는 스웨터를 살 거예요, 해리 포터!" 그가 맨 가슴을 가리키며 행복한 듯 말했다.

"있잖아, 도비." 론이 말했다. 그는 이 집요정이 아주 마음에 드는 것 같았다. "우리 엄마가 이번 크리스마스에 떠서 보내 주시는 스웨터를 너한테 줄게. 나는 매년 한 벌씩 받거든. 고동색이라도 괜찮아?"

도비는 크게 기뻐했다.

"네 몸에 맞게 하려면 조금 줄여야 할지도 몰라." 론이 도비에게 말했다. "하지만 네 찻주전자 덮개랑 아주 잘 어울릴 거야."

떠날 준비를 하는데, 근처에 있던 집요정들이 우르르 몰려들어 위로 가지고 올라갈 간식을 잔뜩 내밀었다. 헤르미온느는 계속 허리를 숙이고 무릎을 굽히는 집요정들을 가슴 아픈 눈길로 바라보며 거절했지만, 해리와 론은 크림 케이크와 파이로 주머니를 가득 채웠다.

"정말 고마워!" 집요정들이 하나같이 공손하게 작별 인사를 건네려고 문 주위에 모여 서자 해리가 말했다. "또 보자, 도비!"

"해리 포터…… 도비가 가끔씩 만나러 가도 될까요?" 도
비가 머뭇거리며 물었다.

"당연하지." 해리가 말하자 도비는 활짝 웃었다.

"그거 알아?" 헤르미온느, 해리와 함께 주방을 나선 뒤
현관홀로 향하는 계단을 오를 때 론이 말했다. "나는 지금
까지 프레드랑 조지가 주방에서 음식을 훔쳐오는 걸 보고
정말 대단하다고 생각했어. 근데 뭐, 별로 어렵지 않네. 안
그래? 다들 음식을 주고 싶어서 안달이잖아!"

"내 생각엔 집요정들한테 이보다 더 좋은 일은 없을 것
같아." 헤르미온느가 앞장서서 대리석 계단을 올라가며 말
했다. "도비가 여기에 일하러 온 것 말이야. 다른 집요정들
도 자유로워진 도비가 얼마나 행복해하는지 보고 자신들
도 자유를 원한다는 사실을 천천히 깨닫게 될 거야!"

"윙키를 너무 자세히 보지는 않기만을 바라야겠다." 해
리가 말했다.

"아, 윙키는 기운을 차릴 거야." 헤르미온느가 말했다. 약
간 자신 없는 목소리기는 했다. "일단 충격이 가시고 호그
와트 생활에 익숙해지면, 그 크라우치라는 인간이 없어진
게 얼마나 잘된 일인지 알게 되겠지."

"크라우치를 사랑하는 것 같던데." 론이 목멘 소리로 말했다(방금 크림 케이크를 입에 욱여넣었던 것이다).

"근데 배그먼은 별로 좋게 생각하지 않았어. 그치?" 해리가 말했다. "크라우치가 집에서 배그먼에 대해 뭐라고 한 걸까?"

"아마 장관으로는 적당하지 않은 사람이라고 얘기했겠지." 헤르미온느가 말했다. "그리고 인정할 건 인정하자……. 딱히 틀린 말은 아니잖아?"

"나는 크라우치 같은 사람 밑에서 일하느니 차라리 배그먼 밑에서 일하겠다." 론이 말했다. "배그먼은 적어도 유머 감각은 있잖아."

"그런 얘기 하다가 퍼시한테 들키지나 마." 헤르미온느가 살짝 미소 지으며 말했다.

"그래, 뭐, 퍼시도 유머 감각 있는 사람 밑에선 절대 일하고 싶지 않을 거야." 론이 이제 초콜릿 에클레어를 먹기 시작하며 말했다. "퍼시는 농담이라는 녀석이 도비의 찻주전자 덮개만 걸친 채 눈앞에서 벌거벗고 춤춰도 알아채지 못할걸?"

(제4권 《해리 포터와 불의 잔 3》에서 계속됩니다.)

강동혁은 서울대학교 영문학과와 사회학과를 졸업하고 같은 학교 대학원에서 영문학 석사학위를 받았다. 옮긴 책으로는 《신비한 동물사전 원작 시나리오》, 《일곱 건의 살인에 대한 간략한 역사》, 《레스》, 《이 소년의 삶》 등이 있다.

해리 포터와 불의 잔 2(그리핀도르 기숙사 에디션)

초판 1쇄 인쇄 2022년 7월 12일
초판 1쇄 발행 2022년 8월 16일

지은이 | J.K. 롤링
옮긴이 | 강동혁
발행인 | 강봉자, 김은경

펴낸곳 | (주)문학수첩
주소 | 경기도 파주시 회동길 503-1(문발동 633-4) 출판문화단지
전화 | 031-955-9088(마케팅부), 9532(편집부)
팩스 | 031-955-9066
등록 | 1991년 11월 27일 제16-482호

홈페이지 | www.moonhak.co.kr
블로그 | blog.naver.com/moonhak91
이메일 | moonhak@moonhak.co.kr

ISBN 978-89-8392-927-3 04840
        978-89-8392-901-3 (세트)

* 파본은 구매처에서 바꾸어 드립니다.